SCHERZ KRIMI

ERLE STANLEY

GARDNER

Perry Mason und die unheimliche Frau

ROMAN

SCHERZ

Einzig berechtigte Übertragung aus dem Amerikanischen
von Maria Raschke
Titel des Originals: »The Case of the Empty Tin«
(Früher bei Scherz erschienen unter dem deutschen Titel:
»Schuß nach Mitternacht«)
Umschlaggestaltung: Adolf Bachmann
Umschlagbild: AKG, Berlin

4. Auflage 1997, ISBN 3-502-51614-6

Gesamtherstellung: Ebner Ulm

1

Mrs. Arthur Gentrie führte ihren Haushalt mit penibler Sorgfalt. Ihr Gedächtnis speicherte alle Haushaltsdaten wie ein Computer und informierte sie jederzeit über den Stand der Dinge. Sie wußte, wann die neuen Socken ihres Sohnes die ersten Löcher hatten, welches Hemd ihr Mann gerade trug und welches in der Wäscherei zur Reinigung war.

Als Mittvierzigerin war Mrs. Gentrie stolz darauf, daß sie sozusagen »keine Nerven« hatte. Sie aß wenig, da sie nicht zunehmen wollte, aber sie hungerte sich nicht krank. Ihre Figur hatte sich zwar in den letzten zwanzig Jahren verändert, aber schließlich konnte man von einer Frau, die ihren Mann, drei Kinder und eine altjüngferliche Schwägerin zu versorgen hatte und obendrein ein Zimmer vermietete, nicht die mädchenhafte Erscheinung einer Braut verlangen. Wie Mrs. Gentrie selbst sagte, war sie »stark wie ein Pferd«.

Die Schwester ihres Mannes war nicht eben eine Hilfe. Rebecca war schlicht und einfach eine altmodische alte Jungfer. Sie trank viel Tee, liebte Katzen und Klatsch, sprach und kritisierte viel und sah trotz ihrer Hagerkeit nicht mal übel aus.

Mrs. Gentrie erwartete auch kaum Hilfe von ihr. Rebecca war für körperliche Arbeit zu schmächtig und für organisatorische Arbeiten zu zerfahren. Sie bekam häufig Anfälle von Unpäßlichkeit, die kein Anzeichen einer ernsten Erkrankung als vielmehr Ausdruck eines seelischen Unbehagens zu sein schienen. Ihre Kräfte reichten jedoch aus, um das Zimmer, das ihre Schwägerin zur Zeit an einen Architekten namens Delman Steele vermietete, in Ordnung zu halten.

Rebecca hatte zwei Hobbys, denen sie mit dem Übereifer eines unausgefüllten Menschen nachging; sie löste brennend gern Kreuzworträtsel und knipste. Im Kellergeschoß hatte sie sich eine Dunkelkammer eingerichtet, die mit Kopier- und Vergrößerungsapparaten und den notwendigen Entwicklungstanks ausgestattet war. Das meiste davon hatte Arthur Gentrie selbst gebastelt, der den Interessen seiner Schwester wohlwollend Vorschub leistete.

Zeitweilig überkam Mrs. Gentrie ein bitterer Groll gegen ihre Schwägerin, den sie jedoch energisch bekämpfte und nach außen hin gut verbarg. Rebecca mochte keine Kinder. Sie freute sich nicht an ihrer kindlichen Unbefangenheit; sie erwartete, daß sie sich wie kleine Erwachsene benahmen. Außerdem konnte Rebecca täuschend ähnlich Stimmen imitieren und äffte die Telefongespräche der Kinder so lange nach, bis sie sich vor Verlegenheit nicht mehr zu helfen wußten. Die daraus entstehende Spannung in der Familie fand Mrs. Gentrie höchst störend und überflüssig.

Rebecca machte zwar ausgezeichnete Fotos, aber sie machte ungern gute Aufnahmen von den Kindern. An Arthur juniors neunzehntem Geburtstag hat sie sich auf inständiges Bitten ihrer Schwägerin zu einem Porträt herabgelassen, dem man jedoch ansah, wie unangenehm die Angelegenheit für beide Beteiligten gewesen war. Es war nicht besonders gelungen. Rebecca, die gern experimentierte, hatte das Negativ in einem schrägen Winkel unter den Vergrößerungsapparat gehalten, so daß das Ergebnis an die Zerrspiegel im Vergnügungspark erinnerte.

Wenn sie etwas interessierte, war Rebecca durchaus nicht ungeschickt oder langsam. Nichts konnte im Haus geschehen, ohne daß sie nicht Wind davon bekommen hätte. Ihre Neugier war unersättlich. Und wie sie aus zufälligen Anzeichen auf Geheimnisse schloß – die sie dann auch bald herausbekam –, hätte auch einem guten Detektiv zur Ehre gereicht. Mrs. Gentrie wußte, daß Rebecca hauptsächlich deshalb Delman Steeles Zimmer übernommen hatte, um in seinen Sachen herumzuschnüffeln. Es war nur zu hoffen, daß Mr. Steele, der um diese Zeit im Büro war, nichts davon bemerkte.

Hester, die Zugehfrau, wohnte in der Nachbarschaft. Sie war eine kräftige, handfeste Person, die ihren Mund nur selten auftat.

Morgens nach dem Frühstück überdachte Mrs. Gentrie die Lage im Haus. Das Frühstücksgeschirr war abgeräumt, Arthur senior und junior waren im Geschäft, die Kinder in der Schule. Hester ließ Tischwäsche durch die Bügelmaschine laufen, und Rebecca saß brütend, mit einem Bleistift in der Hand, über ihrem unvermeidlichen Kreuzworträtsel. Der schwarze Kater Mephisto lag auf einem Lehnstuhl zusammengerollt im wärmenden Schein der Morgensonne.

Das Feuer brannte noch im Holzofen; der Teekessel summte. Im Korb lag ein Haufen Wäsche zum Ausbessern. Mrs. Gentrie dachte an das Eingemachte im Keller. Es mußte wieder mal nachgesehen werden. Hester griff zuerst immer nach den Dosen, die am leichtesten erreichbar waren; Mrs. Gentrie hegte den Verdacht, daß in der dunklen Kellerecke noch Konserven aus dem Vorjahr standen.
Sie hielt einen Augenblick inne und versuchte sich zu erinnern, wo sie zuletzt eine Taschenlampe gesehen hatte. Die Kinder verschleppten alles. In der Vorratskammer war zwar eine Kerze, aber... Ihr fiel ein, daß ihr Sohn eine Taschenlampe hatte, die man mit einem Aufhänger am Gürtel befestigen konnte.
Mit der Taschenlampe in der Hand stieg sie die Kellertreppe hinab. Sie hatte die automatische Gasheizung abgeschaltet, nachdem die Familie weggegangen war; der Keller war noch warm. Sie bemerkte Spinnweben hinter den Rohren. Hester müßte hier unten mal wieder saubermachen. Auf dem langen Regal, das sich über die ganze Kellerwand erstreckte, stand eine ansehnliche Reihe von Konservendosen und Einmachgläsern. Mrs. Gentrie schaute nur angelegentlich auf die Vorräte in der Nähe des Fensters, wo das diesjährige Einmachgut stand. Sie überprüfte die Reihen des letzten Jahres und leuchtete mit der Taschenlampe in die Ecke, um die Restbestände festzustellen.
Sie sah sofort, daß Hester diese Ecke vernachlässigt hatte. Der Lichtstrahl der Taschenlampe wanderte über Spinnweben und fiel auf zwei Dosen mit Pfirsichen. Weiter hinten standen Gläser mit Erdbeeren und Konservendosen mit hausgemachtem Apfelmus, alle vom vorigen Jahr.
Mrs. Gentrie stutzte plötzlich. Der helle Lichtkegel war über die glänzenden Wände einer unbeschrifteten Dose geglitten, die aussah, als wäre sie eben neu gekauft worden.
Mrs. Gentrie begriff nicht, wieso eine unetikettierte Dose in ihr systematisch aufgereihtes Einmachgut geraten konnte. Sie benutzte immer Klebestreifen als Etikett, die sich nicht so leicht wieder abziehen ließen. Die Dose sah auffallend neu und glänzend aus; keine Spinnweben, kein Stäubchen war daran. Mit der linken Hand griff Mrs. Gentrie nach der Dose, die ihr wie von selbst entgegensprang. Da erst bemerkte sie, daß sie

eine leere Dose in der Hand hielt. Sie drehte die Konservenbüchse um und um und besah sie von allen Seiten. Der Deckel war sorgsam aufgedrückt und verschlossen. Aber das glatte Funkeln der leicht öligen Wände verriet, daß die Dose noch vor kurzem in einem Laden gestanden hatte.
Mrs. Gentrie ging zur Kellertreppe und rief mit erhobener Stimme: »Hester! Kommen Sie doch mal her!«
Nach einigen Augenblicken hörte sie Hesters schwerfällige Schritte auf dem Küchenboden und dann ihr gleichmütiges »Ja, Ma'am?«
»Wie kommt diese Dose hierher?«
Hester tastete sich ein paar Stufen hinunter und sah ausdruckslos auf die Konservenbüchse in Mrs. Gentries Hand.
»Sie stand dort rechts in der Ecke«, sagte Mrs. Gentrie. »Und ich mußte bemerken, Hester, daß Sie die alten Konserven nicht aufgebraucht haben. Gestern abend hatten wir diesjährige Birnen, dabei stehen dort noch einige Büchsen vom vorigen Jahr.«
»Das wußte ich nicht.«
»Und diese Dose hier«, fuhr Mrs. Gentrie fort, »stand mitten unter den alten Konserven.«
Hester schüttelte den Kopf. Ihre lange Erfahrung als Dienstmädchen hatte sie gelehrt, daß man durch Argumente nichts erreichte. Wenn man von der Dame des Hauses wegen irgendeiner Nichtigkeit zurechtgewiesen wurde, dann war es am besten, sie ausreden zu lassen und dann wieder an die Arbeit zu gehen.
Hinter der Heizung stand eine große Holzkiste, in die ihr Mann Abfälle und altes Papier warf; manchmal auch alte Büchsen, Holzstücke und Metallreste. Mrs. Gentrie warf die Dose in diese Kiste.
»Ich verstehe nicht«, sagte sie, als sie die Treppe heraufkam, »warum jemand eine leere Dose gerade auf dieses Bord gestellt hat. Ich kann mir nicht vorstellen, Hester, daß Sie das gewesen sind.«
Hester stieg die drei oder vier Stufen, die sie heruntergekommen war, wieder hinauf und kehrte wortlos zur Wäschemangel zurück.
Rebecca schaute von ihrem Kreuzworträtsel auf. »Was ist denn, Florence?« fragte sie. »Nein, sag es mir lieber nicht, ich will es gar nicht wissen. Ich muß mich bei diesem Rätsel dranhalten;

die Zeitung gibt nämlich an, in welcher Zeit jemand mit durchschnittlicher Intelligenz das Rätsel lösen kann. Sag mal, hat der Lachs noch einen anderen Namen? Vier Buchstaben, die letzten zwei sind L – M?«
Ihre Schwägerin schüttelte den Kopf. »Ist mir zu hoch«, meinte sie, und sie ließ deutlich erkennen, daß sie nur die Frage abwehren wollte. Sie setzte sich wieder an ihren Flickkorb.
Der Sonnenstrahl, der bisher Mephistos Rücken gewärmt hatte, glitt hinter die Stuhllehne. Der Kater reckte sich, gähnte, rückte eine Handbreit zur Seite und wälzte sich dann auf den Rücken.
Rebecca sah nachdenklich auf ihr Kreuzworträtsel.
Mrs. Gentrie sagte zu Hester: »Ich verstehe nicht, warum man eine leere Konservendose luftdicht verschlossen hat.«
»Ich auch nicht, Ma'am.«
»Jetzt brauche ich ein Wort mit vier Buchstaben, das die Mauern einer Festung bedeutet«, sagte Rebecca. »Dann hätte ich den zweiten Buchstaben für den Lachs.«
»Warum siehst du nicht unter ›Festung‹ nach?«
»Hab ich schon. Dort steht aber nur ›Wehrgang‹ oder ›Brüstung‹.«
»Vielleicht ist das Lexikon nicht ausführlich genug?«
»O doch. Es ist der Webster's Collegiate Dictionary. Da stehen alle Wörter drin, die man für solche Zeitungsrätsel braucht.«
Rebecca beugte sich wieder über ihr Rätsel und schaute dann auf ihre Armbanduhr. Dann warf sie den Bleistift hin. »Hat ja doch keinen Zweck. Ich kann mich nicht darauf konzentrieren. Was war vorhin mit der Büchse?«
»Nichts«, antwortete Florence. »Ich habe nur in der Ecke eine funkelnagelneue, leere Konservendose gefunden. Arthur hat die alten Konserven einfach in die dunkelste Ecke geschoben, als er die neuen auf das Bord stellte. Nächstes Jahr muß er das anders machen, damit wir die älteren zuerst aufbrauchen.«
»Aber warum sollte jemand eine leere Dose zwischen die vollen stellen?« fragte Rebecca.
»Keine Ahnung. Das ärgert mich ja gerade.«
»War überhaupt kein Etikett drauf?«
»Nein.«
»Und wo ist sie jetzt?«
»Ich habe sie in die Abfallkiste unten im Keller geworfen.«
Rebecca zog die Brauen zusammen. »Ich wollte, du hättest mir

gar nichts davon gesagt.«
Florence lachte. »Schließlich hast du mich ja gefragt. Hast du einen Buchstaben aus dem Festungswort?«
»Anfangs- und Endbuchstabe sind W... L.«
Mrs. Gentrie zählte an den Fingern ab. »Fünf Buchstaben, sagtest du?«
»Nein, vier.«
»Ich hab's, Rebecca, ich hab's! Es ist...«
»Nein, nicht sagen! Ich will es selber herauskriegen. Ich möchte doch mal wissen, ob ich es nicht in der gleichen Zeit schaffe wie jemand mit durchschnittlicher Intelligenz! Unterbrich mich nicht dauernd, Florence!«
Mrs. Gentrie schmunzelte, nahm den Flickkorb und stellte ihn auf die Eckbank. Sie holte eine Socke heraus, schob das Stopfei hinein und fädelte die Nadel ein.
»Ich weiß nicht, wieso gerade du das Wort so schnell finden konntest!« bemerkte Rebecca bissig.
Florence antwortete ruhig: »Sind nicht Anfangs- und Endbuchstabe W... L? Der zweite Buchstabe ist dann ganz sicher ein Vokal. Wenn du die Vokale durchprobierst, kommst du leicht auf W.A.L. Und damit hast du auch schon das Wort.«
»Oh, jetzt habe ich es auch. Du meinst WALL. Jetzt heißt der Fisch .ALM. Salm vielleicht?«
»Das könnte stimmen. Schlag doch mal nach!«
Rebecca blätterte im Lexikon. »Ja, hier ist es. SALM.« Sie trug das Wort schnell ein und schaute dann wieder auf die Uhr. Einen Augenblick herrschte Stille, dann warf sie den Bleistift wieder hin. »Ich weiß nicht, wie sich jemand konzentrieren soll, wenn er immer an leere Konservenbüchsen erinnert wird. Was hat eine leere Dose auf dem Regal zu suchen?«
»Kann ich dir leider auch nicht sagen. Mach doch weiter, Rebecca. Du bist sicher intelligenter als der Durchschnitt. Was fehlt denn noch?«
»Ein Wort mit sechs Buchstaben. Ein orientalisches Gewürz.«
»Hast du schon ein paar?«
»Ja. Die beiden ersten sind SA.«
»Kannst du nicht eins der waagrechten Wörter erraten?«
»Ein Wort mit fünf Buchstaben: Gegenpunkt des Zeniths. Es ist der letzte Buchstabe.«
»Gegenpunkt des Zeniths? Könnte das nicht Nadir sein? Paßt

das?«
Rebecca zählte die Kästchen aus und schrieb das Wort hinein. Plötzlich radierte sie etwas aus und sagte: »Doch. Das stimmt. Nadir. Das Gewürz heißt jetzt SA ... N.«
»Warum siehst du nicht unter SA... im Lexikon nach? So schrecklich viele Wörter können das doch nicht sein.«
Rebecca ließ ihren Finger schnell und nervös über die Spalten gleiten. »Hier. Safran. Jetzt habe ich das ganze Rätsel. Safran und Salm konnte ich nicht herausbekommen. Jetzt habe ich eine hohe Intelligenzquote, ich liege über dem Durchschnitt. Ist das nicht großartig?«
»Wirklich großartig«, nickte Florence. »Solltest du jetzt nicht Mr. Steeles Zimmer aufräumen?«
»Es ist doch noch nicht so spät.«
»Es ist halb elf.«
»Du lieber Himmel, wie die Zeit vergeht! Ja, ich gehe. Manchmal kommt er mittags nach Hause. Weißt du, Florence, ich frage mich, ob er wirklich Architekt ist. Gestern lagen in seinem Zimmer ein paar Skizzen herum, die mir sehr ungeschickt und dilettantisch vorkamen.«
»Eigentlich gehen uns seine Skizzen ja gar nichts an.«
»Dann soll er sie eben besser wegräumen. Sie waren in der obersten Schublade seines Schreibtisches, so daß ich sie wohl oder übel bemerken mußte.«
»War die Schublade denn offen?«
»Na ja, das nicht gerade. Aber du weißt, wie sich der Staub in den Beschlägen festsetzt, und als ich sie abstaubte, ging die Schublade gerade so weit auf, daß ich einen Blick hineinwerfen konnte.«
»Ein Architekt muß nicht unbedingt ein Künstler sein.«
»Natürlich nicht, aber er könnte zumindest den Grundriß unseres Hauses so zeichnen, daß es ... ja, daß es fachmännisch aussieht.«
»Den Grundriß *unseres* Hauses?«
»Davon rede ich doch die ganze Zeit. Es war eine komplette Skizze des Kellergeschosses, mit den Garagen, meiner Dunkelkammer, den Regalen, Fenstern, Treppen und allem.«
»Das scheint doch eher ein Beweis zu sein, daß er wirklich Architekt ist und sich für unseren alten Baustil interessiert.«
Rebecca rümpfte die Nase. »Wenn sich dann bloß nicht heraus-

stellt, daß er im Auftrag der Baubehörde herumschnüffelt. Paß auf, eines Tages kommt ein Inspektor und erzählt uns, daß die Fundamente schadhaft sind und wir eine Menge Reparaturarbeiten machen lassen müssen.«
»Kommt Zeit, kommt Rat. Inzwischen geh mal hinauf und bring das Zimmer in Ordnung, Rebecca.«
Mrs. Gentrie hatte vor zwei Jahren einen separaten Eingang dazu benutzt, ein Einzimmerappartement mit Bad einzurichten. Delman Steele war ihr neuer Mieter. Er war erst vor zehn Tagen eingezogen. Aber in der kurzen Zeit hatte er sich schon in der Familie beliebt gemacht. Abends setzte er sich zu Rebecca und half ihr beim Lösen der Kreuzworträtsel, oder er half ihr in der Dunkelkammer.
Da das Haus an einem Hang lag, konnte man den Keller zu zwei Garagen ausbauen, von denen eine an R. E. Hocksley, einen Nachbarn, vermietet war. Mrs. Gentrie war ihm zwar nie begegnet, er ließ jedoch die Miete durch seine Sekretärin, Opal Sunley, pünktlich bezahlen. Mrs. Gentries Gedanken wanderten weiter zu Arthur junior, der in letzter Zeit sein deutliches Interesse für Opal Sunley bekundete. Er war neunzehn und somit eigentlich erwachsen genug, um auf sich selbst aufzupassen. Opal trug neuerdings eine überlegene Miene zur Schau, die Mrs. Gentrie gar nicht gefiel. Opal war vier bis fünf Jahre älter als Junior, und Mrs. Gentrie hatte das Gefühl, sie sei schon verheiratet gewesen und lebe jetzt getrennt von ihrem Mann. Ihr Sohn sollte sich lieber um gleichaltrige Mädchen kümmern.
Mrs. Gentrie seufzte; sie dachte daran, daß die Jahre immer schneller und unbarmherziger vergingen.

2

Während der Nacht erwachte Mrs. Gentrie mit dem unbestimmten Gefühl, daß sie eine Tür zuschlagen und Schritte auf der Treppe gehört hatte, und zwar leise Schritte, als ob sich jemand verstohlen über den Gang geschlichen hätte. Sie hatte noch nicht lange geschlafen; ihre schlaftrunkenen Sinne wehrten sich gegen die wachsende Erkenntnis, daß etwas Bedeutsames geschehen war. Eigentlich war sie nicht mal besorgt; sie

war nur etwas verwundert, so daß sie langsam wieder einschlief, als das störende Geräusch aufgehört hatte.
Plötzlich schreckte sie hoch und setzte sich auf. Ein unheimlicher, unüberhörbarer Schall dröhnte ihr als Echo noch in den Ohren. Angestrengt und hellwach lauschte sie hinaus.
»Was ist denn?« murmelte Arthur Gentrie schläfrig neben ihr.
»Ich glaube, ich hab was gehört, Arthur.«
»Schlaf doch weiter.«
»Du, da knallt eine Tür, oder – oder ein Schuß!«
Ihr Mann drehte sich um und sagte: »Schon recht« und fiel unvermittelt wieder in ruhiges Atmen zurück, das sich bald zu einem leichten Schnarchen vertiefte.
Mrs. Gentrie hörte wieder die Schritte auf der Treppe, die jetzt aber nicht nur leise, sondern auch sehr eilig klangen. Eine Stufe ächzte.
Sie machte das Licht an und sah zu ihrem schlafenden Mann hinüber. Er schlief fest. Mrs. Gentrie stieg aus dem Bett, zog sich den Morgenrock über, angelte mit den Füßen nach ihren Pantoffeln und öffnete die Tür zum Gang. Neben der Badezimmertür am andern Ende des Korridors schimmerte ein trüber Lichtstrahl; er war kaum hell genug, die dunklen Schatten der Türbogen zu durchdringen.
Mrs. Gentrie rieb sich den Schlaf aus den Augen und beugte sich über das Treppengeländer. Aber sie hörte nichts. Die kalte Nachtluft drang durch ihre Kleider, sie erschauerte und wickelte sich fester in ihren Morgenrock. Nur undeutlich erinnerte sie sich an das beunruhigende Geräusch. Mrs. Gentrie war nun wach genug, um alle denkbaren Ursachen der Reihe nach in Betracht zu ziehen; sie wollte es nicht mehr glauben, daß es ein Schuß gewesen war.
Da kam aus dem Kellergeschoß des dunklen Hauses ein dumpfes Rumpeln, als ob jemand gegen irgend etwas angestoßen wäre, als ob etwas umfiel. Es kam unverkennbar aus dem unteren Flur. Das erforderte männlichen Beistand.
Mrs. Gentrie eilte zitternd ins Schlafzimmer zurück. Plötzlich bemerkte sie, daß das Fenster offenstand und der Nachtwind die Gardinen gegen den alten Wandschirm blies. Abends zuvor war sie vor ihrem Mann zu Bett gegangen. Arthur hatte im Keller noch etwas angestrichen und hatte später das Fenster geöffnet, ohne die Vorhänge beiseite zu schieben. Sie würden

ganz schmutzig, wenn sie dauernd gegen den staubigen Wandschirm flatterten. Sie lief hin, zog die Gardinen zurück und rief erst dann: »Arthur!«
Ihr Mann antwortete nicht. Sie schüttelte ihn wach und verkündete ihm, daß sie nun eine ganze Reihe von Geräuschen gehört hätte.
»Wahrscheinlich ist der Junge nach Hause gekommen«, brummte er.
Mrs. Gentrie schaute auf die Uhr. Es war fünf Minuten nach halb ein Uhr. »Er hätte schon längst da sein sollen«, meinte sie.
»Hast du in sein Zimmer geschaut?«
»Nein. Ich sagte dir doch, jemand lief im Gang und stolperte über etwas.«
»Junior wird gekommen sein – und der Wind hat die Tür zugeschlagen.«
»Aber das Geräusch kam aus dem Kellerflur.«
»Es war nur der Wind«, sagte Mr. Gentrie. Das beharrliche Schweigen seiner Frau ließ ihn hinzusetzen: »Meinetwegen, dann schaue ich eben nach.«
Florence wußte, daß Arthur nur oberflächlich nachsah. Sie hörte, wie er im Keller umherging und das Licht einschaltete. Da sie sich Sorgen wegen Junior machte, ging sie zu seinem Zimmer, das rechts neben der Treppe lag. Die Tür war geschlossen. Sie öffnete sie leise und spähte hinein.
»Junior.«
Keine Antwort.
Sie spürte, daß niemand hier war. Sie drehte den Lichtschalter um: Junior war nicht da. Das glatte weiße Deckbett kam ihr wie ein neues Alarmzeichen vor. Die schweren Schritte ihres Mannes, der müde die Treppe wieder heraufkam, beruhigten sie etwas. Auf einmal verspürte sie den Wunsch, ihren Sohn zu beschützen; sein Vater sollte nicht wissen, daß er noch nicht da war.
»Was war denn unten?« fragte sie und schloß die Tür hinter sich.
»Nichts natürlich. Der Wind hat die Kellertür zugeschlagen; Mephisto sprang...«
»Welche Kellertür?«
»Die in der Küche.«
»Wieso, die ist doch sonst immer geschlossen.«
»Ich habe gestern da unten etwas gestrichen und die Tür

offengelassen, damit die Luft besser zirkulieren kann. Der Wind hat sie dann eben zugeschlagen.«
Florence war beschämt. Sie hörte die müde Stimme ihres Mannes und sah seine gebeugten Schultern. Diesen erschöpften Menschen hatte sie in der Aufregung wegen ein paar sonderbarer Geräusche in seiner Nachtruhe gestört. Arthur trottete durch den Flur in der Haltung eines Mannes, der in einundzwanzig Ehejahren erfahren hat, daß Frauen nun einmal auf kuriose Gedanken kommen und ihre Ehemänner gelegentlich auf nächtliche Streifzüge durchs Haus schicken. Da sie nichts davon abhalten konnte, war es am besten, ihre Wünsche zu erfüllen und dann so schnell wie möglich zurück ins Bett, in die Wärme, in den Schlaf zu sinken.
Voller Gewissensbisse folgte Florence ihm ins Bett. Sie kuschelte sich eng an ihn und lauschte seinen immer tiefer werdenden Atemzügen, bis auch sie eine warme Müdigkeit überkam.
Das Klingeln des Weckers riß sie ein paar Stunden später wieder aus dem Schlaf. Sie stellte ihn ab, zog den Morgenrock an und ging hinaus auf den Treppenflur, wo sie mit einem Hebel die Gasheizung im Keller einschaltete. Im Dämmerlicht des Morgens fand sie selbst ihre nächtlichen Ängste albern. Trotzdem mußte sie jetzt einfach in das Zimmer ihres Sohnes schauen. Er hatte seine Kleider achtlos auf einen Stuhl beim Fenster geworfen und lag nun, fest in das Deckbett gewickelt, im tiefen Morgenschlaf.
Erst als sie ihn dort liegen sah, wurde Florence bewußt, wie sehr sie sich davor gefürchtet hatte, noch einmal ein unberührtes Bett mit glatten Kissen zu sehen. Leise klinkte sie die Tür wieder zu. Junior hatte noch eine Stunde Zeit.
Im großen Haus begann der Alltag, der sich in nichts von den anderen Tagen unterschied, bis das Heulen einer Sirene durch die Morgenstille drang und den glatt funktionierenden Haushalt von Mrs. Gentrie vollkommen lahmlegte.

3

Perry Mason kaufte am Verkaufsstand gerade eine Packung Zigaretten, als er in der Menschenmenge, die zur Eingangshalle des Geschäftshauses hereinströmte, seine Sekretärin Della Street sah. Ihre attraktive Erscheinung verriet von Kopf bis Fuß jene wohlgepflegte Korrektheit, die unweigerlich die Aufmerksamkeit aller Männeraugen auf sich zieht.
Perry Mason warf einen Vierteldollar auf die Ladentheke und ging zum Lift, wo Della Street ihn schon lächelnd erwartete.
»Was passiert?« fragte sie.
Mason legte die Hand um ihren Ellbogen. »So eine Überraschung«, sagte er.
»Kann man wohl sagen. Was wollen Sie denn so früh hier? Ein Mord, den ich noch nicht gerochen habe? Sie waren doch gestern abend ziemlich lange hier; ich dachte nicht, daß Sie vor elf Uhr aufkreuzen würden. Das Büro sieht vermutlich wie ein Schlachtfeld aus?«
»Ganz richtig vermutet«, erwiderte er, »aber lassen Sie vorläufig alles so liegen. Ich habe einen neuen Aspekt in dem Konsolidierungsprozeß entdeckt. Die Bücher liegen aufgeschlagen in genau der Reihenfolge gestapelt, die ich beim Diktat einhalten will.«
Zusammen betraten sie einen der überfüllten Fahrstühle und drängten sich hinein. »Werden wir den Fall gewinnen?« fragte sie leise.
Mason nickte ihr lächelnd zu, sagte aber erst, als sie den Lift wieder verlassen hatten und den langen Korridor zum Büro einschlugen: »Ziemlich sicher. Gestern abend so um elf habe ich genau den Prozeßgang herausbekommen, der mir von Anfang an vorschwebte. Die nötigen Unterlagen habe ich mir dann noch zusammengesucht.«
»Ein schönes Stück Arbeit«, sagte Della Street und schloß die Tür zu Masons Privatbüro auf. »Ich schaue mal eben nach, was draußen bei den anderen los ist. Soll ich Ihnen die Post bringen?«
Mason schmunzelte. »Aber bitte nicht alles. Suchen Sie die Schecks heraus, werfen Sie die Reklame weg und legen Sie den Rest zu den unerledigten Akten.«
»Wo sie dann ein bis zwei Wochen geruhsam liegenbleiben,

bis jemand sie in den Ordner mit der Aufschrift ›Erledigt‹ einreiht.«

»Wenn wirklich etwas Wichtiges darunter ist, wissen Sie ja, was zu tun ist.«

Mason haßte Briefe mit jener Abneigung, die alle tatkräftigen Männer der Routinearbeit entgegenbringen. Er hängte seinen Hut auf und ging zum Fenster. Einen Augenblick lang betrachtete er das Verkehrsgewimmel tief unter sich und wandte sich dann seinem Schreibtisch zu. Er nahm die Akte zur Hand, die aufgeschlagen auf der Tischplatte lag, und vertiefte sich in das Protokoll. Langsam, ohne es recht wahrzunehmen, angelte er mit dem Fuß nach dem Drehstuhl und ließ sich nieder, ohne seine Lektüre zu unterbrechen.

Kurz darauf öffnete sich die Tür. Della Street kam geräuschlos herein und wartete geduldig, bis er zu ihr aufsah. »Was gibt's denn?« fragte er.

»Einen Piloten, der Sie wegen seines Stiefvaters sprechen möchte«, berichtete Della Street. »Er wartet draußen.«

»Interessiert mich nicht. Ich bin mit dem Konsolidierungsfall beschäftigt und möchte nicht gestört werden.«

»Er ist ein ganz netter Bursche«, redete sie weiter. »Allerdings scheint er es auch selbst zu wissen. Er sagte mir, sein Stiefvater sei invalide und könne nicht selber herkommen, um eine äußerst wichtige Rechtsangelegenheit mit Ihnen zu besprechen. Vergangene Nacht gab es in der Wohnung unter ihm eine Schießerei, und er befürchtet, daß sich seine Angelegenheit dadurch sehr kompliziert.«

Mason legte die Akte mit einem unterdrückten Seufzer aus der Hand. »Der Schuß hat den Ausschlag gegeben«, bemerkte er und verzog den Mund. »Ich kann mich unmöglich auf einen Brief konzentrieren, wenn irgendwo geschossen wird. Wie heißt er denn?«

»Rodney Wenston. Er ist ein begeisterter Sportflieger. Er lebt von dem Vermögen, das ihm seine Mutter hinterlassen hat. Seinen Stiefvater scheint er ebensowenig zu mögen wie dieser ihn. Er nennt ihn nur den ›Alten‹.«

»Wie alt ist er selber?«

»Mitte Dreißig. Groß, breitschultrig, selbstsicher. Wenn er aufgeregt oder befangen ist, lispelt er ein wenig, was ihn ziemlich zu ärgern scheint.«

»Er fliegt also nur zu seinem Vergnügen?«
»Er sagt, es sei sein Hobby.«
»Sie scheinen ihn ja gehörig ausgefragt zu haben.«
»Ich tat, was ich konnte«, erwiderte sie kühl. »Das heißt, ich mußte mich nicht mal besonders anstrengen. Vielleicht hat mich seine Offenheit für ihn eingenommen. Er sieht in einer Sekretärin nicht die übliche Mauer, die man umgehen oder überspringen muß, um ans Ziel zu gelangen, sondern eine wichtige Vermittlerin im Geschäftsleben.«
»Dann wollen wir ihn auf Grund Ihrer Beurteilung und des erwähnten Schusses einmal anhören«, meinte Mason. »Wie war das mit dem Lispeln, Della?«
»Ach, das ist nicht so schlimm. Er sieht sehr gut aus, hat blaue Augen und dichtes blondes Haar; vermutlich ist er mehr als verwöhnt. Jedenfalls ist er eine Persönlichkeit. Das Lispeln irritiert ihn zwar anfangs, verliert sich aber im Lauf des Gesprächs.«
»Gut, lassen Sie ihn herein«, sagte Mason.
Della Street hob den Telefonhörer ab und sprach hinein: »Schikken Sie bitte Mr. Wenston herein, Gertie.« Sie legte den Hörer zurück und sagte zu Mason: »Jetzt fangen Sie bloß nicht wieder an, in der Akte zu lesen.«
»Ich lege sie ja schon weg«, versprach Mason und drehte das aufgeschlagene Schriftstück mit den Seiten nach unten. Die Tür seines Privatbüros öffnete sich, und Rodney Wenston kam mit einer höflichen Verbeugung herein. »Guten Morgen, Mr. Maschon. Hoffentlich verscheien Schie mir dieschen frühen Überfall, aber der Alte ischt wirklich sehr aufgeregt. In der Wohnung unter ihm gab es heute nacht eine Schießerei und er befürchtet, die Leute von der Polizei könnten ihn verhören, bevor er mit Ihnen sprechen konnte. Er schagt, es schei außerordentlich wichtig, daß Schie schofort kommen. Er bezahlt Ihnen jedes Honorar, wenn Schie augenblicklich zu ihm aufbrechen.«
»Können Sie mir mehr über die Sache erzählen?« fragte Mason.
Wenston lächelte. »Leider nicht. Mein Stiefvater gehört zu den bärbeißigen Einzelgängern. Ich spiele nur die Vermittlerrolle. Er...«
Das Telefon klingelte. Della Street nahm den Hörer und sagte: »Hallo... ja«, und indem sie die Sprechmuschel mit der Hand zuhielt: »Hier ist er, Mr. Mason. Elston A. Karr. Er sagt, er habe

seinen Stiefsohn zu Ihnen geschickt, um den Fall zu erklären. Er möchte Sie nun persönlich sprechen.«
Mason nickte und nahm ihr den Hörer aus der Hand. »Hallo«, sagte er. Er hörte eine brüchige, hohe Greisenstimme mit scharfer Betonung und genauer Aussprache: »Mr. Mason, ich heiße Elston A. Karr. Ihre Sekretärin hat meine Adresse vermutlich schon aufgeschrieben. Anscheinend ist heute nacht in der Wohnung unter mir jemand ermordet worden. Die ganze Gegend wimmelt von Polizisten. Aus bestimmten Gründen, die ich Ihnen hier nicht am Telefon erklären kann, möchte ich einen Rechtsanwalt konsultieren. Ich war ohnehin dazu entschlossen, aber nun muß ich die Sache erledigen, bevor sich die Polizei in meine Privatangelegenheiten mischt. Können Sie wirklich sofort kommen? Ich bin leider an den Rollstuhl gefesselt und kann Sie nicht in Ihrem Büro aufsuchen.«
»Wer ist denn ermordet worden?« fragte Mason.
»Ich weiß es nicht. Die Sache an sich ist völlig unwichtig, soweit sie mich nicht an meinem Vorhaben hindert.«
Mason probierte eine psychologische Fangfrage aus, als er sich erkundigte: »Meinen Sie denn, daß der Verdacht auf Sie fallen könnte?«
Die Fistelstimme antwortete verächtlich: »Aber keinesfalls!«
»Warum dann diese Eile?«
»Ich erkläre es Ihnen, wenn Sie hier sind. Es ist für mich überaus wichtig. Ich zahle Ihnen jedes Honorar, wenn Sie persönlich kommen, Mr. Mason. Aber Sie müssen sich sofort entscheiden, ob Sie meinen Fall übernehmen wollen oder nicht.«
Mason wandte sich zu seiner Sekretärin: »Sagen Sie bitte Gertie, daß sie mir nicht die Bücher in der Bibliothek anrührt. Gut, Mr. Karr, ich komme gleich. Einen Moment noch. Della, haben Sie die Adresse?«
»Ja.«
Mason legte den Hörer auf. »Kommen Sie, Della, wir gehen.«
Wenston lächelte ihnen zu. »Ich bin froh, daß Sie selbst mit ihm gesprochen haben. Er ist eine alte Kratzbürste. Ich komme nicht mit. Wir vertragen uns nicht besonders. Ich führe zwar seine Aufträge aus und fliege ihn umher, aber Freunde sind wir nicht. Lassen Sie sich bloß nicht von dem Alten unterkriegen. Er wird es schnell genug versuchen. Wenn er es geschafft hat, verliert er allen Respekt vor Ihnen. Noch etwas. Denken Sie daran, er ist

eine hintergründige Natur. Nach außen hin gibt er sich einfältig, aber er kennt alle ostasiatischen Schliche. Sie wissen wohl, was ich meine: Wenn er nach Norden will, geht er erst einmal nach Osten und schlägt dann einen Bogen. Die Wohnung ist auf meinen Namen gemietet; an der Tür steht Wenston.«

»Ich werde mich vorsehen. Vielen Dank. Wiedersehen.«

Als Wenston gegangen war, griff Mason nach seinem Hut. Er stieg mit Della Street in den Lift und fuhr in die Garage hinunter, wo sein Wagen parkte. Der Anwalt fuhr sicher durch das morgendliche Verkehrsgewühl und parkte seinen Wagen einige Häuser vor der angegebenen Adresse. Vier bis fünf Wagen standen schon vor dem zweistöckigen Haus, das mit seinem Ziegeldach und den cremeweißen Wänden stark von dem altmodischen Fachwerkhaus der Gentries abstach.

Als sie auf das Haus zugingen, sagte Della: »Das Eckhaus dort ist auch nicht mehr das jüngste.«

Mason betrachtete es neugierig. »Die meisten dieser Häuser stammen aus der Jahrhundertwende. Jetzt sind sie hoffnungslos veraltet; damals galten sie als Luxusvillen. Hier müssen wir hin, nicht wahr?«

»Ja. Wir wollen links klingeln, an der rechten Klingel steht Robindale E. Hocksley.«

»Hoffentlich läßt er uns nicht lange hier draußen stehen«, meinte Mason. »Wenn wir Pech haben, steckt Leutnant Tragg den Kopf zur Tür heraus und dann ...«

Mit einem Ruck ging die linke Tür auf. Ein großer Chinese in dunklen Kleidern fragte: »Guten Tag. Sie Mistah Mason? Bitte kommen herein, kommen sehr schnell herein.«

Mason und Della traten durch die Tür, die der Chinese gleich wieder schloß, und stiegen die Treppe hinauf. Der Chinese folgte ihnen geräuschlos.

Von oben hörte man das Rollen von Gummirädern, die auf dem Parkettfußboden des Korridors rasch näher kamen. Die hohe, etwas heisere Stimme, die Mason schon vom Telefon her kannte, sagte: »Schon gut, Johns. Kümmern Sie sich nicht darum, ich werde das schon erledigen.« Gleich darauf schoß der Rollstuhl hinter den Portieren hervor. Mason bemerkte, wie eine ausgemergelten Hand auf die Bremse drückte. Er sah in ein Paar stechende graue Augen, die tief in ihren Höhlen unter buschigen Augenbrauen lagen und ihn durchdringend muster-

ten. Das Gesicht bestand nur aus einer faltigen Haut und Knochen.
Dennoch erweckte der Mann im Rollstuhl den Eindruck ungebrochener Energie, als ob sich alle Kräfte im Nervensystem konzentriert hätten. Die grauen Augen hefteten sich so gespannt an den Anwalt und betrachteten ihn so intensiv, daß Mason die üblichen Begrüßungsworte völlig vergaß. Della Street bemerkte er überhaupt nicht. Er starrte nur Mason an.
Der Bann wurde schließlich durch einen Mann gebrochen, der schnell hinter dem Vorhang auftauchte. »Mr. Mason?« fragte er.
Der Anwalt nickte.
Lächelnd kam der Mann näher. Er war gedrungen, breitschultrig und streckte seinen kurzen, muskulösen Arm aus. »Ich heiße Blaine«, sagte er, »Johns Blaine.« Mason drückte seine kräftigen kurzen Finger.
Karr ließ die Augenlider herabsinken. Seine Haut war so wächsern und durchscheinend, daß er nun fast wie ein Leichnam aussah. Langsam schlug er die Augen wieder auf. Der Ausdruck angespannter Kraft war aus ihnen gewichen und machte einem freundlichen Zwinkern Platz. Er lächelte. »Entschuldigen Sie, Mr. Mason«, sagte er, »ich brauche einen guten Rechtsanwalt. Ich wollte nur prüfen, ob Sie dem entsprechen, was ich von Ihnen gehört habe.«
Er hob seine Hand von der Lehne des Rollstuhls und reichte sie Mason, der sie vorsichtig ergriff. Unter der kühlen Haut spürte er die zerbrechlichen Knochen.
»Meine Sekretärin, Miss Street«, stellte Mason vor. Die Männer nickten ihr zu, dann sagte Karr: »Und das ist mein Diener Nummer eins, Gow Loong.«
Mason betrachtete den Chinesen mit unverhohlenem Interesse. Irgendwie wirkte er mehr wie ein Freund oder Partner. Er hatte unergründlich dunkle Augen und eine hohe Stirn.
»Sehen Sie ihn nicht zu lange an«, warnte Karr. »Er ist wie jeder Asiate. Man glaubt immer, man könnte ihn verstehen, aber im Grunde bleibt er rätselhaft. Er erweckt unsere Neugier und schlägt uns dann die Tür vor der Nase zu. Aber darüber ist schon viel nachgedacht und noch mehr geredet worden. Schön, daß Sie Ihre Sekretärin mitgebracht haben. Sie kann sich gleich alles notieren, und ich brauche die ganze Sache nicht zweimal zu erzählen. Wiederholungen machen mich immer nervös. Aber

warum stehen Sie noch? Kommen Sie doch weiter, wir setzen uns bequem hin und besprechen dann alles.«
Er packte die dicken Gummireifen seines Rollstuhls und brachte sie mit einer heftigen Schulterbewegung zum Rollen. Mit erstaunlicher Kraft trieb er das Gefährt so schnell rückwärts über den Korridor, daß ihm die anderen nur mit Mühe folgen konnten.
Sie betraten einen geschmackvoll eingerichteten Salon. Auf dem Parkettboden lagen wertvolle chinesische Teppiche; die Möbelstücke stammten offensichtlich auch aus dem Fernen Osten. Das dunkle Holz trug reiche Schnitzmuster, in denen das Drachenmotiv vorherrschte.
Karr drehte seinen Rollstuhl geschickt um und blieb mit einem Ruck stehen. Die Art, wie er mit seinem Stuhl umging, bewies langjährige Übung. »Setzen Sie sich doch bitte«, drängte er mit seiner krächzenden Stimme. »Machen Sie keine Umstände, dazu haben wir keine Zeit. Mason, kommen Sie her zu mir. Miss Street, Sie können vielleicht dort am Tisch schreiben. Oder nein, warten Sie. Dort steht ein Satz verschieden hoher Tischchen. Suchen Sie sich den geeignetsten davon aus. Gow Loong, stell den anderen Tisch auch in ihre Reichweite. Setzen Sie sich hin, Johns, verdammt noch mal, Sie machen mich nervös mit Ihrem Herumlungern.«
»Was ist denn eigentlich passiert?« fragte Mason.
»Hören Sie mir gut zu«, antwortete Karr. »Haben Sie Ihren Stenoblock bereit, Miss Street? Schön. Also ich stecke mitten in einer ziemlich heiklen Angelegenheit. Ich will jetzt nicht auf Einzelheiten eingehen. Ich hatte einen Geschäftspartner in China. Es war ein hartes Geschäft: Gewehrtransporte auf dem Yangtse. Wenn man einen erwischte, wurde er in Stücke geschnitten. Sie nannten es den ›Tod der tausend Schnitte‹.
Wir waren daran beteiligt. Es war aufregend und brachte viel Geld. Ich will nicht ausführlich darüber berichten, jedenfalls nicht jetzt. Meine Sache hat etwas mit dieser alten Partnerschaft zu tun. Sie muß bis zum Ende geheim bleiben. Ich kann keine Publizität vertragen; niemand soll wissen, wer ich bin. Wie verlautete, wurde Elston A. Karr auf dem Fluß erschossen.
Das Apartment habe ich auf den Namen meines Stiefsohnes, Rodney Wenston, gemietet. Er unterschreibt alle Rechnungen, zahlt die Miete und so fort. Ich trete überhaupt nicht in

Erscheinung.
Man sollte jedoch diese Asiaten nicht unterschätzen; die Burschen sind nicht leicht zu täuschen. Sie sind langsam, aber zäh, das heißt, manchmal sind sie gar nicht so langsam. Jedenfalls muß ich die Öffentlichkeit meiden. Niemand darf mich sehen oder befragen.
Ich habe Sie hergebeten, weil ich mit Ihnen über die Angelegenheit sprechen will, die mit dieser alten Partnerschaft zusammenhängt. Ich begann meine Fühler erst dann auszustrecken, als ich sicher war, daß jegliches Interesse an meiner Übersiedlung hierher erloschen war. Ich wartete bis zu diesem Zeitpunkt, und da geschieht unter mir dieser Mord. Bringt mich in eine verteufelt mißliche Lage. Die Zeitungsfritzen werden alles über das Haus und seine Bewohner ausposaunen. Noch ungelegener hätte es gar nicht passieren können.«
»Warum warten Sie nicht eine Weile damit?« fragte Mason.
»Weil ich schon mittendrin bin«, rief Karr ärgerlich. »Verflucht, Mason, ich habe es Ihnen ja schon gesagt. Ich habe den Stein ins Rollen gebracht und kann ihn nicht mehr aufhalten. Je mehr Aufhebens dort unten von dem Mord gemacht wird, je länger alles dauert, um so mehr Aufmerksamkeit wird man auch mir schenken, und um so gefährlicher wird es für mich.«
»War die Polizei schon hier?« fragte Mason.
»Nein, deshalb war es so wichtig, daß Sie sofort kommen. Sie sollen mir bei der Vernehmung helfen.«
»Wieso waren sie nicht schon längst hier?« fragte Mason erstaunt.
»Ich habe sie davon abgehalten«, antwortete Karr. »Ich habe Johns und Gow Loong hinuntergeschickt, um nachzuforschen, was überhaupt geschehen war, und die Polizei hat sie ausgefragt. Irgendein Leutnant vom Morddezernat. Wie hieß er doch, Johns?«
»Tragg.«
»Richtig, Tragg. Lieutenant Tragg. Kennen Sie ihn, Mason?«
»Ja.«
»Die beiden erzählten Tragg, ich wäre krank und könne nicht hinunterkommen. Außerdem wüßte ich von nichts. Nun, das stimmt nicht ganz. Ich habe den Schuß gehört, aber weiter weiß ich wirklich von nichts.«
»Wenn Sie mir sagen könnten«, meinte Mason, »warum Sie

mich dazu so dringend brauchen, hätten wir einen besseren Ausgangspunkt.«
Karr streckte sich mit einem Ruck. In seinen Augen funkelte wieder jener Ausdruck ungebändigter Energie, die im Widerspruch zu seinem zerbrechlichen Körper stand. »Was ist mit Ihrer Sekretärin? Ist sie zuverlässig?«
»Absolut.«
»Verbürgen Sie sich dafür?«
»Ja.«
»Es ist aber verdammt wichtig.«
»Sie hat mein volles Vertrauen.«
»Ich weiß nicht, was unten geschehen ist«, fuhr Karr fort, »es kümmert mich auch nicht im geringsten. Ich kann mich kaum bewegen, ich bin an meinen Rollstuhl gebunden. Hinein und heraus muß man mich heben. Mich geht die Nachbarschaft nichts an. Nun ist dort unten jemand ermordet worden, und die Zeitungsreporter schnüffeln herum. Ich kann nicht dulden, daß man mich an die Öffentlichkeit zerrt.«
»Warum haben Sie mich gerufen?« fragte Mason.
»Ich komme gleich darauf. Lassen Sie mich doch ausreden. Es macht mich nervös, wenn ich alles wiederholen muß. Ich sagte schon, ich muß mich verstecken. Sie wollen mich kaltmachen, und es würde mich nicht weiter wundern, wenn sich der Mörder da unten nur im Stockwerk geirrt hätte. Bei der Wahl meiner Wohnung war ich äußerst vorsichtig, aber anscheinend noch immer nicht vorsichtig genug, ich hätte auch die untere Wohnung mieten sollen. Aber als ich einzog, stand sie schon seit mehr als einem Jahr leer. Ich verwünsche jede Nachbarschaft, aber die Mieten sind sehr hoch. So bin ich mitten in der Nacht eingezogen...«
»Warum haben Sie nicht die untere Wohnung genommen?« fragte Mason. »Dann hätten Sie keine Mühe mit der Treppe gehabt.«
»Das spielt überhaupt keine Rolle«, erwiderte Karr. »Ich kann mich nur im Rollstuhl fortbewegen. Ich habe keine Sehnsucht nach draußen, außer nach ein bißchen Sonne. Die kann ich auf meinem Südbalkon haben, nach Süden versperrt kein anderes Gebäude die Sicht. Und das altmodische Gebäude dort im Norden hält alle kalten Winde ab. Ich habe es gern warm, mein Blut ist zu dünn. Das verdanke ich den Tropen, der Ruhr und der

Malaria. Aber das ist jetzt nicht wichtig. Wie kam ich auf Treppen? Ach so, Sie haben mich danach gefragt.«
Er hob seine Hand und stieß mit dem ausgestreckten knochigen Zeigefinger nach Mason. »Sie sollten mich nicht unterbrechen.«
Mason lächelte. »Ich muß aber einige Sachen genau wissen.«
»Gut. Ich bin gleich dabei. Warten Sie, bis ich fertig bin; fragen Sie mich dann nach Unklarheiten. Worüber sprach ich gerade?«
»Über die Öffentlichkeit«, sagte Johns Blaine in die Stille, die auf Karrs Worte folgte.
»Über Mord«, berichtigte Gow Loong.
Masons Augen schweiften voller Interesse über das Gesicht des Chinesen. Zum erstenmal hatte er etwas gesagt, ohne Nachdruck, ohne Akzent und ohne Zögern. Es war nur ein Stichwort für Karr gewesen.
»Richtig«, sagte Karr. »Der Mord. Ich werde gesucht, Mr. Mason. Wenn sie mich finden, bin ich verloren. Ich kann mich nur unbeholfen fortbewegen und habe alles darangesetzt, um meinen Aufenthaltsort geheimzuhalten. Es hätte vielleicht bessere Wohnungen hier in Hollywood gegeben, aber wir hatten nicht viel Zeit, uns umzusehen. Sie sind hinter mir her; sie sind mir hart auf den Fersen. Einen Mann im Rollstuhl kann man nicht gerade als unauffällig bezeichnen. Johns hat getan, was er konnte, und ich bin mit ihm zufrieden. Aber ich kann keine Untersuchung über mich ergehen lassen, ich will nichts mit der Polizei zu tun haben. Ich kann mir kein Zeitungsinterview leisten.«
»Was wissen Sie über die Ereignisse?« fragte Mason.
»Eine Woche nach meinem Einzug wurde die untere Wohnung an einen Mann vermietet, den ich noch nie gesehen habe. Er heißt Hocksley. Sie haben unten sicher sein Namensschild gelesen.«
Mason nickte zustimmend.
»Ich weiß nicht, was er ist. Vielleicht hat er etwas mit den Filmateliers zu tun, so eine Art Schriftsteller mit einer verteufelt unregelmäßigen Lebensweise. Manchmal hörte ich ihn die ganze Nacht hindurch diktieren; er schien überhaupt nur nachts zu arbeiten. Am Tag schlief er dann vermutlich.«
»Diktierte er einer Sekretärin?« erkundigte sich Mason.
»Nein, einem Diktiergerät. Es kam mir jedenfalls so vor. Tagsüber kam ein Mädchen, das stundenlang auf der Schreibma-

schine hämmerte; wahrscheinlich seine Angestellte. Sie hat übrigens den Mord entdeckt.«
»Kommt sie täglich?«
»Ja.«
»Und sonst wohnt niemand mehr unten?«
»Er hatte eine Haushälterin. Wie hieß sie nur, Gow Loong?«
»Salah Pahlin.«
»Stimmt. Sarah Perlin. Ich kann mir keine Namen merken. Dieser klingt jedenfalls eigenartig. Gesehen habe ich sie nie, aber Johns kennt sie. Erzählen Sie mal, wie sie aussieht, Johns.«
»Um fünfundfünfzig, groß und hager«, sagte Johns knapp. »Dunkle Augen, graues, straff zurückgekämmtes Haar, nicht zurechtgemacht. Sie wohnt wohl unten im Hinterzimmer. Sie ist um einssiebzig groß und kann vielleicht etwas über fünfzig Kilo haben. Sie macht die Hausarbeit und kocht, wäscht aber nicht. Sie redet nicht viel. Von Braten hält sie anscheinend nichts, aber man riecht oft den Duft von frisch gebackenem Kuchen.«
Karr hob die Hand. »Genug«, sagte er. »Den Rest kann Mason sich denken. Er soll sich nur ein Bild von ihr machen. Sie ist nämlich verschwunden.«
Das Summen der Türglocke unterbrach ihn.
»Das wird die Polizei sein«, meinte Mason.
»Schaffen Sie sie mir vom Halse, Mason, dazu habe ich Sie schließlich gerufen.«
Ungeduldig erwiderte Mason: »Sie haben die Zeit mit Nebensächlichkeiten vertrödelt und mir keine stichhaltige Auskunft gegeben, weil Sie sich nicht durch meine Fragen unterbrechen lassen wollten. Gow Loong, gehen Sie zur Tür, aber halten Sie Tragg ein paar Minuten hin. Karr, erzählen Sie jetzt ohne Umschweife, was passiert ist.«
Karr wehrte gereizt ab: »Ich lasse mich nicht unterbrechen, ich...«
»Hören Sie auf! Antworten Sie! Was ist passiert?«
Johns Blaine starrte Mason entgeistert an und stammelte: »Aber Mr. Karr wird nervös, wenn er unterbrochen wird, Mr. Mason. Er...«
»Ruhe«, sagte Karr zu ihm und wandte sich zu Mason: »Ein Schuß, heute nacht, um halb ein Uhr. Danach ein Gelaufe im Treppenhaus. Ich konnte wirklich nichts tun. Doch, ich hätte

schreien können, aber ich traute mich nicht. Es hätte ja doch nichts geholfen.«
»Wo waren Ihre Leute?« fragte Mason. »Wissen sie etwas?«
»Ich war allein. Ich bleibe eigentlich selten allein, aber...«
Mason fuhr Gow Loong an. »Gehen Sie schon. Lassen Sie Tragg herein, aber halten Sie ihn noch auf. Also, Karr, erzählen Sie weiter.«
»Ich hörte Laufen und Türenschlagen, dann war eine Weile Ruhe. Nach einer Viertelstunde schlich sich jemand herein. Ich hörte eine leise Männerstimme. Er könnte telefoniert haben.«
»Und dann?«
»Eine Stunde lang geschah nichts. Dann hörte ich ein Geräusch, als ob etwas über den Korridor geschleift worden wäre. Ein schwerer Körper, den jemand nicht heben konnte. Vielleicht waren es auch zwei Leute. Ich lag im Bett und konnte weder das Fenster noch das Telefon erreichen. Ich habe das Telefon nie in Reichweite, es macht mich nervös, wenn es nachts klingelt.«
»Hörten Sie, wohin man den Körper schleifte?«
»Zur Seitentür an der Nordseite, durch die man zur Garage im Nachbarhaus gelangt. Hocksley hat die Garage für seinen Wagen gemietet; seine Sekretärin benutzt ihn auch manchmal.«
»Weiter haben Sie nichts gehört?« fragte Mason.
»Nur Stimmen. Wahrscheinlich war auch eine Frau dabei. Ich hörte, wie der Motor ansprang und der Wagen hinausfuhr. Nach ungefähr einer Stunde kam er wieder zurück. Gow Loong war zu dieser Zeit schon wieder im Haus.«
»Und Mr. Blaine?« fragte Mason weiter und horchte hinaus; er hörte Schritte auf der Treppe.
»Ich bin so um zwei Uhr nach Hause gekommen«, sagte Blaine.
Die Schritte wurden lauter, und Gow Loong sagte: »Kommen Sie bitte ganz herauf.«
Tragg erschien in der Türöffnung. Er musterte die Gesellschaft der Reihe nach. Als er Perry Mason sah, wurde er nur ein bißchen rot, sonst zeigte er kein Anzeichen von Überraschung oder Ärger.
»So, so«, sagte er, »nett, Sie wieder mal zu treffen. Darf ich mich nach dem Grund Ihres Besuches erkundigen?«
»Mr. Karr ist mein Klient. Sie verstehen sicher, daß er nervös wurde, als er erfuhr, welches Verbrechen sich hier ereignet hat. Mr. Karr wollte schon längst sein Testament machen, und solche

Ereignisse bringen einem die Vergänglichkeit des Lebens besonders vor Augen. So hat er mich rufen lassen.«
»Sie sind also dabei, ein Testament aufzusetzen?« fragte Tragg mißtrauisch.
Mason öffnete den Mund, hielt sich aber zurück und sagte schließlich: »Ich glaube nicht, daß wir uns jetzt über Mr. Karrs Privatangelegenheiten unterhalten sollten. Natürlich können Sie Ihre eigenen Schlüsse daraus ziehen, Lieutenant.«
»Darauf können Sie sich verlassen«, erwiderte Tragg mit Nachdruck.
Mason machte sie miteinander bekannt. »Mr. Karr, Mr. Johns Blaine. Das ist Gow Loong, der Diener Nummer eins.«
»Die anderen kenne ich schon. Ich möchte vor allem Mr. Karr sprechen.«
»Ich glaube nicht«, sagte Mason, »daß Mr. Karr Ihnen viel zu sagen hat. Ich habe ihn schon über den Mord befragt; die üblichen Fragen natürlich, die man nur so aus Neugierde stellt.«
»Ja«, meinte Tragg und setzte nach einer bedeutsamen Pause hinzu: »Nur so aus Neugierde.«
Mason lächelte hintergründig. »Aber gewiß doch, Tragg. Hoffentlich denken Sie jetzt nicht, daß ich an der Affäre dort unten interessiert bin und mich auf solch einem Umweg einmischen will.«
»Leider hat mich die Erfahrung gelehrt, daß Ihre Umwege zwar unberechenbar sind, aber todsicher ans Ziel führen.«
Jetzt lachte Mason laut auf. »Kommen Sie, nehmen Sie bitte Platz. Ich fürchte nur, daß Sie von Mr. Karr nicht viel erfahren können. Sehen Sie, er hat zwei Knalle in den frühen Morgenstunden gehört, dachte aber an eine Fehlzündung, und so...«
»*Zwei?*« unterbrach ihn Tragg.
Mason sah ihn unschuldig an: »Ja, warum? Es waren doch zwei, nicht?«
»Um welche Zeit?« fragte Tragg.
»Vielleicht so um ein oder zwei Uhr. Er hat nicht auf die Uhr geschaut.«
»Wie kann er das wissen, wenn er nicht auf die Uhr geschaut hat?«
»Er sagte, er sei um halb ein Uhr aufgewacht und wäre gerade wieder eingeschlafen.«
Tragg runzelte die Brauen. »Das stimmt aber nicht mit den

Aussagen der anderen Zeugen überein«, bemerkte er nachdenklich.
»Nein?« Mason gab sich verwundert. »Nun, Mr. Karr behauptet es ja auch nicht mit Sicherheit. Vielleicht hat er wirklich nur eine Fehlzündung gehört und die Schüsse gar nicht wahrgenommen.«
»Den Schuß«, berichtigte Tragg. »Es fiel nämlich nur ein einziger.«
Mason stieß einen leisen Pfiff aus.
Tragg wandte sich zu Karr. »Sind Sie sicher, daß es zwei waren?«
»Ich glaube nicht, daß ich Mr. Masons Ausführungen etwas hinzuzufügen hätte«, sagte Karr.
»Wir haben schon alles besprochen«, bemerkte Mason leichthin. »Mr. Karr ist seiner Sache nicht sicher. Deshalb meinte ich ja, er könne Ihnen wohl nicht weiterhelfen.«
Tragg wandte sich wieder an Karr. »Was wissen Sie über diesen Hocksley, der unter Ihnen gewohnt hat?«
»Eigentlich nichts«, entgegnete Karr. »Ich habe ihn nie gesehen. Wie Sie sehen, verlebe ich meine Tage zwischen Rollstuhl und Bett. Ich interessiere mich nicht für meine Nachbarn und bemühe mich sehr darum, daß sie mich auch in Ruhe lassen. Sogar wenn Hocksley wie ein normaler Mensch gelebt hätte, was er allerdings nicht tat, wären wir uns nie begegnet.«
»Wie lebte er denn?«
»Der Mann muß tagsüber geschlafen haben, denn ich hörte ihn die ganze Nacht hindurch. Andauernd sprach er. Es klang, als ob er auf Band diktierte.«
»Nicht einer Stenografin?« fragte Tragg.
»Das wäre auch denkbar. Aber es klang doch mehr nach einem Maschinendiktat. Wissen Sie, wenn man einer Sekretärin diktiert, legt man Pausen ein, damit sie nachkommen kann. Bei einem Diktiergerät braucht man keine Rücksicht zu nehmen.«
Eine Weile beobachtete Tragg seine Schuhspitzen. »Hm«, sagte er gedankenvoll zu Mason hin.
»Nun ja«, meinte Mason überfreundlich, »solche kleine Unstimmigkeiten werden sich rasch klären lassen. Was ist denn passiert, Tragg?«
»Hocksley hatte die Wohnung unten gemietet. Er wohnte da mit seiner Haushälterin. Eine Stenografin, Opal Sunley, kam jeden

Tag und schrieb die Bänder ab. Sie hatten recht, Mr. Karr, er sprach in ein Diktiergerät. Jedenfalls behauptet Opal Sunley das gleiche, und ich bin froh über Ihre Bestätigung.«
»Was machte er denn beruflich?« fragte Mason.
»Das weiß ich nicht.«
»Das wissen Sie nicht?« rief Mason verwundert. »Haben Sie denn nicht mit seiner Stenotypistin gesprochen?«
»Die Auskunft seiner Stenotypistin ist absolut unglaubhaft.«
»Was meinen Sie damit?«
»Dem Anschein nach beschäftigte sich Hocksley mit Exportaufträgen. Er schrieb eine Menge Briefe mit genauen Angaben über Versand, Verladung und dergleichen. Er schrieb Kaufverträge an Handelvertreter und machte mit Schiffsgesellschaften Ladetermine aus. Und jeder einzelne Brief war eine Attrappe.«
»Wie soll ich das verstehen?« fragte Mason.
»Die Briefe enthalten eine Art von Kode. Außer dem, was ich von der Sunley erfahren habe, kenne ich die Bedingungen der Schiffsgesellschaften nur zu gut, um nicht sofort zu merken, daß etwas an diesen Briefen faul ist.«
»Wußte sie es?« erkundigte sich Mason.
»Nein. Sie gehörte zu den Schreiberinnen, die das Gerät einschalten, den Brief mechanisch abschreiben und sofort wieder vergessen.«
»Und die Durchschläge?«
»Das ist wieder so eine Sache. Sie machte zwar Durchschläge, legte sie aber nicht selbst ab. Sie weiß nicht, was aus ihnen geworden ist, und wir können keine finden.«
»Ist Hocksley der Ermordete?«
»Entweder Hocksley oder seine Haushälterin, vielleicht sogar beide. Sie sind beide verschwunden, nachdem geschossen wurde. Solange wir nur von einem Schuß wußten, lag die Vermutung nahe, daß entweder Hocksley die Haushälterin – oder umgekehrt, die Haushälterin Hocksley umgebracht hätte. Zwei Schüsse verändern die Situation beträchtlich.«
»Benachrichtigen Sie uns, Tragg«, sagte Mason, »wenn wir etwas für Sie tun können. Aber jetzt entschuldigen Sie uns bitte. Mr. Karr ist äußerst nervös; er hatte vor kurzem einen Nervenzusammenbruch, und seine Ärzte haben ihm sehr viel Ruhe angeraten. Er soll so wenig wie möglich unter Leute kommen. Vielleicht könnten Sie seine Vernehmungen auf ein Mindest-

maß beschränken.«
Tragg stieß seinen Stuhl zurück und stand auf. Er versenkte seine Hände in die Hosentaschen und sah auf Karr nieder.
»Ist es zuviel gefragt, wenn ich mich erkundige, warum Sie einen Rollstuhl brauchen?« fragte Tragg.
»Arthritis«, erklärte Karr kurz. »In Knien und Knöcheln. Sie können mein Gewicht nicht mehr tragen, ich muß mich immer von anderen heben lassen. Solange ich mich ruhig verhalte, ist es einigermaßen erträglich; die geringste Bewegung verursacht einen stechenden Schmerz. Die Ärzte haben mir eine Wärmetherapie verschrieben. Nach einer Weile stellte ich fest, daß eine Wolldecke die gleichen Dienste tut. Außerdem trinke ich viel Wasser und Fruchtsäfte. Seitdem geht es mir etwas besser.«
»Sie stehen nicht in ärztlicher Behandlung?«
»Jetzt nicht mehr. Allmählich wurden mir die Rechnungen zu teuer. Die Ärzte konnten mir ja doch nicht helfen; bei chronischen Krankheiten kann man nicht viel tun. Sie haben mich auf schlechte Zähne und Entzündungsherde untersucht, aber nichts gefunden. Seit einigen Monaten behandle ich mich selber. Ich halte meine Füße immer warm. Seitdem fühle ich mich besser.«
Tragg betrachtete ihn ein wenig abwesend und sagte unvermittelt:
»Tut mir leid, daß ich Sie stören mußte, Mr. Karr. Aber ich mußte meine Informationen ergänzen; reine Routinesache. Ich glaube nicht, daß wir Sie noch mal belästigen werden.«
»So schlimm ist es nun auch wieder nicht«, wehrte Karr ab. »Mit intelligenten Leuten unterhalte ich mich gern. Kommen Sie nur wieder.«
»Danke«, erwiderte Tragg. »Ich werde den Fall selbst übernehmen, so daß Sie es mit niemand anderem zu tun haben werden.«
»Dafür bin ich Ihnen sehr verbunden.«
»Also dann«, fuhr Tragg wie beiläufig fort, »wie steht es mit Rodney Wenston? Ist er...«
»Ein Strohmann«, unterbrach Karr. »Er ist mein Stiefsohn. Er wohnt eigentlich irgendwo unten am Strand. Ich habe die Wohnung und das Telefon auf seinen Namen gemietet, um ungestört bleiben zu können. Wenston ist so eine Art Puffer für mich.«
Tragg zeigte sich befriedigt mit dieser Erklärung. Er nickte

zustimmend und sagte: »Ich verstehe vollkommen. Gibt es einen bestimmten Grund, warum Sie jede Gesellschaft vermeiden, Mr. Karr?«
»Gewiß gibt es den«, gab Karr in bissigem Ton zurück. »Ich bin hochgradig nervös und sehr leicht erregbar. Die Ärzte haben mir geraten, meine Nerven zu schonen. Das kann ich nicht unter Leuten, schon gar nicht unter Fremden. Fremde fragen und reden mir zuviel und bleiben viel zu lange. Ich mag keine Fremde.«
Tragg lachte gutmütig, als er erwiderte: »Das heißt, je weniger ich Sie frage und je eher ich wieder verschwinde, desto sympathischer finden Sie mich?«
»Quatsch«, sagte Karr heftig. »Ich meinte Sie dabei überhaupt nicht. Sie haben hier schließlich geschäftlich zu tun.«
»Trotzdem werde ich Sie jetzt verlassen, Mr. Karr. Hoffentlich brauche ich Sie nicht mehr zu stören.«
Mason blickte ihm gedankenvoll nach und zündete sich eine Zigarette an. Nachdenklich tat er einige Züge. Dann fiel die Haustür zu.
»Was hat Sie dazu veranlaßt, zwei Schüsse anzugeben und den Zeitpunkt auf später zu verlegen?« fragte Karr.
»Wenn es seine Wirkung tut, ist es ein guter Trick«, antwortete Mason.
»Glauben Sie, es wirkt?«
»Ich weiß nicht so recht.«
»Wieso ist es ein guter Trick?«
»Wenn ein Kriminalbeamter einen Fall bearbeitet, verhört er eine Reihe von Zeugen, aus deren Aussagen er sich ein ziemlich zutreffendes Bild der Ereignisse machen kann. Selbstverständlich freut er sich, wenn sein Fall in der Presse erörtert wird; deswegen steht er mit den Zeitungsreportern auf gutem Fuß. Wenn man also einen Mann wie Lieutenant Tragg darum bittet, Ihren Namen vor der Presse zu verschweigen, so will das nicht viel heißen. Wenn aber Ihre Aussage im Widerspruch zu den anderen Zeugenberichten steht, können Sie sich darauf verlassen, daß Sie nicht in den Zeitungen erwähnt werden.«
»Wieso?«
»Sollten Sie in einem Zeitungsbericht von den bisher ermittelten Fakten abweichen oder ihnen widersprechen, so bedeutet das einen großen Vorteil für den wirklichen oder auch nur

angeblichen Täter. Das heißt, wenn er verhaftet wird, hat sein Anwalt sofort einen Gegenzeugen bei der Hand.«
Über Karrs Gesicht breitete sich ein Lächeln aus. »Raffiniert«, sagte er, »verdammt raffiniert, Mason. Ich wußte schon, warum ich unbedingt Sie als Anwalt haben wollte.«
»Freuen Sie sich nicht zu früh«, warnte Mason. »Es ist durchaus nicht sicher, daß es gewirkt hat.«
»Warum nicht?«
»Tragg ist hochintelligent, man sollte ihn nicht unterschätzen.«
»Meinen Sie, er könnte Sie durchschaut haben?«
»Ist fast anzunehmen. Aber das macht mir weiter kein Kopfzerbrechen.«
»Was dann?«
»Die Art, wie er zusehends freundlicher wurde und Ihnen versprach, alle Reporter fernzuhalten.«
»Nun, das wollten wir ja gerade erreichen, nicht?«
»Trotzdem hat die Sache einen Haken«, überlegte Mason.
»Und der wäre?«
Mason ließ seinen Blick über die Decke auf Karrs Knie gleiten.
»Falls Ihre Invalidität ein Manöver zur Vortäuschung eines Alibis sein sollte, anders gesagt, wenn Sie fähig sind zu gehen, avancieren Sie sofort zum Hauptverdächtigen in diesem Mordprozeß.«
Karr, der zu Beginn von Masons Darlegung eine gewisse Besorgnis an den Tag gelegt hatte, lachte erleichtert auf.
»Was das betrifft, Mason, können Sie vollkommen beruhigt sein. Ich kann wirklich nicht gehen; ich kann ohne Hilfe nicht mal auf den Beinen stehen. Man muß mich tragen wie ein kleines Kind.«
»Dann würde es die Sache wesentlich vereinfachen, wenn Sie Tragg erlaubten, daß er Sie von einem Amtsarzt untersuchen läßt.«
»Würde das nicht eher den Anschein erwecken, ich hätte etwas auf dem Gewissen? Mache ich mich dadurch nicht erst recht verdächtig?«
»Das sind Sie doch ohnehin«, antwortete Mason. »Sie sind überdurchschnittlich intelligent; Sie waren allein im Haus, als der Schuß abgefeuert wurde, und Sie tun sehr geheimnisvoll. Ihr chinesischer Diener benimmt sich nicht wie ein Diener, und Blaine macht den Eindruck eines Leibwächters. Aus der Art,

wie er die Haushälterin beschrieb, erkannte man sofort, daß er bei der Polizei gewesen ist. Lieutenant Tragg kommt herauf, um Sie zu vernehmen, und Sie erzählen ihm eine völlig abweichende Variante. Das heißt, eigentlich war ich es, der jede Auskunft gab – was Tragg zweifellos längst aufgefallen ist.«

»Was will das heißen?«

»Solange Tragg den wirklichen Täter nicht entdeckt hat, werden Sie im Mittelpunkt seines Verdachts stehen.«

»Das wäre übel«, gab Karr zu.

»Es sind ja vorläufig nur Vermutungen«, stellte Mason fest. »Darf ich Sie daran erinnern, daß Traggs Auftritt Sie in Ihren Ausführungen unterbrochen hat?«

»Das hängt mit dieser alten Teilhaberschaft zusammen«, seufzte Karr. »Ich habe keine Lust, mich jetzt damit zu befassen. Aber sagen Sie, wie ist die rechtliche Lage des überlebenden Partners in einem Teilhabergeschäft?«

»Der Tod eines Partners löst die Teilhaberschaft. Der überlebende Partner hat die Pflicht, das Geschäft zu liquidieren und dem Rechtsvertreter des verstorbenen Partners Rechenschaft abzulegen.«

»Was meinen Sie damit?«

»Er muß seinen Anteil auszahlen.«

»Und wenn es keinen solchen Rechtsvertreter gibt? Was geschieht dann mit dem Vermögen?«

»Dann bekommen es die Erben.«

»Ich weiß nicht genau, ob es überhaupt Erben gibt.«

»Sie sollten trotzdem die Angelegenheit der Erbschaftsbehörde vorlegen. In Ihrem eigenen Interesse.«

Karr schüttelte heftig den Kopf.

»Warum nicht?« fragte Mason.

»Das kommt dann vor Gericht, nicht wahr?«

»Selbstverständlich.«

»Und wenn man das Geschäft nun nicht gut vor Gericht bringen kann?«

»Wieso?«

»Es ist viel zu gefährlich.«

»Für wen?«

»Für mich.«

»Sie können natürlich den Geschäftsanteil Ihres Partners auch direkt an seine Erben auszahlen. Unter diesen Umständen

müssen Sie allerdings darauf bedacht sein, daß Sie die richtige Erbfolge einhalten.«
»Sie meinen«, folgerte Karr, »wenn ich das Geld nicht dem nächsten Verwandten auszahle, könnte man mich zu weiteren Zahlungen zwingen?«
»Richtig. Und der nächste Verwandte ist nicht immer der Erbe. Ein Vater kann seinen Sohn aus triftigen Gründen enterben oder eine Klausel in sein Testament aufnehmen.«
Karr schaute Mason mit seinen lebhaften Augen durchdringend an und sagte: »Ich verstehe. Trotzdem ist es für mich besser, dieses Risiko einzugehen, als vor Gericht aussagen zu müssen.«
»Wollten Sie mich aus diesem Grund konsultieren?« fragte Mason.
Karr lehnte sich zurück und schloß die Augen. Nach einigen Augenblicken sagte er: »Ursprünglich ja. Ich wollte Sie bitten zu prüfen, ob mein ehemaliger Partner Erben hinterlassen hat. Aber jetzt ist mir diese andere Sache dazwischengekommen.«
»Sie meinen den Mord?«
»Ja.«
»Und Sie wollen, daß ich etwas darin unternehme?«
»Das meine ich. Sie sollen ihn so schnell wie möglich aufklären helfen. Ich will nicht, daß er sich zu einem jener Fälle ausweitet, die tagelang für fettgedruckte Schlagzeilen sorgen. Was glauben Sie, wird Tragg den Fall bald gelöst haben?«
»Es wird wohl nicht lange dauern. Er ist sehr tüchtig.«
»Das sind Sie auch. Helfen Sie ihm. Sehen Sie zu, daß alles schnell geklärt wird.«
»Ich soll also herausfinden, wer den Mord begangen hat?« fragte Mason nachdrücklich.
»Richtig.«
»Notieren Sie das, Della«, sagte Mason.
Della ließ ihren Bleistift über das Papier gleiten und antwortete: »Schon geschehen.«
»Wozu brauchen Sie das?« fragte Karr.
»Für den Fall, daß Sie der Täter sein sollten«, erklärte Mason. »Falls ich nämlich etwas entdecke, was Sie den Hals kostet, möchte ich Ihrem Erben die Rechnung präsentieren.«
Karr lachte auf. »Sie sind mir vielleicht einer! Soll mir recht sein. Fangen Sie an, bringen Sie Ihr ganzes Detektivbüro auf die Beine, helfen Sie Tragg und bringen Sie endlich heraus, was

wirklich passiert ist. Gow Loong, geh in mein Schlafzimmer. Bring mir das Geld aus der rechten oberen Schublade. Ich muß den Herrn Anwalt hier bezahlen.«
»Jawohl«, sagte Gow Loong und verschwand ins Schlafzimmer.
»Lassen Sie sich von ihrem Vorurteil abbringen, daß Mr. Karr der Mörder ist«, sagte Johns Blaine leichthin. »Er steht außer allem Zweifel, und Sie tun ihm einen guten Dienst, wenn Sie Tragg bei der Ermittlung helfen.«
»Mir soll's recht sein«, meinte Mason, »ich wollte nur mit offenen Karten spielen. In unserem Metier kommt es oft vor, daß Leute, die etwas zu verbergen haben, es im Grunde genommen aufdecken wollen. Wir kennen die Anzeichen dafür ganz gut. Vielleicht ist es gut, wenn Mr. Karr seine Füße warm hält, aber wie ich Lieutenant Tragg kenne, gab ihm die schwere Wolldekke den Gedanken ein, daß Mr. Karr etwas verheimlichen will.«
Karr schmunzelte. »Und Sie sind auf die gleiche Idee gekommen, nicht wahr, Mason? Seien Sie ehrlich!«
Mason sah die Decke an. »Ja«, gab er zu.
Gow Loong brachte die Geldkassette aus dem Schlafzimmer und übergab sie Karr, der sie öffnete und zu Mason hin fragte: »Was nehmen Sie in einem solchen Fall, Herr Anwalt?« Mason sah das Bündel Geldscheine an. »Was ich kriegen kann«, erwiderte er.
Karr legte sich in den Stuhl zurück und lachte schallend.
»Sie gefallen mir, Mason, Sie gefallen mir immer besser. Sie schleichen wenigstens nicht um den heißen Brei herum.«
»Nein«, meinte Mason, »das kann man nicht sagen. Soll ich nun den Mord aufdecken oder die Angelegenheit mit der Partnerschaft erledigen?«
»Beides, aber eins nach dem andern. Ich will zunächst diesen Alptraum von einem Mord loswerden. Er hätte nicht ungelegener kommen können. Läßt sich der Kerl gerade jetzt umbringen!«

4

Ein wenig schüchtern öffnete Florence Gentrie die Tür, als sie den prominenten Besucher erblickte. Rebecca und Delman Steele lösten am Eßtisch Kreuzworträtsel, standen aber sofort auf, als Mason auf sie zutrat.

»Mr. Mason, der bekannte Anwalt«, stellte Florence vor, »meine Schwägerin, Miss Gentrie«, fuhr sie fort, mit besonderem Nachdruck auf ›Miss‹, »und Mr. Steele, unser Mieter, der sich ebenfalls für Rätsel interessiert.«

Im Gegensatz zu Florence tat Rebecca keineswegs schüchtern. Sie betrachtete Mason von oben bis unten und bemerkte: »Hm. Sie sehen ja gar nicht furchterregend aus. Nach dem, was ich über Sie gelesen habe, stellte ich mir immer vor, Sie wären mit Feindseligkeit beladen wie ein Schlachtschiff.«

Mason lachte ihr zu und faßte dann Delman Steele ins Auge, der seinen Blick zwar standhaft erwiderte, aber doch irgendwie einen verstörten Eindruck erweckte. Er war um Mitte Zwanzig und hatte ein hübsches, scharfgeschnittenes Gesicht, in dem nur ein gewisser Zug um den Mund den Gedanken aufkommen ließ, er wäre vielleicht nicht immer aufrichtig.

»Eigentlich ist Mr. Steele um diese Zeit in seinem Büro«, erklärte Florence, »aber nachdem das in der Nachbarschaft passiert ist, bestanden die Polizisten darauf, daß wir alle hier blieben. Außer den beiden Kindern natürlich, die sind in der Schule. Hier kommt mein Ältester, Arthur junior. Komm, stell dich Mr. Mason vor. Aber weshalb sind Sie denn gekommen, Mr. Mason?«

»Um nachzuforschen«, antwortete Mason.

»Sie haben einen Klienten, der an dem Fall interessiert ist?«

»Ja. Allerdings nur indirekt. Es ist nicht der mutmaßliche Mörder, falls Sie das meinen.«

»Haben Sie schon einen bestimmten Verdacht?«

»Eben nicht«, lachte Mason. »Deshalb konnte ich auch mit gutem Gewissen behaupten, ich sei nicht im Auftrag des vermeintlichen Täters gekommen.« Er wandte sich Junior zu, einem etwa neunzehnjährigen Jungen, dessen hohe Stirn in eigenartigem Gegensatz zu den aufgeworfenen Lippen stand. Seine Nase war gerade und gut proportioniert; Mason stellte fest, daß der junge Mann bei Mädchen Erfolg haben würde.

Junior sah das Lexikon vor seiner Tante auf dem Tisch liegen. »Deswegen kann ich es nicht finden«, sagte er, »immer wenn ich es brauche, muß ich erst eine halbe Stunde danach suchen.«
»Sei doch nicht so egoistisch mit deinen Sachen«, fuhr Rebecca auf ihn los, »du solltest endlich wissen, daß ...«
»Und meine Taschenlampe«, unterbrach Junior, »die ist auch immer weg, und wenn ich sie wiederfinde, ist die Batterie leer.«
»Aber Junior«, sagte seine Mutter, »ich weiß nicht, was du nur immer hast. Ich habe sie gestern im Keller doch nur ein paar Minuten benutzt.«
»Jemand hat sie eingeschaltet und liegengelassen«, maulte der Junge. »Die Batterie war heute morgen leer.«
»Vielleicht warst du es selber?«
»Das ist es ja! Ich konnte sie gestern abend nicht finden.«
»Wieso, ich habe sie doch wieder in dein Zimmer gebracht. Ich ...« Ihre Stimme wurde plötzlich unsicher, und Junior, der seine Pappenheimer kannte, erwiderte: »Du wolltest sie vielleicht zurückbringen, hast sie dann aber vergessen.«
»Ja, kann sein. Ich hatte so viel im Kopf und legte sie ... Wo hast du die Lampe gefunden?«
»Vorhin in meinem Zimmer.«
»Und abends lag sie nicht da?«
Er schüttelte den Kopf. Seine Mutter lachte verlegen und meinte: »Ich glaube nicht, daß Mr. Mason sich für unsere Familienangelegenheiten interessiert. Das ist nun mal so in einer großen Familie; immer fühlt sich einer zurückgesetzt.«
»Ich glaube, Mr. Mason hat uns einige Fragen zu stellen«, sagte Rebecca, »aber vorher möchte ich die Gelegenheit beim Schopf ergreifen und ihn etwas fragen. Vielleicht kann er uns bei diesem Kreuzworträtsel weiterhelfen.«
»Aber laß doch, Rebecca«, wehrte Mrs. Gentrie ab, »hör doch auf mit diesem albernen ...«
»Wenn ich kann, helfe ich gerne«, fiel Mason ein. »Schießen Sie los.«
»Das Wort hat fünf Buchstaben, der zweite und dritte sind U-A, es bedeutet einen Ausdruck der Rechtssprache. Was war es, Delman? Wie lautete der Ausdruck?«
Steele fuhr mit dem Finger über die Wörterliste und las: »Ausdruck der Rechtswissenschaft, mit der Bedeutung ›als ob, als wenn‹.«

»Fünf Buchstaben?« fragte Mason.

»Ja.«

Der Anwalt dachte kurz nach und meinte: »Vielleicht *quasi*?«

Rebecca trug die Buchstaben in die Kästchen ein, legte den Kopf zur Seite und beäugte das Rätsel. »Ja«, bestätigte sie. »Stimmt genau. *Quasi*. Aber wer braucht das jemals?«

»Unter Rechtsanwälten wird der Ausdruck ziemlich häufig angewandt«, erklärte Mason.

»Schön. Das hilft uns jedenfalls über den Berg, Delman. Ich kann mir denken, daß Mr. Mason alles wissen möchte, was die Polizei gefragt hat.«

»Bitte nehmen Sie Platz, Mr. Mason«, forderte Florence auf.

Als Mason sich gesetzt hatte, fuhr Rebecca fort: »Hoffentlich fragen Sie nicht wieder dasselbe, Mr. Mason. Ich habe genug davon. Das Rätsel habe ich nur angefangen, um meine Nerven zu beruhigen. Mr. Steele war so freundlich, mir dabei zu helfen. Mögen Sie Kreuzworträtsel, Mr. Mason?«

»Leider fehlt mir meist die Zeit dazu.«

»Vielleicht sollte ich die Zeit auch nützlicher zubringen, wenn ich nur wüßte, womit. Trotzdem halte ich es für besser, wenn man sich mit Rätseln beschäftigt, als wenn man die Zeit einfach vertrödelt. Es erweitert jedenfalls den Sprachschatz.«

»Komm, Rebecca«, lenkte Florence ab, »Mr. Masons Zeit ist kostbar. Er ist nicht hergekommen, um sich über Kreuzworträtsel zu unterhalten.«

»Und ich will nicht schon wieder über diesen Mord reden. Seit du mich gestern mit der Geschichte von der leeren Konservenbüchse verwirrt gemacht hast, kann ich mich nicht mehr konzentrieren.«

»Eine leere Büchse?« wiederholte Mason fragend.

Mrs. Gentrie wurde ungeduldig. »Schon wieder ein häusliches Problem. Kümmern Sie sich nicht um Rebecca, sie entdeckt im Haushalt immer wieder irgendwelche mysteriösen Dinge.«

»Ich interessiere mich sehr für mysteriöse Dinge«, sagte Mason zwinkernd, »mindestens ebensosehr, wie Ihre Schwägerin sich für Kreuzworträtsel interessiert.«

»Nun, dann lösen Sie es doch«, forderte ihn Rebecca auf, »es geht mir dauernd im Kopf herum.«

»Rebecca«, rügte Mrs. Gentrie.

»Nein, lassen Sie nur. Ich möchte es gern hören«, sagte Mason.

»Es ist aber wirklich nichts von Bedeutung«, widersprach Mrs. Gentrie, »ich habe gestern im Keller das Einmachgut nachgesehen und eine leere Einmachdose auf dem Regal entdeckt.«
»Eine ganz leere Dose?« fragte Mason.
»Aber das ist noch nicht alles«, fiel Rebecca ein. »Es war nämlich eine funkelnagelneue Dose, Mr. Mason. Sie stand auf dem Bord zwischen den Konserven. Sie hatte kein Etikett und war verschlossen. Der Deckel war luftdicht festgeklemmt.«
»Haben Sie eine Maschine zum Verschließen?« fragte Mason.
»Ja. Wir machen jedes Jahr eine Menge Obst und Gemüse ein, in Gläsern, aber auch in Dosen. Dazu brauchen wir die Verschlußmaschine.«
»Und diese Büchse war leer?«
»Als ob sie gerade im Laden gekauft worden wäre.«
»So etwas kam bisher bei uns nicht vor, Florence«, sagte Rebecca. »Je länger ich es mir überlege, desto geheimnisvoller kommt mir die Sache vor. Eine Konservenbüchse ist nicht luftdicht verschlossen, wenn man sie im Geschäft kauft.«
»Was haben Sie mit der Büchse gemacht?« erkundigte sich Mason.
»Zu den Metallabfällen geworfen«, erwiderte Florence lachend.
»Sie haben sie nicht geöffnet und hineingeschaut?«
»Nein. Sie war so leicht, daß nichts drin sein konnte. Eine leere Büchse, weiter nichts.«
»Aber Sie haben sich nicht vergewissert, ob sie völlig leer war?«
»Das hat mein Bruder Arthur gemacht«, mischte sich Rebecca ein.
»Er suchte gestern abend nach einer Dose, in der er seine Farben mischen konnte. Da fand er die Büchse in der Abfallkiste.«
»Und sie war leer?« sagte Mason.
»Sagte er jedenfalls.«
Delman Steele fügte hinzu: »Ich habe die Dose gesehen, Mr. Mason. Ich bin gestern abend in den Keller gegangen, um Mr. Gentrie etwas zu fragen. Er strich gerade die Fensterrahmen und die Garagentür von innen. Ich fragte ihn, ob er diese Dose gesehen hätte ...«
Rebecca fiel ihm in die Rede: »Ich hatte Mr. Steele nämlich gebeten, die Dose aufzutreiben, weil ich sie nicht vergessen konnte.«
Steele lachte und fuhr fort: »Und mich dabei schön in Verlegenheit gebracht, als der Lieutenant hier war.«

»Wieso denn?« forschte Mason.
»Er erkundigte sich nach allen Personen, die gestern abend oder heute nacht im Keller gewesen sind. Ich gehe zwar manchmal hinunter, um mit Arthur Gentrie zu plaudern, oder um Miss Gentrie in der Dunkelkammer zu besuchen, aber gestern abend wäre ich von mir aus sicher nicht hingegangen.«
»Was hat denn der Keller mit dem Mord zu tun?« fragte Mason.
»Das weiß ich nicht«, antwortete Steele. »Tragg sah sich überall um; er fragte uns eine ganze Menge, als er wiederkam.«
»Ich werde meine Dunkelkammer mit einem Vorhängeschloß abschließen«, verkündete Rebecca. »Sie haben die Tür aufgerissen und den dunklen Vorhang zurückgeschoben. Es ist Tageslicht reingekommen; ein halbes Dutzend Filme sind verdorben.«
»Diese Büchse interessiert mich immer noch«, sagte Mason. »Sie sagten, Mr. Steele, daß Mr. Gentrie sie dazu benützt hätte, Farbe anzurühren?«
»Ja, sie muß noch unten sein.«
»Wie hat er sie aufgemacht?«
»Unten im Keller ist immer ein Dosenöffner.«
»Man sollte dieser Sache nachgehen«, sagte Rebecca. »Schließlich ist die Büchse nicht auf dem Regal gewachsen. Es muß sie jemand hingestellt haben. Aber warum war die Dose luftdicht verschlossen?«
»Keine Ahnung«, gab Mason zu; er wandte sich an Steele. »Sie sagten etwas von einer Garagentür. Ist das die Tür zu Mr. Hocksleys Garage?«
»Genau«, warf Mrs. Gentrie ein. »Es ist eine Doppelgarage; eine Tür führt in den Keller. Das Haus steht auf einem Hang, der so steil ist, daß man den Keller zweigeschossig anlegte. Wahrscheinlich ist das Haus zu einer Zeit gebaut worden, als man noch keinen Wert auf Garagen legte. Später hat dann jemand das obere Kellergeschoß in zwei Garagen umgewandelt. Eine davon behielten wir für unseren Wagen und vermieteten die andere an Mr. Hocksley. Natürlich benutzen wir den Kellereingang, besonders bei schlechtem Wetter.«
»Wenn es Ihnen nichts ausmacht«, sagte Mason, »würde ich mir die Garage gern mal ansehen.«
»Sie können gleich durch den Keller mitkommen, Mr. Mason. Sie können aber auch um das Haus herum durch die Garagentür

gehen.«
»Ich komme lieber durch den Keller.«
»Bitte, folgen Sie mir«, sagte Mrs. Gentrie und ging vor.
Rebecca legte das Lexikon zur Seite, sprang auf und strich sich den Rock glatt. »Wenn du glaubst, du könntest jetzt mit Mr. Mason in den Keller gehen und über die leere Büchse reden, während ich oben sitze und von nichts weiß, dann irrst du dich, meine Liebe. Je mehr ich darüber nachdenke, desto mehr scheint mir diese leere Konservenbüchse in Beziehung mit den Ereignissen dort drüben zu stehen.«
»Wie meinst du das?« fragte ihre Schwägerin mit blitzenden Augen.
»Ich meine überhaupt nichts«, sagte Rebecca schnippisch, »es könnte ja immerhin sein, nicht wahr, Delman?«
Steeles Gelächter war ansteckend. »Bitte, ziehen Sie mich nicht in einen Familienzwist hinein. Ich bin hier nur Mieter. Ich werde zwar wie ein Familienmitglied behandelt, aber an solchen Diskussionen möchte ich mich lieber nicht beteiligen.«
Auch Florence Gentrie mußte lachen. »Das gehörte nicht zu unserer Abmachung, Delman. Ich sagte Ihnen, Sie sollten sich wie zu Hause fühlen, wenn auch mit einer Einschränkung: Sie dürfen niemals das Telefon benutzen.«
Sie wandte sich zu Mason und sagte lächelnd: »Wir sollten nämlich drei Telefone haben. Die drei Kinder hängen so oft am Telefon und werden so oft angerufen, daß ich den Kasten manchmal zerschlagen möchte. Ich selbst kann meine Bestellungen und meine Privatgespräche nur morgens oder spät am Abend erledigen.«
»Wir sprachen eigentlich über die Dose«, erinnerte Rebecca.
Nacheinander gingen sie alle die Kellertreppe hinab. Mason schaute sich um, und Florence zeigte ihm, wo sie die leere Büchse gefunden hatte. Junior deutete auf die Garagentür. Mason prüfte den Lack mit einem Finger. »Hat Mr. Gentrie die gestern abend gestrichen?« fragte er.
»Es ist eine schnelltrocknende Lackfarbe«, erklärte Steele. »Wie Sie wissen, besitzt Mr. Gentrie ein Metallwarengeschäft. Die Farbe hatte er als Warenprobe von einem Vertreter bekommen. Er wollte sie selbst ausprobieren, wie er mir gestern abend noch erzählte.«
»Mußte die Farbe angerührt werden?«

»Sie mußte zur Hälfte mit einem Lösungsmittel verdünnt werden. Angeblich sollte sie innerhalb sechs Stunden trocknen.« Mason entdeckte einen Fleck an der Tür. »Anscheinend hat jemand nicht gemerkt, daß die Tür frisch gestrichen war. Es sieht so aus, als ob jemand im Dunkeln nach der Klinke getastet hätte.«
»Tatsächlich«, pflichtete Steele bei.
»Laßt mich mal sehen«, sagte Junior und drängte sich neugierig nach vorne.
»Eigenartig«, sagte Steele, »das haben wir vorher gar nicht bemerkt, als wir mit den Polizisten hier unten waren. Es ist nur ein kleiner Fleck.«
»Jetzt ist die Farbe trocken«, stellte Mason fest. »Sie sagten, sie brauchte sechs Stunden zum Trocknen?«
»So hat es wenigstens Mr. Gentrie gesagt.«
Rebecca hatte sich inzwischen umgeschaut und die Gegenstände auf der Werkbank in Augenschein genommen. »Hier ist eine Dose mit Pinseln. War es die hier, Delman?«
»Ja, das ist sie«, antwortete Steele. »Mr. Gentrie schneidet den Deckel nie ganz durch mit dem Dosenöffner; er läßt einen kleinen Steg stehen, den er dann mit dem Deckel abdreht.«
»Das stimmt«, bestätigte Florence. »Er sagt immer, der Deckel falle sonst in die Dose. Ich halte den Deckel immer an einer Seite fest; Arthur dreht ihn ab. Hier ist der Steg.«
Mason sah sich die Büchse von allen Seiten an. »Jetzt hätte ich noch gern den dazugehörigen Deckel, um die Untersuchung abzuschließen«, sagte er.
»Den Deckel?« fragte Florence.
Mason nickte.
Rebecca sagte überlegen zu ihrer Schwägerin: »Da siehst du, wie ein entsprechend trainierter Mann an alle Möglichkeiten denkt.«
Florence seufzte: »Ich fürchte, aus mir würde ein schlechter Detektiv; ich kann mir dabei noch immer nichts denken.«
»Ich halte es mit Ihrer Schwägerin, Mrs. Gentrie«, sagte Mason lächelnd. »Wenn mir irgend etwas sonderbar vorkommt, wittere ich sofort ein Geheimnis. Sie müssen zugeben, daß eine neue, aber leere, versiegelte Konservenbüchse nicht in den Keller gehört. Es *muß* etwas darin gewesen sein.«
»Ich habe sie geschüttelt, aber ich hab nichts gehört. Himmel

noch mal, sie war so leicht, daß nichts darin gewesen sein konnte. Natürlich, wenn man jetzt so ein großes Aufhebens davon macht...«
»Wenn ich mich nicht täusche«, sagte Mason und beugte sich über die Abfallkiste, »ist dies hier der Deckel.« Er griff in das Metallgewirr.
»Passen Sie auf, daß Sie sich nicht schneiden«, warnte Florence.
Junior lachte und sagte: »Mr. Mason brauchte gar kein Detektiv zu sein, um festzustellen, daß du mindestens drei Kinder hast, Mama. Paß hier auf, paß da auf...«
Mason richtete sich mit einem runden Metallstück in der Hand wieder auf und ging zur Dose mit den Pinseln. Er hielt den Deckel so über die Büchse, daß die Enden des abgedrehten Metallstreifens einander berührten.
»Das paßt«, sagte Steele.
Junior drängte sich wieder vor. »Darf ich auch mal, Mr. Mason?«
»Junior«, sagte seine Mutter streng, »stör nicht dauernd!«
»Die Unterseite ist voller Kratzer, sie fühlt sich so rauh an«, sagte Mason. »Wir wollen uns mal diese Kratzer genauer ansehen. Wenn man sie schräg gegen das Licht hält, dann sieht man...«
»Das sind ja Buchstaben«, rief Rebecca erregt, »da steht etwas eingekratzt!«
Mason zog einen Bleistift aus der Tasche und riß ein Blatt Papier aus seinem Notizbuch. »Wer schreibt die Buchstaben in der Reihenfolge ab, wie ich sie vorlese?« fragte er.
»Ich«, sagte Rebecca eifrig.
Mason überreichte ihr Papier und Bleistift und hielt den Deckel so, daß er die Buchstaben entziffern konnte.
»CKDACK CJIAJ DLACC HEDBCE CEIADD GIKADC CLDGBD KFBCH CLGGBJ!«
Rebecca gab das Papier zurück, und Mason verglich sorgfältig die Buchstaben mit denen auf dem Dosendeckel.
»Ich verstehe nicht, wie das hier etwas mit dem Mordfall dort drüben zu tun haben soll«, bemerkte Florence verwirrt.
Mason ließ das scharfkantige Blechstück vorsichtig in seine Tasche gleiten. »Es kann natürlich ein Zufall sein«, gab er zu. »Ein eigenartiger Zufall allerdings. Wer von Ihnen hat den Schuß gehört?«
»Ich habe ihn gehört«, sagte Florence.

»Ich schlief so fest, daß ich erst von dem Lärm hinterher erwachte«, sagte Steele. »Vermutlich war da schon alles vorbei. Als ich herausfinden wollte, was mich geweckt hatte, hatte ich den Eindruck, es könnten zwei Schüsse gewesen sein.«

»Haben Sie das auch vor Lieutenant Tragg erwähnt?« fiel Mason ein.

»Wahrscheinlich nicht«, überlegte Steele. »Er schien so sicher zu sein, daß ich nicht zu widersprechen wagte. Außerdem erinnerte ich mich nur sehr vage; es war mehr wie ein Echo im Unterbewußtsein.«

»Verstehe«, erwiderte Mason. »Es wäre vielleicht gut, wenn Sie sich mit Lieutenant Tragg in Verbindung setzen und ihn informierten, wenn Sie glauben, es könnten auch zwei Schüsse gewesen sein.«

»Es war aber nur einer«, sagte Rebecca bestimmt. »Ich war gerade hellwach und dachte, es wäre eine Fehlzündung von einem Auto oder Lastwagen. Es war bestimmt nur ein Schuß.«

Mason wandte sich zu Junior und zog fragend die Brauen hoch. Der Junge schüttelte den Kopf. »Tut mir leid. Ich habe die ganze Aufregung verschlafen. Ich war erst ungefähr eine Viertelstunde vorher ins Bett gegangen.«

»Wann fiel der Schuß?«

»Um halb eins, glaube ich.«

»Und wann legten Sie sich schlafen?«

»Zehn bis fünfzehn Minuten nach zwölf. Ich warf nur meine Kleider ab und fiel ins Bett. Ich hatte eine junge Dame nach Hause gebracht; es war spät geworden. Ich dachte daran, daß ich früh aufstehen mußte.«

Besorgt fragte seine Mutter dazwischen: »Junior, solltest du Mr. Mason nicht sagen, mit wem du aus warst?«

Junior errötete. »Nein«, sagte er kurz.

»Ich habe bemerkt, daß du ihren Namen auch vor Lieutenant Tragg verschwiegen hast.«

»Völlig überflüssig, sie auch noch hereinzuziehen«, entgegnete der Junge heftig.

»Es war doch...«, begann Florence.

»Sprich den Namen nicht aus«, brauste er auf. »Man soll mir nicht dauernd nachschnüffeln. Ich habe genug davon, wenn Tante Rebecca dauernd hinter mir herspioniert. Ich bin schließlich erwachsen genug, um auf mich selber aufzupassen. Ich

kümmere mich auch nicht um andere.«
»Junior!«
»Schon gut, entschuldige bitte, aber sprich den Namen nicht aus. Das alles kommt in die Zeitung, und es ist wirklich nicht wichtig, mit wem ich den Abend verbracht habe.«
Rebecca meldete sich wieder zu Wort. »Was tun wir jetzt mit der Geheimschrift auf der Büchse? Hier stehen wir und unterhalten uns, während der Mörder der Polizei entkommt.«
»Wir müssen erst wissen, was die Botschaft bedeutet«, sagte Mason. »Also, Mrs. Gentrie, Sie sind sicher, daß Sie die Konservendose nicht auf das Bord gestellt haben?«
»Ganz sicher, und Hester bestimmt auch nicht. Die Dose kann nicht länger als höchstens ein oder zwei Tage dort gestanden haben. Ich verstehe nicht, wie sie überhaupt...«
»Nun ja«, lenkte Mason ab, »informieren Sie bitte Lieutenant Tragg genau darüber, was hier vorgefallen ist. Er kann dann seine eigenen Schlüsse daraus ziehen. Das ist ja schließlich sein Beruf.«

5

Mason saß auf dem Drehstuhl in seinem Privatbüro zurückgelehnt und legte die Absätze auf die Tischkante. Er faltete die Hände hinter dem Nacken und sah Della Street müde lächelnd an.
»Bei diesem Fall habe ich wenigstens die Hände frei«, sagte er. »Karr hat mich beauftragt, die Wahrheit herauszufinden. Ihm ist es egal, wer dabei eins aufs Dach kriegt.«
»Auch wenn er es selber ist?« fragte Della mit forschendem Blick.
Mason nickte. Er schaute gedankenverloren an ihr vorbei ins Leere.
»Sie haben es ihm wahrscheinlich deutlich genug gesagt. Wollen Sie ihn eigentlich einschüchtern oder nur ärgern?«
»Ich möchte nur Mißverständnisse vermeiden; ich möchte wissen, woran ich bin, Lieutenant Tragg kann man nicht zum Narren halten. Karr steht nur außer jedem Verdacht, weil er nicht laufen kann. Als erstes wird sich Tragg über den Zustand

seiner Beine informieren.«
»Durch eine ärztliche Untersuchung?«
»So unvermittelt wird er wohl nicht vorgehen. Aber auf einem Umweg bekommt er schon heraus, was er wissen will.«
»Meinen Sie, er mißtraut der Geschichte mit Karrs Beinen?«
»Ich an seiner Stelle würde das tun.«
Della lachte. »Gewissermaßen sind Sie ja an seiner Stelle.«
Mason blickte auf seine Armbanduhr. »Paul Drake sollte längst hier sein; er versprach mir, innerhalb von zehn Minuten zu kommen und einen vorläufigen Bericht vorzulegen. Da ist er ja.«
Paul Drakes Klopfzeichen war zu hören. Della Street sprang auf und öffnete.
Paul Drake, der Inhaber der Detektei Drake, war groß und schlank und trug einen Ausdruck ständiger Überraschtheit im Gesicht. Er sagte: »Hallo« und trat ein.
Mason bot ihm einen Stuhl an. Della griff nach ihrem Stenoblock, setzte sich an den Nebentisch und zückte den Bleistift. Nachdem Paul Drake sich quer über einen der großen Ledersessel gelagert hatte, zog er sein Notizbuch aus der Tasche und begann:
»Lieutenant Tragg war nicht besonders mitteilsam. Wahrscheinlich irrt er im Kreis herum und will nichts sagen, bevor er nicht mehr weiß.«
»Kann ich mir denken«, sagte Mason.
»Mir geht es ähnlich, Perry. Ich habe bei der Polizei herumgehorcht und auch ein bißchen auf eigene Faust geschnüffelt.«
»Und was hast du herausgekriegt?«
»Dieser Hocksley ist ein rätselhafter Mensch. Ich glaube, daß Opal Sunley, die Stenotypistin, die die Bänder abschreibt, mehr weiß, als sie zugibt. Und Mrs. Perlin, die Haushälterin, weiß vermutlich auch mehr.«
»Was trieb dieser Hocksley denn eigentlich?«
»Das weiß kein Mensch. Wahrscheinlich verschlief er den größten Teil des Tages und verbrachte die Nacht mit Diktieren. Er benutzte ein Diktiergerät. Anderntags schrieb das Mädchen seine Diktate vom Band ab. Manchmal war es viel, manchmal wenig; gelegentlich konnte sie sogar am selben Tag nicht damit fertig werden. Wie sie sagte, bestanden die Diktate hauptsächlich aus Briefen. Übrigens achtete sie gar nicht auf den Inhalt der Briefe, sondern schrieb sie nur ab, sah sie auf Tippfehler durch

und gab sie Hocksley zur Unterschrift. Hocksley bekam auch den einzigen Durchschlag, den sie machte. Sie weiß aber nicht, wo er sie aufbewahrte. Der Witz an der Sache ist nur, daß überhaupt keine abgelegten Akten zu finden waren. Die ganze Büroeinrichtung bestand aus Diktiergerät und Schreibmaschine, einem Papiervorrat, Umschlägen, Briefmarken, einer Briefwaage und dem Geldschrank.«
»Was für einer?«
»Vielleicht kann er die ganze Situation erklären.«
»Tragg wollte sich nicht näher darüber äußern«, sagte Mason.
»Klar. Es ist ein teurer Kasten. Er steht in einer Ecke von Hocksleys Schlafzimmer und gehört offensichtlich nicht zu jener Sorte, die man aus zweiter Hand erwirbt, um seinen Bürokram darin aufzubewahren. Muß eine Sonderanfertigung sein.«
»Und was war drin?« fragte Mason weiter.
»Das ist gerade das Komische«, meinte Drake. »Die Polizei fand fünfzig Dollar in bar und etwa hundert Dollar in Briefmarken. Sonst nichts.«
»War er verschlossen?«
»Ja. Opal Sunley gab Tragg die Kombination des Schlosses an.«
»Wenn also ein Einbrecher dran gewesen wäre, hätte es Spuren geben müssen.«
»Nicht unbedingt. Er hat vielleicht die Chiffre gewußt.«
»Nun, hundertfünfzig Dollars sind auch nicht zu verachten«, sagte Mason.
»Wenn schon. Aber der Mann, der diesen Geldschrank aufstellte, hat bestimmt nicht nur an Briefmarken und Kleingeld gedacht.«
»Und die Schießerei?«
»Die Schießerei fand in demselben Zimmer statt, wo der Schrank steht. Vielleicht hat Hocksley jemanden überrascht, der den Schrank öffnen wollte. Das könnte auch die Haushälterin gewesen sein.«
»Woher weiß man, daß der Geldschrank überhaupt eine Rolle spielte?« fragte Mason.
»Weil eine Blutlache davor ist. Vielleicht stammt sie wirklich von einem angeschossenen Einbrecher, aber Hocksley ist nun mal weg, und die Haushälterin auch. Mehr noch, in Hocksleys Wagen wurden ebenfalls Blutflecke entdeckt. Jetzt darfst du

dreimal raten. Entweder tötete ein Einbrecher Hocksley und die Haushälterin und schaffte beide Leichen fort, oder Hocksley schoß den Einbrecher nieder und brachte ihn mit dem Auto weg. Die Blutflecke im Wagen zeigen an, daß die verwundete Person auf dem Rücksitz ausgestreckt lag. Und das führt uns zur wahrscheinlichsten Version.«

»Und die lautet?«

»Die Haushälterin wollte an den Geldschrank gehen, wurde dabei jedoch von Hocksley überrascht. Er verwundete sie, schaffte sie ins Auto und fuhr mit ihr ab. Hocksley war ein großer kräftiger Mann und sie eine schmächtige Fünfzigjährige, die ihn niemals hätte tragen können. Auf dem Fußboden im Flur lag ein halbes Dutzend abgebrannter Streichhölzer.«

»Und was weißt du über Hocksley?« erkundigte sich Mason.

»Leider nicht viel. Hocksley ist groß, stark; er hinkt auffallend. Er ist ziemlich sonderbar und legt großen Wert darauf, in Ruhe gelassen zu werden.«

»Das wäre also Nummer zwei«, sagte Mason.

»Was sagst du?«

»Zwei menschenscheue Mieter im gleichen Haus, die nichts mit den Nachbarn zu tun haben wollen.«

»Hocksley ist wahrscheinlich ein anderer Fall. Karr ist ein nervöser alter Mann, aber Hocksley hat anscheinend wirklich etwas zu verheimlichen. Hocksley arbeitete nachts und schlief am Tag. Die Leute, die mit ihm zu tun hatten, der Vermieter, der Geldschrankverkäufer und der Geschäftsführer des Autohauses, in dem Hocksley seinen Wagen gekauft hat, erinnern sich nur ziemlich vage an ihn. Wenn man aber die einzelnen Beschreibungen miteinander vergleicht, gewinnt man ein recht gutes Bild. Der Mann muß Ende Vierzig bis Anfang Fünfzig sein, er ist sehr breit und kräftig und hat brandrotes Haar. Er hinkt ziemlich stark, was aber nicht auf ein steifes, sondern auf ein verkürztes Bein zurückzuführen ist.«

»Gibt es eine Beziehung zwischen Hocksley oder der Haushälterin und den Gentries?«

»Nein. Aber Opal Sunley und Arthur Gentrie junior kennen sich mehr als gut. Das ist wieder eine Sache für sich.«

»Wieso?«

»Arthur Gentrie, der Vater, hatte am vorhergehenden Abend die Kellertür gestrichen. Vermutlich hast du als erster bemerkt,

daß jemand, der nichts von der frischen Farbe wußte, hineingegriffen und seine Finger beschmiert hatte. Nachdem Tragg von der Sache erfuhr, ließ er natürlich die Autos untersuchen. Dort fand sich nichts. Wohl aber in Hocksleys Wohnung.«
»Und wo?«
»Auf dem Telefon. Und das Telefon stand auf Hocksleys Schreibtisch im gleichen Zimmer, wo der Geldschrank steht. Weiter gibt es eine Seitentür, die über einen kleinen Hof zur Garage der Gentries führt. Hocksley benutzte diesen Weg, um zu seinem Wagen zu kommen.«
»Waren die Fingerabdrücke so deutlich, daß die Polizei sie abnehmen konnte?«
»Ja. Ich glaube, daß Tragg damit etwas vorhat; er wartet nur noch auf den passenden Zeitpunkt.«
»Du meinst, er...« Mason schwieg, als die Telefonistin eintrat.
»Bitte, entschuldigen Sie die Störung, Mr. Mason«, bat sie, »ich sagte der Dame, daß Sie mit einer wichtigen Angelegenheit beschäftigt seien, aber sie behauptete, sie wolle Sie gerade wegen dieser Sache sprechen.«
»Wer?« fragte Mason.
»Eine Mrs. Gentrie mit ihrem Sohn.«
Mason sah Paul Drake an, der in seinem Notizbuch blätterte und las: »War im Bett und schlief angeblich, als der Schuß abgegeben wurde, obwohl er erst fünfzehn bis zwanzig Minuten zuvor nach Hause gekommen war. Er hatte den Abend mit Opal Sunley, Hocksleys Stenotypistin, verbracht.«
»Ist das sicher?« fragte Mason. »Mir wollte er den Namen seiner Begleiterin nicht sagen.«
»Übertriebene Galanterie«, wandte Drake ein. »Opal Sunley tat überhaupt nicht geheimnisvoll; sie erzählte es ungefragt der Polizei. Sie hatten ein Taxi genommen und waren im Kino gewesen. Danach gingen sie noch in eine Eisdiele und verbrachten eine Weile in einem Park. Eine halbe Stunde vor Mitternacht kamen sie vor ihrer Wohnung an. Sie redeten noch etwa eine halbe Stunde miteinander. Der Junge verabschiedete sich etwa um zwölf Uhr und ging sofort nach Hause und ins Bett.«
»Er muß sich sehr beeilt haben, wenn er eine Viertelstunde später schon im Bett war. Wohnt sie weit weg von den Gentries?«

»An die zwölf Häuserblocks. Man kann die Strecke gut in einer Viertelstunde zurücklegen.«
Mason nickte der Telefonistin zu. »Lassen Sie sie herein. Ich glaube, der junge Mann könnte ein schlechtes Gewissen haben.«

6

Mrs. Florence Gentrie betrat das Privatbüro mit ihrem Sohn, der nicht so aussah, als ob er freiwillig hergekommen wäre.
»Mr. Mason«, begann sie, »Sie müssen uns helfen. Es handelt sich um Junior.«
Mason schaute in das verschlossene Gesicht des Jungen und warnte: »Erzählen Sie mir nichts Vertrauliches, Mrs. Gentrie, ich bin kein freier Detektiv. Es ist leicht möglich, daß ich Ihnen nicht helfen kann.«
»Ich muß mit jemandem darüber reden; und ich weiß nicht, an wen ich mich sonst wenden könnte. Seit ich Juniors Aussage vor der Polizei gehört habe, plagt mich mein Gewissen. Zunächst dachte ich, er wolle nur den guten Ruf seiner Bekannten schützen, aber als mir klar wurde, wie ernst unsere Lage ist – da man alles mit dem Mord in Verbindung bringt! Ich kann nicht länger schweigen.«
»Mutter, was ist denn in dich gefahren?« fragte Junior.
Sie sah den Anwalt ängstlich an. »Glauben Sie, daß ich jetzt richtig handle?«
»Fahren Sie fort«, sagte Mason. »Aber denken Sie daran, daß ich Sie gewarnt habe.«
»Machen Sie bitte meinem Sohn klar, wie wichtig es jetzt ist, die Wahrheit zu sagen.«
»Haben Sie es denn mit der Wahrheit nicht ganz genau genommen, Mr. Gentrie?« wandte sich Mason an den jungen Mann. »Vielleicht haben Sie ein wenig übertrieben?«
»Nein«, sagte Arthur Gentrie verbissen.
»Arthur! Ich habe den Schuß gehört und bin aufgestanden. Als ich in dein Zimmer schaute, warst du nicht da.«
»Dann hast du sicher vor Mitternacht nachgesehen. Ein paar Minuten nach Mitternacht war ich da.«

»Ich habe auf die Uhr gesehen. Es war fünfunddreißig Minuten nach zwölf.«
»Dann hast du falsch gesehen. Vielleicht war es in Wirklichkeit erst fünfunddreißig Minuten nach elf. Du hattest sicher keine Brille auf.«
»Ich hatte zwar keine Brille auf«, sagte Mrs. Gentrie, »aber ich habe mich nicht geirrt. Und jeder sagt, der Schuß sei zu diesem Zeitpunkt gefallen.«
»Wer behauptet das?«
»Alle im Haus, ohne Ausnahme.«
»Also wenn du mich fragst, dieser Steele ist ein Lügner. Ich würde ihm nicht über den Weg trauen. Sieh dir doch das mal an, wie er um Tante Rebecca herumscharwenzelt und ihr bei den Rätseln hilft. Was will er denn eigentlich von ihr? Er gehört nicht zur Familie. Und Tante Rebecca hat sie nicht alle; außerdem kann sie ihren Mund nicht halten. Es ist unmöglich, etwas vor ihr geheimzuhalten; sie tratscht alles weiter.«
»Junior, so solltest du nicht von deiner Tante reden.«
»Einmal«, erwiderte Junior heftig, »suchte ich mal wieder mein Lexikon und ging hinunter, um sie danach zu fragen. Da hörte ich, wie sie Steele von mir erzählte. Dazu hat sie einfach kein Recht.«
»Ihr seid alle so empfindlich«, sagte Mrs. Gentrie. »Vielleicht hat sie gar nicht über dich geredet.«
»Von wegen. Ich mußte mir die ganze Soße anhören, wie du um mich besorgt wärest, daß ich mit einer älteren Frau ausginge. Sie sagte auch ...« Juniors Stimme überschlug sich; er wurde rot. »Sie sagte jedenfalls verdammt viel«, sagte er.
Seine Mutter wies ihn zurecht. »Mr. Mason hat nun wirklich genug von unserm Familienzank gehört. Deswegen sind wir nicht gekommen ...«
»Ich bin alt genug, um mir selbst eine Stelle zu suchen. Was mir Vater gibt, bekomme ich anderswo auch. Ich bin erwachsen und kann mich selbst unterhalten.«
Mrs. Gentrie wandte sich an den Anwalt. »Ich bin so besorgt«, sagte sie. »Er war wirklich nicht in seinem Zimmer, als der Schuß fiel. Die Polizei soll Fingerabdrücke in Hocksleys Wohnung gefunden haben. Ich wollte, Junior würde die Wahrheit sagen. Da wüßte ich wenigstens, woran ich bin.«
»Sie meinen die Fingerabdrücke mit der Farbe?« fragte Mason.

Sie nickte.
»Ich sagte doch schon, ich war im Bett«, beharrte der Junge.
»Er war nämlich mit Opal Sunley aus«, erklärte Mrs. Gentrie, »und beschwört, er hätte sich um Mitternacht von ihr verabschiedet. Ich fürchte, er sagt das nur, um ihr ein Alibi zu verschaffen. Arthur! Als der Schuß abgefeuert wurde, kamst du doch gerade die Treppe herauf. Du hast deine Taschenlampe genommen und bist wieder hinuntergeschlichen.«
»Ich denke, ich soll gar nicht in meinem Zimmer gewesen sein«, murrte Junior.
»Als ich hineinschaute, warst du nicht da; das Bett war unberührt. Aber ich hörte jemanden unten herumschleichen.«
»Und ich sage dir, du hattest keine Brille auf und hast dich in der Zeit geirrt.«
»Du behauptest also, der Schuß sei um elf Uhr dreißig gefallen?«
»Wenn ich nicht da war, kann es nur dann gewesen sein.«
»Arthur, du stiehlst uns die Zeit. Du denkst nur daran, Opal ein Alibi zu verschaffen.«
Arthur sprang auf. »Laß mich doch endlich in Ruhe!« rief er. »Dreh mir nicht jedes Wort im Mund herum. Kannst du Opal nicht aus dem Spiel lassen?«
Mrs. Gentrie blickte zu Mason hinüber. Der sagte: »Setzen Sie sich, Arthur. Ich habe mit Ihnen zu reden.«
Der Junge zögerte einen Augenblick und setzte sich dann unsicher auf die Stuhlkante.
»Für Sie ist das der erste Mordfall«, fuhr Mason fort. »Ich habe schon Dutzende erlebt. Ich weiß nicht viel über Miss Sunley, ich sehe nur, daß Sie sie verteidigen wollen. Vielleicht ist Ihnen nicht klar, daß Sie die Aufmerksamkeit der Öffentlichkeit um so sicherer auf Opal Sunley lenken, je mehr Sie in ihrem Interesse von der Wahrheit abweichen.«
Arthur Gentrie horchte unwillkürlich auf. »Versteh ich nicht.«
»Sie verschweigen und verdrehen Tatsachen, nur um Opal Sunley zu decken. Gerade dadurch aber lenken Sie den Verdacht auf sie.«
»Wieso?« fragte Arthur plötzlich angriffslustig.
»Sie machen einen guten Eindruck auf das Publikum. Es wird denken, daß die Gründe, die Sie zum Lügen verleiten, schwerwiegender und ernster sein müssen als nur eine Zuneigung für eine hübsche junge Frau. Die Zeitungen werden berichten, daß

sie als erfahrene Frau einen jungen Burschen an der Nase herumführte ...«
Arthur sprang auf wie ein Boxer beim Gongschlag. »Sagen Sie das nicht noch mal«, schrie er.
Mason hob beschwichtigend die Hand. »Tut weh, nicht wahr?« sagte er. »Es tut weh, weil Sie wissen, daß es wahr ist. Was haben Sie mir zu sagen?«
»Nichts.«
»Gut, dann gehen Sie jetzt bitte nach Hause. Gehen Sie. Ich habe Ihnen die Wahrheit gesagt. Sie werden meine Worte nicht vergessen; über kurz oder lang werden Sie reinen Tisch machen – entweder bei Ihrer Mutter oder bei mir. Aber jetzt gehen Sie bitte. Ich habe zu tun.«
Verdutzt über die plötzliche Abweisung stotterte der Junge: »Wieso, ich habe doch nichts ...«
»Tut mir leid, ich habe keine Zeit zu verschwenden. Erzählen Sie mir nichts, bevor Sie nicht alles gründlich überlegt haben. Auf Wiedersehen, Mrs. Gentrie. Sagen Sie mir vorher Bescheid, wenn Sie mich sprechen möchten.«
Sie sah ihn verwirrt, aber dankbar an. »Danke, Mr. Mason. Komm, Arthur.«
Der Junge riß sich zusammen und ging erhobenen Kopfes durch die Tür.
Mason feixte zu Della Street hinüber.
»Ich dachte, er würde Sie schlagen, als Sie das mit Opal Sunley sagten.«
»Er hat sich in eine Trotzhaltung hineingesteigert. In seinem Alter hält man das für männliches Betragen.«
»Gibt es etwas Neues über den Kode?« fragte Della sachlich.
»Haben Sie darüber nachgedacht?«
»Vielleicht sogar zuviel.«
»Ich dachte immer, man könne jede Geheimschrift entziffern, wenn der Text lang genug ist. Reichen neun Wörter nicht aus dafür?«
»Für einen einfach verschlüsselten Text würde es reichen; aber es sieht nicht so aus, als seien die Buchstaben einfach vertauscht worden.«
»Wieso?«
»Von neun Wörtern beginnen jeweils drei mit dem Buchstaben C, der übrigens in jedem der Wörter einmal vorkommt.«

»Also wäre das ein E oder A?«
»Ich glaube, Della, Sie übersehen das Wesentliche der ganzen Nachricht.«
Mason schob ihr die Abschrift über den Tisch. Della studierte sie. Nach kurzem Schweigen sagte sie: »Ich komme nicht drauf.«
»Schauen Sie genauer hin; es ist verhältnismäßig einfach.«
»Sie meinen, weil es keine kurzen Wörter gibt?«
»Genau.« Mason nickte. »Wenn von neun Wörtern drei aus fünf und sechs aus sechs Buchstaben bestehen, dann ist das auffallend genug. Aber eigentlich meinte ich etwas anderes.«
»Was denn?«
»Alle Wörter des Textes sind nur aus den ersten zwölf Buchstaben des Alphabets gebildet.«
Della Street sah aufmerksam auf das Papier. »Stimmt. Was hat das zu bedeuten?«
»Da ist noch was. Jedes Wort hat entweder den Buchstaben A oder B.«
»Aber das C ist doch noch viel häufiger.«
»Wir müssen hier vor allem die Position der Buchstaben beachten. Jedes Wort hat entweder ein A oder ein B, das immer in der Mitte, an zweit- oder drittletzter Stelle steht.«
Della überlegte ein wenig und nickte dann.
»Die leere Konservendose«, fuhr Mason fort, »ist jedoch auch in anderer Beziehung aufschlußreich. Ich wüßte gern, ob Tragg schon eine bestimmte Spur verfolgt, oder ob er abwartet und die Dinge auf sich zukommen läßt.«
»Welche Dinge?«
»Die Büchse übermittelt eine Nachricht; das heißt, daß mindestens zwei Personen in den Mordfall verwickelt sind. Für beide muß der Keller leicht zugänglich sein, aber sie können aus irgendeinem Grund nicht miteinander sprechen.«
»Versteh ich nicht ganz«, warf Della ein.
»Ganz einfach«, erklärte Mason. »Wenn sich die beiden hätten treffen können, dann wäre das Einkratzen der Botschaft und das Hantieren mit der leeren Büchse überflüssig gewesen.«
»Richtig.«
»Daß sie den Keller als Übermittlungsort wählten, bedeutet weiter, daß beide den Keller unauffällig betreten konnten.«
Della nickte.

»Da haben wir schon die ganze Situation«, verkündete Mason. »Zwei Personen, die Zugang zu einem Ort, dem Kellerraum eines altmodischen Hauses, haben und sich nicht auf andere Weise verständigen können.«
Della Street wurde ganz aufgeregt. »So wie Sie es darlegen, ist die Sache sonnenklar. Eine der Personen kam durch Hocksleys Garage, die andere wohnt im Haus der Gentries.«
»Das wäre zumindest eine Möglichkeit.«
»Aber Chef, das kompliziert die Angelegenheit zusehends. Denken Sie dabei an Junior und Opal?«
»Das wäre nicht logisch«, meinte Mason. »In diesem Fall wäre die Botschaft völlig sinnlos, zumindest was den Mordfall betrifft.«
»Warum? Ach ja, die beiden waren ja abends zusammen.«
»Genau.«
»Vielleicht besteht die ganze Botschaft nur aus einer Liebeserklärung.«
»Wenn der Text nur einfach verschlüsselt wäre, hätte er auch sicher kaum etwas mit dem Mord zu tun gehabt. So müssen wir ihm leider mehr Beachtung schenken. Anscheinend ist uns allen ein wichtiger Hinweis entgangen.«
»Und der wäre?«
»Die Tatsache, daß der Adressat bekannt ist. Ich meine die Person, die den Deckel aufgemacht hat.«
»Sie meinen?«
»Arthur Gentrie natürlich, den Vater. Er war unten im Keller und öffnete die Dose. Angeblich, um Farben darin zu mischen. Als Steele nach der Dose fragte, warf er den Deckel mit der Inschrift in die Abfallkiste.«
»Wenn Sie auf diese Weise Punkt für Punkt durchgehen, scheint der Beweis auf der Hand zu liegen.«
Mason nahm wieder das Blatt mit dem Kode. Plötzlich lachte er auf.
»Was ist?« fragte Della.
»Der Kode. Er ist furchtbar einfach.«
»Soll das heißen, daß Sie ihn lesen können?«
»Wenn man von der richtigen Seite an das Problem herangeht, ist die Lösung verblüffend einfach. Nur die ersten zwölf Buchstaben des Alphabets wurden verwendet. Jedes Wort enthält entweder ein A oder B, das, von hinten gezählt, immer der

zweite oder dritte Buchstabe ist. Wenn man noch beachtet, daß jedes Wort entweder fünf oder sechs Buchstaben hat, wird das ganze System offensichtlich. Es würde mich interessieren, ob Tragg es schon herausbekommen hat.«
»Ich hab's auch noch nicht«, erinnerte Della.
»Zwölf Buchstaben, du lieber Himmel, Della, es muß Ihnen ja in die Augen springen.«
»Nicht die Bohne«, lachte Della. »Ich geb's auf.«
Mason stieß seinen Stuhl zurück. »Ich geh mal eben weg. In zwanzig Minuten bin ich wieder da. Denken Sie mal ein bißchen nach.«
»Kommt nicht in Frage. Diesen Abgang lasse ich nicht zu.«
»Ich weiß auch nicht, was drinsteht.«
»Haben Sie aber gerade gesagt.«
»Ich sagte nur, die Lösung sei sehr einfach. Nun stellen Sie sich doch nicht so an, Della, ich habe Ihnen ja alles erklärt.«
»Sie kommen in zwanzig Minuten zurück?«
»Ja.«
»Und sagen mir die Nachricht?«
»Kurz darauf, ja.«
»Und ich soll wirklich herauskriegen, auf welche Weise?«
»Sie sollten es wenigstens können.«
»Was haben die zwölf Buchstaben damit zu tun?«
»Wieviel ist zwölf?«
»Sie meinen sechs und sechs?« fragte Della nachdenklich.
»Nehmen Sie lieber zehn und zwei, dann sind Sie auf der richtigen Spur. Und wenn Sie es dann immer noch nicht haben, müssen Sie einen ausgeben.«
Mason nahm seinen Hut, lachte Della noch einmal zu und verschwand in Richtung Aufzug.

7

Della Street kritzelte eifrig auf einem Blatt Papier, als Mason mit einem viereckigen Päckchen unter dem Arm zurückkehrte.
»Alles klar?« erkundigte er sich.
»Ihr Hinweis mit ›zehn und zwei‹ brachte mich drauf.«
»Sie haben sie ja schon dechiffriert.«

»Ich habe zwei Varianten. Entweder fangen die Ziffern mit A an und enden mit J, oder sie reichen von C bis L.«
»Sie reichen von C bis L«, sagte Mason. »A und B sind echte Buchstaben.«
»Woher wissen Sie das?«
»Weil sie immer in der Mitte des Wortes stehen.«
»Ich habe auch diese Version aufgeschrieben.«
»Und wie lautet sie?«
Della Street zählte auf: »Dann entspricht das C der Eins, das D der Zwei, E ist die Drei, F die Vier, G die Fünf, H die Sechs, I die Sieben, J die Acht, K die Neun und L bedeutet eine Null. Die Chiffre sieht in diesem Fall so aus: 192A19 187A8 20A11 632B13 137A22 579A21 1025B2 94B16 1055B8.«
»Ich glaube, das dürfte der Wirklichkeit entsprechen«, meinte Mason.
»Aber das ist ja wieder ein Kode«, sagte Della, »jetzt sind wir immer noch nicht weiter.«
»O doch«, sagte Mason. »Ich halte die Lösung wahrscheinlich hier in der Hand.« Er wickelte die Schnur des Päckchens ab und packte es aus.
»Was ist das?«
»Zwei Bücher kommen als Lösung für einen solchen Kode in Frage. Sie müssen einen großen Wortschatz umfassen, und der Text muß auf jeder Seite in zwei Spalten geteilt sein. Also in eine A-Kolumne und eine B-Kolumne. Solche Bücher sind die Bibel und das Lexikon.«
»Und da Junior dauernd von seinem Lexikon sprach, glauben Sie...«
»Es haben noch mehr Leute das Lexikon benutzt. Junior war immer hinter dem Lexikon her, weil seine Tante Rebecca es zu ihren Kreuzworträtseln brauchte. Vielleicht interessiert sie sich wirklich für Rätsel; vielleicht steckt auch noch was anderes dahinter. Jedenfalls schien mir das Lexikon eine heiße Spur zu sein.«
»Wissen Sie denn, um welches Lexikon es sich handelt?«
»Ich merkte mir zufällig den Titel, als es auf dem Wohnzimmertisch der Gentries herumlag, es ist der Webster's Collegiate Dictionary.«
»Dann müßten die Kodezahlen den Seiten entsprechen?«
»Richtig. Das erste Wort zum Beispiel wäre das neunzehnte

Wort der A-Kolumne auf Seite 192.«
»Die A-Kolumne ist natürlich die erste?«
»Ja, also die linke Spalte.«
»Schnell, schlagen wir nach!« Mason blätterte im Lexikon und fuhr mit dem Finger der Spalte entlang.
»Was ist es?« fragte Della.
»Coast«, sagte Mason.
»Coast«, wiederholte Della. »Das klingt ziemlich seltsam.«
»Versuchen wir es mit dem nächsten. Welches ist es?«
»Das achte Wort der linken Kolumne auf Seite 187.«
Mason blätterte zurück und sagte: »Clear. Das nächste?«
Dellas Stimme verriet, wie erregt sie wurde: »Das heißt ja ›Coast clear‹, ›Freie Bahn!‹ Weiter, das nächste ist das elfte Wort der A-Kolumne auf Seite 20.«
»After. Wie geht es weiter?«
Es dauerte nicht lange, bis sie auf diese Weise den ganzen Text entschlüsselt hatten: ›Coast clear after midnight but lift telephone receiver before touching.‹
»Was soll das bedeuten?« fragte Della Street. »Freie Bahn nach Mitternacht, aber vor Berühren Telefonhörer abheben? Was soll man da nicht berühren, ohne den Hörer abzunehmen?«
Mason zuckte die Achseln. »Nicht den Hörer jedenfalls, man kann ja nicht abheben, ohne ihn zu berühren.«
»Was halten Sie von der Sache, Chef?«
»Wenn ich das wüßte.«
»Sagen Sie es Tragg?«
»Jetzt noch nicht.«
»Glauben Sie, daß Rebecca an dieser Sache beteiligt ist?«
»Ich weiß es nicht«, entgegnete Mason. »Als einzigen Anhaltspunkt haben wir Arthur Gentrie. Er hat die Dose geöffnet. Vermutlich hat er gewußt, daß die Dose eine Nachricht übermitteln soll.«
»Aber er war im Bett, als der Schuß fiel.«
»Eben.«
Masons Privattelefon summte. Mason nahm ab und sagte: »Laß mal hören.«
Paul Drakes Stimme am anderen Ende der Leitung sagte: »Ich habe einen brühwarmen Tip für dich, Perry.«
»Welchen?«
»Ich sagte dir doch schon, auf dem Telefonhörer wären Finger-

abdrücke festgestellt worden?«
»Ja, und?«
»Von Tragg ist zwar nichts herauszubekommen, aber wir wissen, von wem sie stammen.«
»Von wem?«
»Von Arthur Gentrie.«
»Also doch der Alte«, frohlockte Mason. »Hab ich grad zu Della gesagt.«
»Mal langsam, ich meine nämlich den Jungen mit dem Spitznamen Junior.«
»Verdammt noch mal, Paul«, sagte Mason enttäuscht. »Ich wollte grade so schön angeben. Hättest du nicht noch 'ne halbe Stunde warten können?«
»So geht's einem mit Theorien. Kaum hat man sie aufgestellt, da platzen sie schon wieder.«
»Aber hier war die Schlußfolgerung so logisch aufgebaut«, klagte Mason. »Die Fingerabdrücke des jungen Gentrie passen mir gar nicht in den Kram.«
»Du wirst dich wohl oder übel damit abfinden müssen. Ich hab's von einem Reporter, der irgendwelche geheimen Beziehungen zur Abteilung für Fingerabdrücke unterhält. Tragg selber hält dicht; vielleicht will er dem Jungen einen Köder hinhalten und sehen, ob er anbeißt.«
»In Ordnung, Paul«, sagte Mason, »bleib weiter am Ball.« Er legte auf. Er blickte zu Della Street und schüttelte den Kopf. »Stimmt alles leider nicht.«
»Es sind Juniors Fingerabdrücke?« fragte sie.
Mason nickte.
»Dann muß die Nachricht für ihn bestimmt gewesen sein.«
Mason vergrub seine Hände in den Hosentaschen.
»Das kommt davon, wenn man sich mit solchen Sachen einläßt«, sagte er düster.

8

Das hartnäckige Klingeln des Telefons weckte Perry Mason aus tiefem Schlaf. Während er langsam zu sich kam, streckte sich seine Hand schon automatisch zum Hörer aus. Er meldete sich mit belegter Stimme: »Hallo.«
Nur Della Street und Paul Drake kannten die Nummer des Apparats, der neben seinem Bett stand.
Paul Drakes Stimme sagte: »Hallo, Perry, tut mir schrecklich leid, daß ich dich aus dem Schlaf holen muß, aber es ist wirklich sehr wichtig.«
»Schon recht«, sagte Mason. »Was ist los?«
»Du hast sicher in der Abendzeitung gelesen, daß die Presse über unseren Fall berichtet. Und daß du mein Büro mit der Nachforschung beauftragt hast.«
»Ja«, sagte Mason und knipste das Licht an.
»Sie hat es auch gelesen; sie rief mich eben an.«
»Wer?«
»Mrs. Sarah Perlin, Hocksleys Haushälterin. Sie rief unser Büro an und sagte, sie wolle Mr. Mason persönlich ein volles Geständnis ablegen. Nun will sie wissen, wo sie dich erreichen kann. Was soll ich tun?«
»Wo ist sie jetzt?«
»Sie wartet am anderen Apparat. Angeblich ruft sie aus einer öffentlichen Fernsprechzelle an. Ich wollte dich zuerst fragen. Wenn wir nicht die Polizei informieren und einen Streifenwagen auf die Spur hetzen, riskieren wir Kopf und Kragen. Andererseits ...«
»Sag ihr, sie soll mich unter dieser Nummer anrufen«, erwiderte Mason.
»Und die Polizei?«
»Vergiß sie.«
»Okay«, sagte Drake. »Ich werd's ihr sagen. Bleib am Apparat, Perry, vielleicht ist sie noch da.«
Eine Weile war die Leitung stumm, dann kam wieder Drakes Stimme: »Alles in Ordnung, Perry, sie wird dich in zwanzig Minuten anrufen. Sie hat Angst, ich lasse den Apparat überwachen und benachrichtige die Polizei. Sie will nur mit dir sprechen.«
»Also in zwanzig Minuten?« fragte Mason.

»Ja.«
»Was tust du denn zu dieser nachtschlafenden Zeit noch im Büro?«
»Unsereiner kommt ja nie zur Ruhe«, seufzte Drake müde. »Es gab noch allerhand aufzuarbeiten. Ich lese die Berichte und denke mir für meine Leute neue Aufträge aus. Ich wollte grade nach Hause.«
»Wie spät ist es?«
»Gegen ein Uhr.«
»Wie hörte sich die Frau am Telefon an?«
»Ziemlich gelassen. Sie hat eine angenehme Sprechstimme.«
»Sie sagte doch, sie wolle ein Geständnis ablegen?«
»Ja. Vielleicht bringt das etwas Licht in die Sache. Wie die Polizei feststellte, gab es einen Schuß, aber zwei Leute sind verschwunden. Es sieht so aus, als ob sie Hocksley getötet hätte.«
»Dann muß es noch einen Komplizen geben«, sagte Mason. »Hat sie was in dieser Richtung gesagt?«
»Nein. Sie fragte nur, ob sie mit Mr. Mason persönlich sprechen könnte.«
»Bleib in Reichweite«, bat Mason. »Vielleicht brauche ich dich noch.«
»Wie lange?«
»Ich sage dir dann Bescheid.«
»Gut, ich lege mich hier im Büro hin. Der Nachtportier kann mich wecken, wenn du anrufst.«
»Ich reiß dich wirklich nicht gern aus dem Schlaf«, entschuldigte sich Mason.
»Schon gut, ich bin ja dran gewöhnt.«
»Also gut, ich rufe an.« Mason legte auf, streckte sich gähnend und stand auf. Er zog sich an und zündete sich gerade eine Zigarette an, als das Telefon klingelte.
Mason nahm ab und nannte seinen Namen. Er hörte, wie eine tiefe Stimme ruhig und entschlossen sagte: »Hier spricht Mrs. Perlin. Es ist alles aus, ich will alles gestehen.«
»Ich höre, Mrs. Perlin.«
»Lassen Sie den Anruf nicht überwachen, es führt doch zu nichts.«
»Ich verspreche es Ihnen.«
»Ich muß mit Ihnen reden.«

»Sie reden ja schon mit mir.«
»Nein, nicht so. Ich muß Sie unbedingt vertraulich unter vier Augen sprechen.«
»Wollen Sie herkommen?« schlug Mason vor.
»Nein. Kommen Sie bitte zu mir.«
»Wo kann ich Sie treffen?«
»Versprechen Sie, daß Sie die Polizei nicht verständigen und allein zu mir kommen?«
»Ja.«
»Wann können Sie hier sein?«
»So schnell wie möglich – vorausgesetzt, Sie wollen mich nicht reinlegen.«
»Kommen Sie in die East Hillgrade Avenue, Nummer 604. Stellen Sie Ihren Wagen nicht direkt vor die Haustür. Die Vordertür ist abgeschlossen. Ich mache auch auf Klingeln nicht auf. Gehen Sie zur Garage am Hintereingang und warten Sie dort, bis Sie ein Lichtzeichen im Haus sehen. Dann kommen Sie durch die offene Hintertür herein. Aber kommen Sie allein. Und lassen Sie die Polizei aus dem Spiel!«
»Es wird etwa eine Viertelstunde dauern«, überlegte Mason.
»Das macht nichts. Verhalten Sie sich wie verabredet.«
»Das ist ja alles schön und gut, Mrs. Perlin, aber ich kann schließlich nicht mitten in der Nacht herumkutschieren, nur weil Sie mir etwas vertraulich mitteilen wollen.«
»Sie wissen doch, mit wem Sie es zu tun haben, oder?«
»Ja, mit Mr. Hocksleys Haushälterin.«
»Ich muß mit jemandem sprechen, dem ich vertrauen kann.«
Mason erwiderte: »Das ist eine unsichere Sache, Mrs. Perlin.«
Nach kurzem Zögern sagte sie leise: »Hören Sie zu. Ich habe ihn erschossen, weil ich das Recht dazu hatte. Ich habe seine Leiche so vernichtet, daß sie niemals mehr gefunden werden kann. Und jetzt frage ich mich, ob ich damit nicht eine Dummheit begangen habe. Jetzt sieht es wie ein Verbrechen aus, aber ich war absolut im Recht. Kein Richter würde mich jemals verurteilen. Aber ich möchte Sie vorher um Rat fragen und Ihnen alles erzählen. Kommen Sie nun, oder soll ich mir einen anderen Anwalt nehmen?«
»Ich komme«, sagte Mason und legte den Hörer auf.
Er sah auf die Uhr und schrieb die Adresse East Hillgrade Avenue 604 auf ein Blatt Papier, das er in einen Umschlag

steckte und an Lieutenant Tragg adressierte. Dann rief er Drakes Detektivbüro an. Als Paul sich gemeldet hatte, sagte Mason: »Paul, ich fahre jetzt zu ihr. Es ist alles ein bißchen mysteriös. Falls du innerhalb einer Stunde nichts von mir hören solltest, rase hinaus auf die East Hillgrade Avenue 604. Tritt die Tür ein, wenn dich keiner reinlassen will. Vergiß den Revolver nicht, und nimm ein paar harte Burschen mit.«
»Wenn du willst, komm ich gleich mit.«
»Das hätte keinen Zweck. Ich muß mich an ihre Anweisung halten; wahrscheinlich beobachtet sie mich auf der anderen Straßenseite.«
»In Ordnung, Perry, in genau einer Stunde schlage ich Alarm, wenn ich bis dahin nichts von dir höre.«
Mason legte auf, nahm einen leichten Mantel, zog sich den Hut bis an die Augenbrauen. Er verließ seine Wohnung. Auf dem Weg zu seiner Garage sah er sich mehrmals um. Zwei Minuten später fuhr er durch die menschenleeren Straßen.
Er stellte den Wagen einen Häuserblock vorher ab und ging den steilen Abhang bis zur nächsten Kreuzung hinauf. Hillgrade Avenue 604 war das erste Haus rechts hinter der Kreuzung. Ein Bungalow, wie man ihn in Südkalifornien zu Tausenden sieht: hübsch und zweckmäßig nach den Richtlinien der modernen Architektur. Das Haus war dunkel und machte einen verlassenen Eindruck. Mason hatte nichts anderes erwartet. Wenn Mrs. Perlin sich überzeugen wollte, daß er keine Polizei mitbrachte, würde sie noch eine Weile warten. Natürlich würde sie behaupten, sie hätte das Haus überhaupt nicht verlassen.
Mason ging im Schatten um das Haus zur Garage in der Seitenstraße. Dort drehte er eine leere Kiste um und setzte sich in den tiefen Schatten eines ausladenden Pfefferbaumes. Die Mondsichel verbreitete fahles Licht.
Mason wartete. Eine Viertelstunde, zwanzig Minuten. Langsam wurde er unruhig. Er mußte jetzt bald Paul Drake verständigen, wenn es keine Komplikationen geben sollte.
Er stand von der Kiste auf und näherte sich auf Zehenspitzen dem Haus. Seine unmögliche Situation kam ihm voll zu Bewußtsein. Er war wohl wieder einmal zu gutgläubig gewesen und einem Täuschungsmanöver aufgesessen. Und doch hatte er in der Frauenstimme ein Anzeichen zu verspüren geglaubt, daß sie es ernst meinte.

Er schaute wieder auf die Uhr und beschloß, Paul Drake aus der nächsten Telefonzelle anzurufen und seiner Nachtwache ein Ende zu setzen.
Ein Fenster wurde hell.
Mason sah den Lichtstrahl über ein Stück Rasen fallen. Zugleich durchschoß ihn der Gedanke, er könne auch in einer raffiniert ausgeklügelten Falle stecken. Was war einfacher? Eine Stimme per Telefon hatte ihn in den Hinterhof eines fremden Gebäudes geschickt. Nun brauchte man nur zu gegebener Zeit die Bewohner anzurufen, die dann sicherlich das Licht einschalteten. Wenn nun Mason versuchte, durch die Hintertür einzudringen, konnte ihn jeder mit Recht als Einbrecher betrachten und niederknallen.
Mason beschloß, der Hintertür die Entscheidung zu überlassen. War sie geschlossen, dann wollte er umkehren. War sie offen, wollte er das Haus betreten.
Vorsichtig schlich er über ein paar Stufen auf die Veranda. Als er nach der Klinke tastete, hörte er das Klirren von Metall. Er zuckte zusammen.
Die Tür öffnete sich auf seinen leisen Druck. Mason sah einen Lichtstrahl, der aus einem Türspalt am anderen Ende des Korridors kam. Er trat vorsichtig ein. Das Licht ging aus. Das Haus lag im Dunkeln. Als sich seine Augen langsam an die Dunkelheit gewöhnten, konnte Mason nicht mehr feststellen, in welchem Zimmer das Licht vorhin gebrannt hatte.
Mason verspürte jene unverkennbare Geruchsmischung, die die Nähe einer Küche anzeigt. In der undurchdringlichen Dunkelheit wartete er auf ein Zeichen.
Bald hörte er das erwartete Geräusch. Jemand versuchte, mit allen Kräften ein Schluchzen zu unterdrücken und kam leise den Korridor entlang, auf ihn zu. Vielleicht hatte die Küche eine Schwingtür.
Eine Türangel knarrte. Die Tür wurde aufgestoßen. Mason fühlte, wie jemand im Türrahmen stand und lauschte. Dann kamen die Schritte näher.
Mason trat einen Schritt zurück und tastete hinter sich nach dem Lichtschalter, den er in der Nähe der Tür vermutete. Sein Gegenüber stolperte blindlings durch den Raum und rannte gegen einen Tisch. Mason wandte sich der Tür zu, um sich über die Lage seines Gegners besser orientieren zu können. Sein Fuß

stieß an einen Stuhl. Er hörte einen erschreckten Laut, dann sagte eine Frauenstimme: »Wer ist noch hier? Sprechen Sie, oder ich schieße!«

»Ich bin gekommen, um mein Versprechen zu halten«, sagte Mason. Er bemerkte, daß sie sich langsam zurückzog und von ihm weg tastete. Seine Finger fanden endlich den Lichtschalter. Draußen leuchtete die Lampe auf der Veranda auf. Durch die offene Tür fiel Licht.

Sie mußte jung und schlank sein. Ihr Gesicht konnte er nicht sehen, dafür war der ausgestreckte Arm mit dem bedrohlich glitzernden Metall um so deutlicher.

»Machen Sie keine Dummheiten! Legen Sie die Waffe weg!« forderte Mason.

Die Hand schwankte kein bißchen. »Wer sind Sie; was wollen Sie hier?«

»Ich bin hier verabredet.«

»Mit wem?«

»Mit einer Frau. Sind Sie das?«

»Ganz bestimmt nicht. Treten Sie beiseite und lassen Sie mich durch.«

»Sie wohnen also nicht hier?«

Einen Augenblick lang zögerte sie, sagte dann aber: »Nein.«

Mason stellte sich zur Seite. »Gehen Sie ruhig«, sagte er.

Vorsichtig kam sie näher. Das Licht der Verandalampe streifte ihr Gesicht. Sie hatte tiefbraune Augen, eine Stupsnase und hellblondes Haar, das lockig unter ihrem kleinen Hut hervorquoll. Sie war mittelgroß; ihr kurzer Rock gab den Blick auf graziöse, lange Beine frei.

»Bleiben Sie mir aus dem Weg«, warnte sie. Sie hielt den Revolver auf Mason gerichtet.

»Wozu denn solch ein schweres Geschütz?« fragte Mason, um sie in ein Gespräch zu verwickeln.

Sie würdigte ihn keiner Antwort.

»Nehmen Sie den Finger vom Abzug«, fuhr Mason fort, »oder achten Sie wenigstens auf den Stuhl da. Wenn Sie darüberstolpern, kriege ich die Kugel in den ...«

Unwillkürlich blickte sie in die Richtung, in die Mason deutete. Im selben Augenblick schossen Masons lange Arme nach vorn. Er griff ihr rechtes Handgelenk und entwand ihr den Revolver, den er in seine Rocktasche gleiten ließ. Das Gefühl, unbewaffnet

diesem Mann ausgeliefert zu sein, verlieh ihr ungeahnte Kräfte. Als Mason seinen Griff lockerte, hob sie den rechten Fuß und stieß ihn mit aller Gewalt in seine Magengegend. Mason, der sich abwandte, um dem Stoß auszuweichen, verdrehte gleichzeitig ihren Arm, so daß sie das Gleichgewicht verlor und gegen ihn taumelte. Mason packte sie mit beiden Armen fest an Oberarm und Schultern. Er spürte, wie ihr Widerstand nachließ.
»So, jetzt mal ruhig«, sagte er. »Und bitte keine Fußakrobatik mehr.«
»Wer sind Sie?« fragte sie.
»Ich heiße Mason und bin Anwalt. Haben Sie mich angerufen?«
»Sie sind wirklich Perry Mason?«
»Ja.«
Sie klammerte sich verzweifelt an ihn. Sie zitterte. »Warum haben Sie das nicht schon früher gesagt?«
»Was tun Sie hier?«
»Ich war mit jemandem verabredet.«
»Mit wem?«
»Egal. Ich glaube, es war nur eine Falle. Ich will weg. Können wir nicht hinaus?«
»Ich sollte mich hier auch mit jemandem treffen«, sagte Mason.
»Wer sind Sie?«
»Opal Sunley. Ich habe gestern die Polizei gerufen.«
»Und wen wollten Sie hier treffen?«
»Mrs. Perlin.«
»Ich auch«, sagte Mason. »Wir können ja zusammen auf sie warten. Sie wollte mir etwas sagen.«
»Das wird sie wohl kaum mehr tun«, meinte das Mädchen.
»Warum?«
Mason fühlte, wie sie erschauerte. Die Finger des Mädchens krallten sich in seinen Arm. »Da, im Schlafzimmer. Sie ist tot.«
»Kommen Sie.«
»Nein, nein! Gehen Sie allein!«
»Ich lasse Sie jetzt hier nicht allein. Sie müssen mit.«
»Ich will es nicht mehr sehen, ich kann nicht.«
Mason legte seinen Arm um ihre Schulter. »Kommen Sie«, sagte er. »Je länger wir warten, desto schwerer wird es.«
Mit leichtem Druck drängte er sie zur gegenüberliegenden Tür. Er öffnete sie. Als er das Licht einschaltete, standen sie zuerst geblendet in der Helligkeit. Mason schaute sich blinzelnd um.

Die Einrichtung war schäbig und geschmacklos. Ein Haus, das möbliert vermietet wurde.
»Wo ist sie?« fragte Mason.
»Da drüben.« Opal Sunley zeigte zum anderen Ende des Korridors, wo zwei Schlafzimmer waren. Mason führte sie mit sanftem Druck hin, während er unterwegs alle Lichtschalter anknipste.
»Welches Schlafzimmer?«
»Das vordere.«
Mason öffnete die Tür und drehte das Licht an. Opal Sunley wendete sich ab. »Immer mit der Ruhe«, sagte er.
Der Frauenkörper lag ausgestreckt vor der Frisiertoilette. Offensichtlich war sie von der Polsterbank heruntergefallen und lag mit ausgestrecktem Arm auf der linken Seite. Ihre kurzen, dicken Finger verkrallten sich im Teppich. Der rechte Arm lag quer über dem Oberkörper. Die Hand hielt den Griff eines kurzläufigen Revolvers umklammert. Sie trug Straßenkleidung; der Hut hatte sich beim Fall zur Seite verschoben. Der Schuß hatte sie offenbar in die linke Brust getroffen.
Mason ging auf sie zu und beugte sich über sie. Prüfend legte er seine Finger auf ihr linkes Handgelenk. Die junge Frau stand reglos in der Türöffnung und beobachtete ihn. Mason richtete sich auf. »Wir werden wohl die Polizei holen müssen«, sagte er.
»Nein, nein«, rief sie. »Das dürfen Sie nicht!«
»Warum nicht?«
»Sie werden nicht verstehen, daß ...«
»Was?«
»Wieso ich hier bin.«
»Und warum sind Sie hier?«
»Sie rief mich an und bat mich, herzukommen.«
»Sie rief Sie an und bat Sie, herzukommen«, wiederholte Mason.
»Ja, sie wollte mir etwas gestehen.«
»Um welche Zeit rief sie an?« fragte Mason.
»Ungefähr vor einer Stunde; vielleicht war es nicht mal eine ganze Stunde.«
»Und was sagte sie?«
»Ich sollte durch die Vordertür hineingehen, das Licht einschalten und auf sie warten, falls sie dann noch nicht da wäre.«
»Sagte sie auch, warum sie eventuell noch nicht zu Hause

wäre?«
»Sie wollte jemanden im Auge behalten, wenn ich recht verstanden habe. Deshalb sprach sie auch nicht selbst mit mir.«
»Nein? Wer denn?«
»Ich weiß nicht. Aber gehen wir doch endlich, hier kann ich nicht sprechen ...«
»Einen Augenblick.« Mason hielt sie zurück. »Kennen Sie diese Frau?«
»Ja, natürlich, das ist Mrs. Perlin.«
»Wohnte sie hier?«
»Nein. Sie wohnte bei Mr. Hocksley. Ich weiß nicht, weshalb sie hergekommen ist.«
»Haben Sie sie heute schon mal getroffen?«
»Darüber möchte ich keine Auskunft geben.«
»Haben Sie eine Ahnung«, sagte Mason. »Sie werden noch gefragt werden und Auskunft geben, bis Sie Ohrensausen bekommen. Mit wem haben Sie telefoniert?«
»Ich weiß es nicht. Eine Frauenstimme sagte mir, sie rufe mich in Sarahs Auftrag an. Ich sollte herkommen und meinen Wagen oberhalb des Hauses auf dem Hügel parken. Falls Sarah nicht da wäre, solle ich durch die Vordertür das Haus betreten, das Licht einschalten und es mir gemütlich machen. Sarah würde dann in ein paar Minuten kommen. Die Stimme deutete an, Sarah beobachte jemanden, den sie nicht aus den Augen lassen wolle, deshalb könne sie auch nicht selber ans Telefon kommen.«
»Dachten Sie nicht, es könnte eine Falle sein?«
»Da noch nicht.«
»Hat die Frau gesagt, Sie sollten die Polizei nicht benachrichtigen?«
»Ja, das auch.«
»Und Sie glaubten immer noch, es gehe alles mit rechten Dingen zu? Hielten Sie es denn nicht für ungewöhnlich, nachts um zwei in ein wildfremdes Haus zu gehen und es sich dort gemütlich zu machen?«
»Ich sage Ihnen, zu der Zeit noch nicht, erst später.«
»Wann?«
»Als ich vor dem Haus stand und alles noch einmal überlegte. Die Frau sagte, die Vordertür wäre offen. Falls die Tür wirklich offen war, wollte ich hineingehen. Aber ich wollte nicht klingeln.«

»Also die Tür war offen.«
»Ja. Als ich hereinkam, schien niemand im Hause zu sein. Ich wollte mal kurz ins Badezimmer...«
»Was wollte Mrs. Perlin Ihnen gestehen?«
»Davon war nicht die Rede. Die Frau sagte nur, Sarah wolle mir etwas gestehen und mich um Verzeihung bitten.«
»Und Sie wissen nicht, wer Sie angerufen hat?«
»Nein. Aber irgendwie hatte ich den Eindruck, sie sei vielleicht Kellnerin in einem Restaurant, wo Sarah vom Fenster aus jemand beobachten konnte.«
»Sie haben einen Wagen?«
»Eigentlich gehört er gar nicht mir, aber ich kann ihn benutzen, wenn ich ihn brauche.«
»Und Sie haben ihn oberhalb des Hauses abgestellt?«
»Ja.«
»Sie sagte ausdrücklich, einen Block oberhalb des Hauses auf dem Hang?«
»Ja.«
Mason ging nachdenklich einige Schritte auf und ab. Vor der Toten blieb er stehen und sah auf sie hinab.
»Der Schuß war sofort tödlich. Meinen Sie, sie könnte Selbstmord begangen haben?«
»Das kann ich Ihnen nicht sagen.«
»Warum wollen Sie Ihre Geschichte nicht der Polizei erzählen?«
»Weil ich schrecklich in der Klemme sitze, Mr. Mason. Sarah war der einzige Mensch, der mich entlasten konnte, falls die Polizei gewisse Dinge herausbekam.«
»Und Sie wollen alle diese Umstände verschweigen«, Mason zeigte mit einer Handbewegung in das Zimmer, »nur um nicht von der Polizei verhört zu werden?«
»Niemand hat Schaden dadurch«, sagte Opal. »Das ist das einzige, was Sie für mich tun können.«
Mason betrachtete sie gedankenvoll. Plötzlich fragte er: »War diese Mrs. Perlin immer Haushälterin? Oder stammte sie aus ›besseren Kreisen‹ und mußte sich aus finanziellen Gründen ihren Lebensunterhalt als Haushälterin verdienen?«
»Sie war wohl immer schon Haushälterin. Als Mr. Hocksley sie einstellte, habe ich ihre Versicherungskarte gesehen.«
Mason schlenderte über den Korridor zum Eßzimmer. Opal folgte ihm lautlos. Als Mason sich abrupt umwandte, begegnete

er einem flehenden Blick. »Wissen Sie überhaupt, was Sie da von mir verlangen?« fragte er eindringlich.
Ihre Lippen zitterten.
»Sie wollen, daß ich einen Mord decke. Daß ich dabei meinen Kragen riskiere! Und das verlangen Sie so unbefangen, als wollten Sie mit mir ein Eis essen gehen.«
Sie sah ihn nur bittend an und legte schüchtern die Hand auf seinen Arm.
»Wenn ich dieses Haus verlasse, ohne die Polizei zu verständigen«, fuhr Mason fort, »setze ich mich selbst mitten in die Nesseln. Zumindest Sie könnten mir dann einen Strick drehen. Wie weit sind Sie an der ganzen Sache beteiligt?«
Sie schüttelte den Kopf. »Überhaupt nicht.«
»Das denken vielleicht Sie. Wie war das gestern?«
»Ich kam wie immer zur Arbeit. Es war niemand da. Mrs. Perlin auch nicht. Es lagen auch keine Bänder bereit.«
»Was für Bänder?« fragte Mason.
»Tonbänder vom Diktiergerät. Ich schreibe sie ab.«
»Und Mr. Hocksley?«
»Ich sehe ihn selten; tagsüber schläft er. Er arbeitet nachts.«
»Aber Sie kennen ihn persönlich?«
»Natürlich.«
»Weiter.«
»Mir kam alles so eigenartig vor. Da war nicht mal ein Zettel mit einer Nachricht. In Mr. Hocksleys Zimmer sah ich Blutspuren und eine große Blutlache vor dem Geldschrank. Dann ging ich in die Garage zum Wagen.«
»Nebenan bei den Gentries?«
»Ja. Der Wagen stand da, aber auf dem Rücksitz waren auch Blutflecke. Mehr weiß ich nicht. Dann rief ich bei der Polizei an.«
»Das können Sie jetzt ja auch tun.«
»Was soll ich sagen, wenn man mich fragt, wie ich hierherkomme? Und da gibt es noch andere Sachen, die ich nicht erklären kann.«
»Zum Beispiel?«
»Es würde die Sache nur komplizieren. Jedenfalls würden sie denken, ich hätte zusammen mit Mrs. Perlin Hocksley aus dem Weg geräumt.«
»Weshalb sollten Sie ihn denn aus dem Weg geräumt haben?«

»Ich weiß nicht; sie würden es aber sagen. Sie müßten ja denken, ich hätte mit Mrs. Perlin in Verbindung gestanden und es gestern morgen verschwiegen.«
»Standen Sie denn noch in Verbindung mit ihr?«
»In gewisser Weise schon. Aber das darf die Polizei natürlich nicht erfahren.«
Mason sah auf seine Armbanduhr und fragte zögernd: »Was versprechen Sie mir, wenn ich Ihren Wunsch erfülle?«
Sie sah ihn offen an. »Was verlangen Sie von mir?«
»Daß Sie mich nicht im Stich lassen, sobald es brenzlig wird.«
»Abgemacht.«
»Ehrenwort?«
»Kann ich mich wirklich auf Sie verlassen?«
»Wie meinen Sie das?« fragte Mason erstaunt.
»Sie könnten mir zusagen und trotzdem die Polizei anrufen.«
»Da kann ich Sie beruhigen. Ich kenne ein Lokal, das um diese Zeit noch offen ist. Ich lade Sie ein, und Sie können sich vergewissern, daß ich nicht mal in die Nähe des Telefons gehe.«
Sie griff nach seiner Hand. »Sie wissen nicht, was das für mich bedeutet.«
»Gut, dann gehen wir jetzt«, schlug Mason vor.
»Sollen wir das Licht ausmachen?«
»Nein. Schließen Sie auch nicht zu.«
»Warum nicht?«
»Stellen Sie sich vor, was hier los wäre, wenn wir beim Verlassen des Hauses zufällig von einer Streife bemerkt würden. Wir erzählen unsere Geschichte, und die Polizei findet die Tür abgeschlossen!«
»Das sehe ich ein. Was machen wir mit unseren Wagen?«
»Ach so«, sagte Mason. »Sie kommen in meinen Wagen. Ich fahre Sie hinauf, und Sie steigen in Ihren um. Dann fahren Sie mir zum Restaurant nach.«
Sie sah ihn dankbar an. »Sie sind wundervoll, Mr. Mason. Ich kann mir nicht vorstellen, warum Sie das alles für mich tun.«
»Ich auch nicht«, sagte Mason lakonisch.

9

Paul Drakes Gesicht war grau vor Müdigkeit. Er sah Perry Mason über den Schreibtisch an und sagte: »Wenn das noch lange so weitergeht, streike ich!«
Der Anwalt zog die Brauen empor. »Nanu, Paul, was ist denn los?«
»Weißt du doch selber«, erwiderte Drake.
»Bloß weil du mal nicht geschlafen hast?« fragte Mason. »Sieh mich mal an. Um eins hat man mich aus dem Bett geholt. Und rausgekommen ist nichts dabei.«
Drake grinste.
»Also raus mit der Sprache. Was hast du auf dem Herzen, Paul?«
Drake lachte sarkastisch. »Ach nein, du weißt natürlich von nichts. Du würdest mich ja um nichts in der Welt in die Klemme reiten.«
»Verdammt noch mal, worüber redest du, Paul?«
»Warum hast du mich nicht angerufen?«
»Ich?«
»Ja, wie wir abgemacht hatten.«
»Wir hatten doch abgemacht...«
»Daß ich eine Stunde nach deinem Verschwinden hinausfahren sollte, um deine Knochen zu retten, falls du inzwischen nicht anriefst.«
»Das war nicht so einfach, Paul. Ich sprach gerade mit einem Zeugen und konnte das Gespräch nicht unterbrechen, ohne die ganze Sache aufs Spiel zu setzen. Für dich war es ja nur eine Angelegenheit von zwanzig Minuten.«
»Das glaubst du wohl selber nicht.«
»Das glaubte ich wenigstens heute nacht. Im Haus brannte zwar Licht, aber niemand machte mir auf mein Klingeln die Tür auf.«
»Ich denke, die Tür war offen und du solltest hineingehen?«
Mason schüttelte den Kopf. »Überlege doch mal, Paul. Jemand ruft dich nachts an und fordert dich auf, in ein wildfremdes Haus einzudringen. Und wenn dann jemand herauskommt, dich als Einbrecher ansieht und dir eine doppelte Ladung in den Bauch knallt, he? Nicht mein Geschmack. Entweder man macht mir auf, oder ich gehe weiter.«
»Willst du damit sagen, daß du gar nicht im Haus gewesen bist?«

»Ich meine nur, daß ich mich nicht von nächtlichen Anrufern in unbekannte Häuser schicken lasse. Aber was ist dir denn über die Leber gelaufen? Gut, du bist umsonst hinausgefahren und hast dich geärgert. Als du mich nicht antrafst, fuhrst du wieder fort und warst in zwanzig Minuten wieder zu Hause.« Masons Stimme klang ungeduldig.
»Du warst also nicht drin«, sagte Drake. »Du hast keine Leiche gefunden. Da brauchtest du natürlich auch nicht die Polizei zu verständigen und den Leuten erklären, was du in diesem Haus zu suchen hattest.«
»Welche Leiche?« fragte Mason.
»Wußtest du denn nicht, daß eine Leiche im Haus lag?«
»Wer denn?«
»Wahrscheinlich Mrs. Sarah Perlin, die Haushälterin. Vielleicht Selbstmord, vielleicht auch nicht.«
Mason fragte erregt zurück: »Heißt das etwa, daß sie wirklich in dem Haus war?«
»Natürlich war sie da. Sie lag im Schlafzimmer vor der Frisiertoilette. Der Schuß stammte aus ihrer eigenen Waffe.«
»Sag mal, Paul, machst du jetzt Faxen oder ist das wahr?«
»Bittere Wahrheit, mein Lieber.«
»Und die Tote ist Hocksleys Haushälterin?«
Drake nickte.
»Dann muß sie ermordet worden sein, nachdem sie mich anrief. Sie wollte mir etwas gestehen. Vielleicht überwältigten sie ihre Schuldgefühle – und sie beging Selbstmord. Gibt es Anzeichen dafür, daß es kein Selbstmord war?«
»Schußrichtung und Körperposition sprechen dagegen.«
»Erzähl mal ganz genau.«
»Ich saß da und wartete auf deinen Anruf. Als du dich nach einer dreiviertel Stunde noch immer nicht gemeldet hattest, machte ich mir Sorgen. Vielleicht war es ein Täuschungsmanöver, eine Falle. Du bist der Polizei meist um einige Nasenlängen voraus. Das heißt aber auch, du bist gefährdet. Wenn sich einer vor der Gaskammer retten will, wird er dich abknallen, sobald er dich auf den Fersen hat. Um ein Uhr nachts holt man keinen Anwalt aus dem Bett. Je länger ich nachdachte, desto unruhiger wurde ich. Ich trommelte ein paar zuverlässige Jungens zusammen und starrte auf die Uhr. Ich roch, daß du nicht anrufen würdest. Vielleicht war jede Sekunde kostbar. Aber du hattest

gesagt: eine Stunde.
Wir waren auf die Sekunde genau auf dem Weg zur Hillgrade Avenue.«

»Ich wußte doch, daß ich mich auf dich verlassen kann«, sagte Mason. »Und weiter?«

»Im Haus brennt das Licht. Ich springe aus dem Wagen und drücke auf die Klingel. Nichts. Inzwischen sind meine Leute ausgestiegen; ich versuche, die Tür aufzumachen. Sie ist offen. Was uns drin erwartete, wirst du ja wissen.«

Mason wiegte den Kopf langsam hin und her. »Was habt ihr gefunden?«

»Im Korridor brannte das Licht. Die Schlafzimmertür stand offen. Ich ging geradewegs zum Schlafzimmer, während die anderen Räume von den Jungs untersucht wurden. Das Schießeisen hatten wir in der Hand. Zuerst sah ich das graue Frauenhaar auf dem Fußboden, den ausgestreckten Arm. Die andere Hand hielt noch den Revolver fest. Ich rief die Jungs und überzeugte mich, daß sie tot war. Von dir keine Spur. Mir blieb nichts anderes übrig, als die Polizei anzurufen und die Mordkommission herzubitten.«

»Hast du meinen Namen erwähnt?«

»Nein. Es hätte ohnehin zu nichts geführt. Zu der Zeit dachte ich noch, sie hätte Selbstmord begangen.«

»Und jetzt?«

»Ich weiß nicht, was ich von der Sache halten soll. Immer mehr Anzeichen deuten auf einen Mord hin.«

»Was sagten die Leute von der Polizei?«

»Die wollten wissen, was ich um diese Zeit dort zu suchen hatte, wie ich die Leiche gefunden habe.«

»Und was sagtest du?«

»Ich hatte schließlich nur vier bis fünf Minuten Zeit, um zu überlegen«, sagte Drake entschuldigend. »Bis die Funkstreife kam, hatte ich noch kein hieb- und stichfestes Alibi. So erzählte ich eben, eine Frau hätte mich angerufen, weil sie mir zum Fall Hocksley etwas mitteilen wollte.«

Mason schmunzelte. »Mir wäre auch nichts anderes eingefallen.«

»Ich fürchte, du übersiehst den schwachen Punkt.«

»Welchen?«

»Wie sollte ich mein Trödeln nach dem Anruf erklären? Ich

wußte ja nicht, wann sie abgedrückt hatte; vermutlich kurz nach eurem Gespräch. In der medizinischen Untersuchung hat sich herausgestellt, daß sie mindestens schon eine Stunde tot war, bevor ich die Polizei anrief. Ich erzählte den Polypen, ich hätte gerade viel zu tun und wäre etwa eine Stunde nach dem Anruf abgefahren. Sie glaubten mir natürlich nicht und sagten, bei so einer wichtigen Angelegenheit hätte ich viel früher bei ihr sein müssen.«

»Wie hast du dich herausgeredet?«

»Ich sagte, so genau hätte ich nicht auf die Zeit geachtet. Es könnte auch weniger als eine Stunde gewesen sein. War aber alles Käse; die Zeitangaben stimmen so und so nicht.«

»Du meinst, sie sei schon früher ...«

»Um Mitternacht«, sagte Drake. »Vielleicht noch früher.«

»Steht das fest?«

»Medizinisches Gutachten«, sagte Drake trocken.

»Es kann aber nicht um Mitternacht gewesen sein«, überlegte Mason. »Ich habe ja um ein Uhr mit ihr gesprochen.«

»Das Argument hatte ich leider nicht zur Verfügung.«

»Wenn sie um Mitternacht getötet wurde, dann war das ein Mord.«

»Aber sie hat dich doch nachher angerufen.«

»Nein«, sagte Mason. »Eine Frau mit einer angenehmen Sprechstimme hat mich angerufen. Sie klang ein wenig eigenartig, vielleicht hatte sie etwas im Mund. So kommen wir der Sache schon näher.«

»Meinst du?«

»Die Frauenstimme gab vor, Mrs. Perlin zu sein. Das war kein Kunststück, da ich ja noch nie mit Mrs. Perlin gesprochen habe. Ich kannte ihre Stimme nicht. Aber mit jemand anderem sprach sie, als ob sie im Auftrag von Mrs. Perlin handelte, die angeblich keine Zeit zum Anrufen fand.«

»Wer war das?«

»Lassen wir das im Moment beiseite«, wehrte Mason ab. »Für eine Haushälterin drückte sie sich entschieden zu gewählt aus. So fragte ich – diese andere Person, ob die Haushälterin vielleicht einmal bessere Tage gesehen und die Stellung nur aus finanzieller Not angenommen hätte. Das wäre nämlich eine Erklärung für die vornehme Stimme gewesen, traf aber nicht zu.«

Drake zündete sich eine Zigarette an.
»Daraus läßt sich folgern, daß deine Bekanntschaft die Haushälterin samt ihrer Vergangenheit gut gekannt haben muß und selbst am Hocksley-Fall interessiert ist. Vermutlich eine Frau. Darf ich raten?«
»Lieber nicht«, warnte Mason.
Drake nahm die Zigarette aus dem Mund. »Ich weiß nicht, ob du dir schon Gedanken darüber gemacht hast, daß man dich oder deine Bekannte als mutmaßlichen Mörder verdächtigen kann?«
»Wenn die Frau schon um Mitternacht tot war? Da lag ich im Bett und schlief.«
»Sagst du.«
»Ich muß es ja schließlich wissen.«
»Wenn du weiter deine Nase in Mordfälle stecken willst«, bemerkte Drake, »dann solltest du dich lieber verheiraten. Da kannst du dich dann immer auf nächtliche Alibis berufen.«
»Wozu brauche ich ein Alibi?«
»Lieutenant Tragg wird sich voraussichtlich sehr genau dafür interessieren, was du vergangene Nacht getrieben hast.«
»Tragg weiß nicht mal, daß ich in der Nähe der Hillgrade Avenue gewesen bin.«
»Das wird er schon noch merken.«
Mason stieß den Stuhl zurück und stand auf. »Du hast die ganze Nacht nicht geschlafen, Paul, deshalb bist du so schlecht gelaunt.«
Drake sah ihn an und antwortete verstimmt: »Du brockst die Suppe ein und erwartest, daß ich sie auslöffle, ohne zu wissen, was gespielt wird. Wenn Tragg herausfindet, daß du heute nacht in der Hillgrade Avenue warst, dann kannst du was erleben.«
»Und warum konnte ich dich nicht zurückrufen?«
Drake sah ihn an.
»Raus mit der Sprache«, lachte Mason.
Drake begann an den Fingern abzuzählen. »Erstens kannst du mich auf diese Art nicht hinters Licht führen. Du hast nicht angerufen, weil inzwischen etwas Wichtiges passierte, das zweitens deinen Anruf verhinderte. Drittens, so überraschend war deine Entdeckung auch wieder nicht, sonst hättest du sie mir mitgeteilt. Viertens weiß deine Kontaktperson gut über die Haushälterin Bescheid, will aber im Dunkeln bleiben, weil sie

selbst etwas zu verbergen hat. Und dadurch sitzt du, fünftens, so tief in der Patsche, daß du dich nicht mal mir anvertrauen kannst. Wer steckt also dahinter? Opal Sunley.«

»Ich hab versucht, dich rauszuhalten, Paul.«

Drake feixte. »Du hast mir die Hölle schon heiß genug gemacht.«

10

Della Street summte leise vor sich hin, als sie die Tür zu Masons Privatbüro öffnete. Sie trug die Morgenpost unter dem Arm und blieb überrascht stehen, als sie ihren Chef am Schreibtisch sah.

»Nanu, soll das vielleicht zur Gewohnheit werden?« fragte sie.

Mason lächelte verschmitzt. »Kommen Sie her und setzen Sie sich.«

Della schloß die Tür. »Was ist passiert?« erkundigte sie sich.

»Sind Sie die ganze Nacht aufgeblieben?«

»Ein paar Stunden habe ich geschlafen. Vermutlich mehr als Drake.«

»Ist was passiert?«

»Eine Frau rief mich um ein Uhr an und sagte, sie sei Sarah Perlin, wolle ein Geständnis ablegen und mich in der Hillgrade Avenue zu diesem Zweck treffen. Dort sollte ich auf ein Lichtsignal warten und durch den Hintereingang in ein Haus kommen. Ich war so vorsichtig, Drake zu benachrichtigen, er solle mir eine Stunde später nachkommen, wenn ich bis dahin nicht angerufen hätte.«

»Wie hat sie Ihre Geheimnummer erfahren?« fragte Della Street.

»Zuerst rief sie bei Paul an, der ihr mit meiner Zustimmung die Nummer angab.«

»Sie war die Haushälterin von Hocksley?«

»Sagte sie. Ich glaube aber nicht, daß sie es wirklich war.«

»Warum?«

»Mrs. Perlin war um diese Zeit vermutlich schon tot. An unserem Treffpunkt fand ich sie mit einer Kugel im Herzen und einem Revolver in der Hand auf dem Boden liegen. Könnte Selbstmord gewesen sein.«

»Worauf Sie die Polizei verständigten.«

»Nicht direkt«, sagte Mason. »In dem Netz zappelte nämlich noch ein Fisch. Opal Sunley wandelte dort herum und erzählte mir eine Geschichte, die genauso unglaubhaft klang wie meine. Erst als ich mir Opal Sunleys Erklärung anhörte, merkte ich, wie widersinnig sie in Traggs Ohren klingen mußte.«
»Und was taten Sie?«
Mason lächelte hinterlistig. »Ich ließ Paul Drake die Sache ausbaden; die Stunde war fast um, er mußte bald auftauchen, und Opal Sunley versprach mir, alles zu sagen, wenn sie der Polizei entkommen könnte.«
»Nennt man das nicht Begünstigung eines Kapitalverbrechens?«
»Wenn sie eins begangen haben sollte.«
»Und Sie haben den Mord nicht gemeldet?«
»Das kann ich auf meine Kappe nehmen. Schließlich handelte es sich nur um Minuten. Paul Drake war schon auf dem Weg. Opal Sunley war im Moment wichtiger.«
»Was haben Sie mit ihr gemacht?«
»Sie in ein Nachtlokal verfrachtet und versucht, sie auszuquetschen.«
»Mit Erfolg?«
Mason schüttelte den Kopf. »Sie ist nicht dumm. Bevor ich den ersten Drink bestellen konnte, hatte sie schon Gegenmaßnahmen ergriffen.«
»Was?«
»Knäckebrot und Butter«, sagte Mason, »ein ganzer Haufen Butter. Sie hatte fünf Scheiben verzehrt, bevor sie zum erstenmal an ihrem Glas nippte. Da wußte ich natürlich längst, daß es nichts mehr nützte.«
»Die junge Dame wußte anscheinend ganz gut Bescheid«, sagte Della Street.
Mason nickte. »Aber ich habe ihre Telefonnummer.«
»Was sagte sie über den jungen Gentrie?«
»Nicht sehr viel. Er ist in sie verschossen, obwohl sie älter ist und seine Gefühle als Schwärmerei betrachtet. Sie möchte seine Illusionen nicht zerstören.«
»Meinen Sie, daß der Junge zum erstenmal verliebt ist?«
»Hat er Opal Sunley gesagt.«
»Und sie geht mit ihm aus und hält ihn hin?«
»Angeblich will sie ihn nicht ermutigen, sondern mehr die Rolle

der älteren Schwester übernehmen und Junior mit jüngeren Mädchen zusammenbringen. Sie hat nämlich noch einen anderen Verehrer, der von Junior nichts wissen darf, da er irrsinnig eifersüchtig ist. Andererseits soll auch Junior nichts von ihm erfahren, damit er keine Enttäuschung erlebt.«

»Nettes Dreiecksverhältnis, wenn man es so betrachtet. Wie alt ist sie eigentlich?«

»Fünfundzwanzig wahrscheinlich.«

»Und was erzählte Opal Sunley über die Ereignisse in Hocksleys Wohnung?«

»Sie sei morgens zur gewohnten Zeit erschienen und hätte Blutflecke in der Wohnung und im Auto entdeckt. Da sie weder Hocksley noch seine Haushälterin antraf, hätte sie dann die Polizei angerufen.«

»Ist das alles?«

»Im großen und ganzen ja. Die Sache mit ihrem Freund mußte ich Wort für Wort aus ihr herausziehen. Das wird wohl auch der Hauptgrund sein, weshalb sie nicht um zwei Uhr morgens der Polizei in einem fremden Bungalow begegnen wollte. Sie fuhr außerdem einen geborgten Wagen, dessen Nummer ich mir natürlich aufschrieb.«

»Gehört er ihrem Freund?«

»Nein. Einem Mädchen namens Ethel Prentice, mit dem sie eng befreundet ist. Sie erzählte noch einiges über ihre Arbeit und über Hocksley. Hocksley und Karr tun beide sehr geheimnisvoll. Sie sind innerhalb einer Woche in ein Haus gezogen, das vorher monatelang leerstand. Ziemlich kurios, nicht?«

»Wollen Sie damit andeuten, daß sie miteinander in Verbindung waren?«

»Nicht unbedingt. Jedenfalls ist es ein eigenartiger Zufall. Haben Sie Karrs Inserat in der Zeitung gelesen?«

»Nein. Weshalb?«

»Opal Sunley machte mich darauf aufmerksam. Ihr war der Name Wenston aufgefallen.«

Mason nahm die Morgenausgabe und schlug die Seiten mit den Kleinanzeigen auf. »Hören Sie zu. ›Gesucht wird die Tochter eines Mannes, der vor einigen Jahren an Gewehrtransporten auf dem Yangtsekiang beteiligt war. In dieser Anzeige können selbstverständlich keine näheren Angaben bekanntgemacht werden, aber die betreffende Dame wird wissen, wer ich bin

und wer der Teilhaber ihres Vaters war. Da ich nicht unnötig belästigt werden will, warne ich jeden davor, mich in betrügerischer Absicht aufzusuchen. Andrerseits erwartet die Tochter als rechtmäßige Erbin ihres Vaters ein beträchtlicher Vermögensanteil. Kontaktaufnahme durch Rodney Wenston, 787 East Dorchester Boulevard, Telefon Graybar 8–9351.‹«
Mason legte die Zeitung weg. Della Street verzog die Lippen.
»Opal Sunley machte Sie darauf aufmerksam?«
»Ziemlich seltsam, nicht? Karr erwähnte damals, er habe den Ball ins Rollen gebracht. Er sagte aber nichts von dieser Anzeige.«
»Wie kam Opal Sunley darauf?«
»Ganz beiläufig.«
»Und was erzählte sie über Hocksley?«
»Sie schrieb Tonbänder ab, die Hocksley nachts diktierte.«
»Schlief er den ganzen Tag?«
»Nein. Nachmittags stand er auf, las die Zeitung und trank Kaffee. Gelegentlich diktierte er dann auch.«
»In das Gerät?«
»Ja. Nur Mrs. Perlin durfte sein Zimmer betreten. Sie brachte ihm die Abschriften hinein und neue Bänder für Opal heraus. Manchmal hörte Opal, daß die beiden sich mit gedämpfter Stimme unterhielten.«
»Gab es zarte Bande zwischen Hocksley und seiner Hausdame?« fragte Della Street.
»Opal weiß nichts davon, schließt aber die Möglichkeit nicht aus.«
Della Street dachte eine Weile nach und schüttelte darauf den Kopf. »Da stimmt was nicht, Chef.«
»Was denn?«
»Die ganze Geschichte. Jedes weibliche Wesen würde unter diesen Umständen versuchen, soweit wie möglich hinter die Geheimnisse ihres Arbeitgebers zu kommen. Sie könnte ganz unverfängliche Fragen zu ihrer Arbeit stellen. Jede Geheimniskrämerei würde ihre Neugier noch mehr erregen.«
»Sie sind also davon überzeugt, daß Opal mich belogen hat?«
»Und ob!«
Mason lächelte verständnisvoll. »Dann hat sie es zumindest sehr überzeugend getan.«
Auch Della war amüsiert. »So ein kleines Luder«, sagte sie.

Mason wechselte das Thema. »Jetzt sitzen wir hier und warten, daß was passiert. Warum sollten wir von uns aus nicht den Kontakt mit dem Mörder aufnehmen?«
»Wie?«
»Sie könnten in eine Metallwarenhandlung gehen und eine Konservenbüchse und einen Verschlußapparat kaufen. Wir ritzen eine Botschaft in den Deckel und schmuggeln die Dose zwischen das Einmachgut der Gentries – natürlich nicht ohne vorher alle Fingerabdrücke zu entfernen.«
»Meinen Sie, daß der Mörder sie finden wird?«
»Das wollen wir ja herausbekommen.«
»Was sollen wir uns als Nachricht ausdenken?«
»Oh, irgend etwas, was die Dinge wieder in Bewegung bringt. Wir dürfen den Fall nicht ins Stocken geraten lassen, sonst bekommen wir die Polizei auf den Hals.«
Della Street griff nach dem Lexikon. »Erfinden Sie mal eine hübsche Nachricht. Ich übersetze sie dann in die Geheimschrift.«
»Meinetwegen. Wir müssen uns vor allem an die Wortformen des Lexikons halten. Vielleicht: ›Belastende Fotos der Fingerabdrücke in Brieftasche von Mason.‹ Was halten Sie davon?«
»Gefällt mir nicht.«
»Warum nicht?«
»Zu riskant.«
»Der Mörder wird sich mit mir in Verbindung setzen.«
»Eben. Aber er kann sich Zeit und Ort des Treffens aussuchen. Vielleicht schießt er zuerst und sieht dann in Ihrer Brieftasche nach.«
»Möglich«, gab Mason zu, »aber er muß sich dazu eine passende Gelegenheit aussuchen. Und ich werde mich vorsehen.«
»Ja«, sagte Della. »Ihre Art von Vorsicht kenne ich allmählich. Wenn der Mörder nun keine Fingerabdrücke in Ihrer Brieftasche findet?«
Mason ging zum Bücherschrank, auf dem eine schöne japanische Taubenblut-Vase stand. Er zog sein Taschentuch hervor, polierte die Vase, fuhr sich mit den Fingern durch das Haar und drückte sie auf die saubere Oberfläche.
»Lassen Sie diese Abdrücke bitte so schnell wie möglich in Paul Drakes Büro festhalten und fotografieren. Sie brauchen natürlich nicht zu sagen, wozu wir sie brauchen. Eine Kopie davon

stecke ich mir ein.«
»Es wäre mir aber lieber, Chef, wenn Sie sich nicht so sehr exponierten. Könnte man die Kopie nicht hier im Safe lassen?«
»Nein. Einerseits können wir das Büro nicht ständig bewachen, andrerseits sieht die Sache zu sehr nach einer Falle aus. Unser Gegenüber ist viel zu intelligent, um auf eine solche plumpe Art hereinzufallen.«
Della Street schlug das Lexikon auf. »Also gut, ich übersetze den Kode, wenn auch gegen meinen Willen.«
»Geben Sie her, ich helfe Ihnen.« Mason blätterte eine Weile und bemerkte dann: »Ist es nicht nett, daß mein Name in jedem Lexikon steht?«
»Das gilt auch für Paul Drake«, erwiderte Della. »Detektiv Drake klingt auch nicht schlecht.«
»Geht nicht«, sagte Mason lächelnd. »Der ist mir sowieso nicht sehr grün. Er würde sich zu sehr als Opfer fühlen. Aber der Gedanke ist bestechend. Detektiv Drake klingt vielleicht besser als Anwalt Mason. Weiche, Satan, weiche, zu solchen Sachen geben wir uns nicht her.«
Zusammen arbeiteten sie den Kode aus. Als sie fertig waren, lachte Della auf.
»Was haben Sie denn?« fragte Mason.
»Ich stellte mir vor, daß unsere Nachricht Lieutenant Tragg in die Hände fällt. Aber im Ernst, meinen Sie nicht, daß der Mörder Lunte riecht?«
»Nein, falls meine Überlegung richtig ist. Die beiden Personen, die den Keller als Briefkasten benutzen, können sich aus irgendeinem Grund nicht begegnen und sich daher auch über unsere Dose nicht aussprechen. Anders gesagt, der Adressat kann nicht zum Hörer greifen und fragen: ›Was meinst du eigentlich mit Fingerabdrücken?‹«
Mason unterbrach sich plötzlich: »Haben Sie bemerkt, was ich da eben sagte?«
»Mit dem Telefon?«
»Ja. Wenn sie sich schon nicht treffen können, warum rufen sie sich nicht an? Das wäre doch wesentlich einfacher. Ein Geldstück in einen öffentlichen Fernsprecher zu werfen bedeutet ein viel kleineres Risiko, als eine Dose anzukratzen, die zudem jederzeit von der Hausfrau in den Abfall geworfen werden kann.«

»Tatsächlich. Warum also nicht?«
»Einer der beiden kann keinen Apparat benutzen.«
»Wieso?«
»Ein Taubstummer etwa, oder ein bettlägriger Kranker.«
»Aber ein Kranker könnte doch einen Apparat am Bett stehen haben? Wer eine Konserve in den Keller stellen kann, wird doch wohl auch einen Hörer abheben können!«
»Sie bringen mich auf einen Gedanken. Karr kann nicht laufen, hat aber auch kein Telefon am Bett, weil er das Klingeln nicht verträgt. Aber warum sollte er auf diese Weise mit jemandem aus dem Gentriehaus verkehren?«
»Jedenfalls ist er der einzige, der telefonisch nicht immer erreichbar ist«, warf Della ein.
Mason kräuselte die Lippen. »Wir werden Mr. Elston A. Karr im Auge behalten. Er scheint doch mehr mit dem Einbruch in Hocksleys Wohnung zu tun zu haben, als wir zunächst dachten. Das heißt natürlich nicht, daß er auch an dem Mord beteiligt sein muß.«
»Er kommt aber sofort unter Mordverdacht, wenn man ihm den Einbruch zur Last legen kann.«
»Allerdings nur unter einer Voraussetzung.«
»Und die wäre?«
»Daß man ihm die Beteiligung am Einbruch überhaupt nachweisen kann.«
Mason griff nach seinem Hut. »Besorgen Sie bitte die Büchse, und bringen Sie die Vase in Drakes Büro. Ich brauche jetzt erst mal eine Rasur und einen starken Kaffee.«
»Wird erledigt«, versprach Della Street und setzte hinzu: »Aber lassen Sie sich nicht wieder durch Lächeln, Liebreiz und Locken der kleinen Sunley betören.«
»Nehmen Sie ruhig noch Lügen als weitere Alliteration dazu«, griente Mason.
»Das Lexikon kommt mir aber bald wieder aus dem Haus«, gab Della lachend zurück.

11

Lieutenant Tragg grüßte höflich, als Mrs. Gentrie die Tür öffnete.
»Leider muß ich Sie wieder stören«, entschuldigte er sich, »ich brauche Auskunft über ein paar Kleinigkeiten.«
Ihr besorgter Blick wich einem Lächeln. »Sprechen Sie nur weiter, Lieutenant.«
»Belästige ich Sie nicht allzusehr?«
»Nicht der Rede wert. Die anderen Beamten platzen ohne viel Umstände einfach herein, manchmal sogar ohne zu grüßen. Sie benehmen sich wenigstens wie ein Gentleman.«
»Danke. In unserem Beruf gibt es so viel Eile und Aufregung, daß viele von uns die Anstandsregeln vergessen.«
Mrs. Gentrie ging voraus ins Wohnzimmer. Rebecca sah auf und lächelte fast ein wenig einfältig. »Guten Tag, Lieutenant.«
Tragg blieb vor ihr stehen. »Wie geht es Ihnen heute?« fragte er.
»Danke, gut.«
»Sie sehen vorzüglich aus.«
»Nicht wahr?« mischte sich Florence Gentrie ein. »Mordfälle scheinen ihr gut zu bekommen. Sie ist richtig aufgekratzt.«
»Aber Florence«, wehrte Rebecca ab, »du tust ja gerade, als ob ich sonst hinfällig wäre.«
»Sei nicht albern. Du siehst entschieden besser aus, seit dich etwas interessiert, weiter nichts.« Florence wandte sich an Tragg. »Rebecca sitzt immer zu Hause herum. Ich versuche sie immer hinaus an die frische Luft zu schicken, aber ohne viel Erfolg.«
»Willst du mir vielleicht sagen, was ich draußen tun soll? Ich kann niemals über den Wagen verfügen, kann ihn nicht mal fahren. Und auf zementierten Gehwegen um die Häuserblocks in der Nachbarschaft zu spazieren, das macht mir keinen Spaß, zumal die Luft voller Abgase ist. Warum trennt man eigentlich nicht die Autostraßen von den Fußgängerwegen? Für die Gesundheit wäre das viel zuträglicher.«
»Da haben Sie völlig recht«, pflichtete Tragg ihr bei. »Hat sich inzwischen was getan?«
Florence schüttelte den Kopf.
»Vor einer Stunde war Mr. Mason hier. Er wollte eine endgültige Bestandsaufnahme machen.«

Tragg wurde aufmerksam. »So«, sagte er, »Mr. Mason. Er scheint sich ja ziemlich oft hier aufzuhalten.«
»Ab und zu schon«, meinte Rebecca.
Lieutenant Tragg blickte Florence an. »Ich möchte wissen, warum sich Mason so für diesen Fall interessiert.«
»Wie meinen Sie das?«
»Mason ist Anwalt«, erklärte Tragg. »Mit der Ermittlung und Aufdeckung von Mordfällen hat er im Grunde nichts zu tun. Wenn er sich einmischt, tut er es im Auftrag eines Klienten. Bis jetzt konnte ich nicht herausfinden, wen er in diesem Fall vertritt. Hat er hier vielleicht etwas darüber angedeutet?«
»Nein, davon war nie die Rede«, antwortete Florence.
»Eigenartig. Aber jetzt, Mrs. Gentrie, muß ich Sie in einer ziemlich unangenehmen Sache etwas fragen.«
»Fragen Sie nur ruhig.«
»Es handelt sich um Ihren ältesten Sohn.«
»Ja?«
»Glauben Sie, daß er Ihnen immer die Wahrheit sagt?«
»Junior ist ein guter Junge«, sagte Florence abweisend.
»Ohne Zweifel, aber ich fragte Sie, ob er Ihnen immer die Wahrheit sagt.«
Rebecca, die unruhig auf ihrem Stuhl hin und her rutschte, wartete schon begierig auf die Gelegenheit, sich einzumischen.
»Florence, du mußt zugeben, seit er mit dieser...«
Ihre Schwägerin sah sie an und sagte schneidend: »Bitte, Rebecca.«
Tragg blieb höflich. »Es ist sehr peinlich für mich«, entschuldigte er sich, »aber Miss Gentrie nimmt genau das Thema vorweg, auf das ich kommen wollte.« Er wandte sich an Rebecca. »Sie wollten sagen, daß er Geheimnisse hat, seit er mit Opal Sunley befreundet ist?«
»Geheimnis ist gar kein Ausdruck dafür. Ich sage immer, daraus wird nichts Gutes, wenn ein junger Mann mit einer älteren Frau herumzieht. So was gab es in meiner Jugend nicht.«
»Es ist vielleicht besser, Rebecca, wenn du Junior aus dem Spiel läßt«, sagte Florence.
»Ich habe nichts gegen Junior. Nur gegen diese unverschämte Person. Sie macht große Kinderaugen und spricht entsetzlich geziert.« Rebeccas Stimme fiel plötzlich in Opals Tonfall: »Guten Morgen, Miss Gentrie, wie geht es der Familie?« In normaler

Sprechweise fuhr sie fort: »Ich bin immer in der Versuchung, zu antworten: ›Ausgezeichnet, wenn Sie Ihre lackierten Fingernägel von dem Jungen lassen.‹«
»Hör auf, Rebecca«, sagte Florence scharf.
Tragg setzte sein höflichstes Lächeln auf. »Es tut mir leid, Mrs. Gentrie, daß ich der Anlaß zu diesem Zerwürfnis sein muß. Ich habe nicht ohne Grund gefragt. Mrs. Gentrie, wissen Sie mit Bestimmtheit, daß Ihr Sohn im Bett war, als der Schuß nebenan fiel?«
»Nein«, sagte Florence leise.
»Sind Sie vielleicht sicher, daß er nicht in seinem Zimmer war?« fragte Tragg eindringlich.
»Nein, auch das nicht. Warum fragen Sie?«
Tragg fuhr lächelnd fort: »Sie machen auf mich den Eindruck einer besorgten Mutter, die sich zuerst um die Sicherheit ihrer Kinder kümmert. Und Juniors Zimmer liegt gleich neben Ihrem.«
Florence gab den Blick kalt zurück. »Gibt es einen bestimmten Grund, weshalb Sie Junior in diese Sache hineinziehen wollen?«
»Ich versuche, ihn herauszuhalten, aber ich muß Ihnen sagen, daß die Fingerabdrücke auf Hocksleys Telefon von Ihrem Sohn stammen.«
Mrs. Gentrie wollte etwas sagen, schwieg dann aber doch.
»Die Farbe der Abdrücke stammt von der Farbe, mit der Ihr Mann die Kellertür gestrichen hatte. Wenn ich mich recht erinnere, war er um halb zehn Uhr mit dem Anstreichen fertig. Ihr Sohn, der um diese Zeit nicht zu Hause war und somit nichts von der frisch gestrichenen Tür wußte, kam einige Zeit später durch den dunklen Keller und tastete nach der Klinke. Wenn er Licht gemacht hätte, wäre ihm die nasse Farbe aufgefallen.«
»Ich glaube, Sie haben recht, Lieutenant«, sagte Rebecca. »Ich glaubte nämlich, nach dem Schuß ein Geräusch im Untergeschoß gehört zu haben.«
»Fußschritte?«
»Ja.«
»Und Sie haben niemanden gehört, Mrs. Gentrie?«
»Ja, aber Mephisto, den Kater, wie mein Mann feststellte.«
»Sie schickten also Ihren Mann hinunter?«
»Ja, ich war natürlich besorgt.«

»Weshalb?«
»Weil ich das Geräusch für einen Schuß hielt.«
»Hier im Haus?«
»Nein. Dort drüben. Das heißt, ich dachte eigentlich gar nichts.«
»Und dann weckten Sie Ihren Mann und baten ihn, im Keller nachzusehen?«
»Ja.«
Tragg schwieg eine Weile. Dann fuhr er behutsam fort: »Ihr Sohn war unten im Dunkeln. Er griff nach der Kellertür, öffnete sie und ging durch die Garage in Hocksleys Wohnung. Auf den Fingerkuppen seiner linken Hand blieb etwas Farbe haften. In Hocksleys Wohnung zog er Streichhölzer aus der Tasche und zündete sie mit der rechten Hand an. Anscheinend hat er vor dem Hörer nichts mit der linken berührt, denn die Farbabdrükke sind sehr deutlich. Sie müssen auch kurze Zeit nach der Berührung der Kellertür entstanden sein, sonst wäre die Farbe angetrocknet. Und als er zurückkam, machte er...« Rebecca hielt hörbar den Atem an.
»Ja, Miss Gentrie?« fragte Tragg.
»Ich dachte nur...«
»Lieutenant Tragg ist sicher nicht an deinen wilden Theorien interessiert«, fiel Florence ein.
»Was dachten Sie, Miss Gentrie?« Tragg lächelte immer noch.
»Es ist wahrscheinlich unwichtig. Ich hatte unten in meiner Dunkelkammer einige belichtete Filme liegen und wollte gerade einen neuen Film in den Apparat legen...«
Florence unterbrach sie wieder. »Sie will damit sagen, daß die Untersuchungsbeamten nicht aufpaßten, als sie die Tür öffneten. Das eindringende Licht verdarb ihre Filme.«
»Ich wollte etwas ganz anderes sagen.«
»Was, Miss Gentrie?«
»Daß vielleicht gar nicht die Polizisten meine Filme verdorben haben, sondern jemand, der nachts ein Streichholz anzündete. Ich fand nämlich ein abgebranntes Zündholz auf dem Fußboden der Dunkelkammer. Ich dachte, es könnte sich ein Polizist eine Zigarette angezündet haben. Aber es kann ebensogut jemand in der Nacht vorher gewesen sein.«
»Das ist wirklich interessant«, sagte Tragg. »Haben Sie viel Filmmaterial in Ihrer Dunkelkammer, Miss Gentrie?«
»Sehr viel ist es nicht.«

»Arbeiten Sie auch auf Bestellung?«
»Manchmal«, gab Rebecca zu.
»Für Nachbarn und Bekannte«, ergänzte ihre Schwägerin.
»Ich übernehme keine Abzüge. Das lohnt kaum die Mühe, sondern nur Vergrößerungen. Wenn ich genug Geld hätte und mir einen kleinen Wagen kaufen könnte, würde ich phantastische Bilder machen.«
»Sie versteht wirklich etwas davon«, erklärte Florence. »Ich sage ihr immer, sie sollte sich auf Kinderbilder spezialisieren.«
»Kinderbilder! Du mit deinem Mutterkomplex! Du willst Bilder von den Geburtstagen und den ersten langen Hosen. Solche Bilder bedeuten mir nichts.«
»Für Arthur und mich bedeuten sie eine ganze Menge«, entgegnete Florence.
»In meinen Augen sind sie wertlos. Es ist nur schade um das teure Material, das sich in solchen Familienalben ansammelt. Ich würde am liebsten Wolken fotografieren, Bäume gegen den Himmel oder Blumen in Nahaufnahme. Wenn ich nur genug Geld hätte, um einwandfreies Fotomaterial und einen kleinen Wagen zu kaufen, könnte ich sogar Preise gewinnen.«
»Kaufen Sie denn kein einwandfreies Material?« erkundigte sich Tragg.
»Filme halten sich nur eine gewisse Zeit. Wenn Sie einen Film kaufen, finden Sie auf der Packung das Haltbarkeitsdatum angegeben.«
»Und nach diesem Datum wird der Film unbrauchbar?«
»Natürlich nicht sofort. Es kommt immer darauf an, ob der Film kühl und trocken gelagert wurde. Dann kann man ihn bis zu einem halben Jahr danach noch ohne Bedenken verwenden.«
»Und solche Filme sind billiger?«
»Selbstverständlich. Es ist eben ein Risiko dabei, das aber nicht sehr groß ist, wenn man das Geschäft kennt.«
»Und was geschieht mit den Filmen, die zu alt werden?«
»Sie bekommen Schleier oder sonstige Belichtungsfehler.«
»Und Sie haben solche alten Filme benutzt? Es wäre also denkbar, daß die Filme durch ihr Alter unbrauchbar wurden?«
»Unmöglich wäre es nicht. Bisher hatte ich noch nie so einen Film erwischt.«
»Das ist sehr interessant. Aber wir sind vom Thema abgekommen.« Tragg wandte sich an Florence: »Ihr Sohn ist in einer

gefährlichen Lage. Unter Umständen versucht er, den Schuldigen zu decken.«

»Wie können Sie so etwas sagen«, bemerkte Florence beleidigt. »Junior ist ein guter Junge.«

»Er ist jung und romantisch. Aber er geht in seiner Rolle als Kavalier entschieden zu weit. Es ist immer gefährlich, in einem Mordfall den Ritter zu spielen. Ihr Sohn ist vielleicht ein netter Bursche, aber Opal Sunley ist älter und erfahrener; sie weiß genau, was die Uhr geschlagen hat. Ich vermute, daß Ihr Sohn uns aus falsch verstandener Kameradschaft eine wichtige Information vorenthält.«

Florence schlug die Augen nieder und sagte schluchzend: »Er würde niemals etwas Unrechtes tun.«

»Darum geht es ja gar nicht«, entgegnete Tragg. »Wenn er uns nicht die Wahrheit sagt, müssen wir andere Maßnahmen ergreifen. Ich wollte nur zuerst mit Ihnen sprechen.«

»Da hast du es, Florence«, sagte Rebecca. »Du wolltest mir ja nicht glauben. Hoffentlich hörst du jetzt auf Lieutenant Tragg. Wenn ein Junge Geheimnisse vor der eigenen Mutter hat...«

»Welche Geheimnisse hat Junior denn vor mir?« sagte Florence heftig.

»Eine ganze Menge«, sagte Rebecca. »Die beiden haben sich unentwegt getroffen, aber wo und wie oft, das hat er dir nicht erzählt. Telefonisch haben sie sich nicht verständigt, zumindest nicht von hier aus.«

»Ich glaube, wir besprechen das lieber, wenn wir allein sind. Du bespitzelst die Kinder immer bei ihren Gesprächen; Junior ist nun mal in einem Alter, wo man jede Art von Aufsicht haßt. Er ist kein kleiner Junge mehr.«

»Nein. Er ist in einen Mordfall verwickelt. Und das verdankt er seiner netten Bekanntschaft«, sagte Rebecca. »Und ich versuche, ihm zu helfen, indem ich Lieutenant Tragg die Wahrheit sage. Die Fingerabdrücke sind doch ein Beweis dafür, daß er sich in jener Nacht hinübergeschlichen hat...«

»Jetzt bist du aber sofort still«, befahl Florence erregt. »Du weißt überhaupt nicht, wo er gewesen ist. Übrigens ist Opal Sunley nachts nicht dort.«

»Woher willst du denn das wissen?«

»Sie kommt nur tagsüber zum Arbeiten.«

»Aber manchmal war sie auch noch spät am Abend da.«

»Ausnahmsweise, wenn sie viel zu tun hatte.«
Rebecca rümpfte verächtlich die Nase.
Lieutenant Tragg hatte interessiert zugehört. Er unterbrach besänftigend: »Leider muß ich wissen, wie die Fingerabdrücke Ihres Sohnes an Hocksleys Telefon gekommen sind.«
»Sind Sie ganz sicher, daß es seine sind?«
»Absolut sicher.«
»Könnte das nicht auch früher oder später geschehen sein?«
»Sie meinen, nach dem Schuß?« fragte Tragg.
Mrs. Gentrie dachte nach. »Nein. Noch bevor mein Mann mit dem Anstreichen begann.«
Tragg zog skeptisch die Augenbrauen empor. »Ich denke, Mr. Gentrie hat die Farbe erst abends nach Hause gebracht?«
Hester kam aus der Küche und blieb wortlos stehen. Die Tür ließ sie hinter sich offen.
»Ja, was ist, Hester?« fragte Mrs. Gentrie.
»Ich sollte Sie doch fragen, welche Konserven wir zuerst zum Gemüse aufbrauchen müssen.«
»Ich komme. Sie entschuldigen mich doch, Lieutenant? Ich bin heute noch zu nichts gekommen, und...«
»Natürlich. Gehen Sie nur, Mrs. Gentrie. Aber wenn Sie ohnehin in den Keller gehen, möchte ich mich ein wenig unten umsehen, sobald Sie fertig sind«, sagte Tragg.
»Selbstverständlich«, antwortete Florence.
Hester öffnete die Kellertür und stapfte die Treppe hinab.
»Also wenn man mich fragt«, sagte Rebecca, »ich glaube, daß die Konserve damals etwas mit dem Fall zu tun hatte. Die Nachricht war für jemanden bestimmt.«
»Es hat dich aber niemand gefragt, Rebecca«, unterbrach Florence. »Weder Lieutenant Tragg noch ich interessieren uns für deine Vermutungen. Jetzt erzähle uns nur noch, daß Opal Sunley und Junior in Geheimschrift miteinander verkehrten. Denk lieber daran, daß dein Rätselverein heute ein Treffen veranstaltet.«
»Ich kümmere mich selbst um meine Angelegenheiten«, fauchte Rebecca zurück. »Ich habe noch mindestens eine Stunde Zeit. Je mehr du mich loswerden willst, um so mehr wird Lieutenant Tragg Verdacht wegen Junior schöpfen. Du weißt genau, daß die Inschrift auf der Büchse eine Nachrichtenverbindung zwischen den beiden sein könnte, weil sie sich nicht anrufen kön-

nen. Junior tat ja so geheimnisvoll, als ob sie eine verheiratete Frau gewesen wäre.«

Hesters Stimme kam aus dem Keller: »Ma'am, da ist wieder eine.«

Florence schaute prüfend zu Tragg und Rebecca, die offensichtlich gern unter vier Augen miteinander gesprochen hätten.

»Was gibt es, Hester?« rief sie hinunter.

»Da ist noch eine.«

»Eine was?«

»Wieder eine leere Büchse auf dem Regal.«

Tragg horchte auf.

Florence erklärte: »Hester sagt, sie habe wieder eine leere Konservenbüchse auf dem Regal entdeckt.«

Mit langen Schritten ging Tragg zur Kellertür und schob Florence beiseite. In zwei Sätzen war er unten.

»Wo ist sie?« fragte er Hester.

»Hier. Ich...«

»Nicht berühren!« schrie er sie an.

Die leere Konservendose schepperte auf dem Zementfußboden.

»Fallen lassen mußten Sie sie deswegen auch wieder nicht.«

»Sie haben gesagt, ich solle sie nicht berühren«, sagte Hester störrisch.

Vorsichtig hob Tragg die Dose vom Boden auf. Er stellte sie auf die Werkbank und zog ein Lederetui von der Größe eines Brillenfutterals aus der Tasche.

Die beiden Frauen, die ihm nachgestürzt waren, sahen in stiller Bewunderung zu, wie er den Reißverschluß des Täschchens öffnete und eine Kamelhaarbürste und drei kleine Behälter herausnahm. Eine Dose enthielt ein feines Pulver, das Tragg über die Dose stäubte und mit dem Pinsel gleichmäßig verteilte. Dann betrachtete er von allen Seiten die Fingerabdrücke, die durch das Pulver zum Vorschein kamen.

»Zeigen Sie Ihre Hände her«, sagte er zu Hester. Als sie ihm ihre Hände hinstreckte, öffnete er eine andere Dose und schmierte eine dickliche Tinte auf ihre Fingerkuppen, die er in sein Notizbuch abdrückte.

»Was soll das?« fragte Hester mürrisch. »Ich habe nichts getan.«

»Natürlich nicht«, lächelte Tragg. »Ich brauche die Fingerabdrücke von demjenigen, der die Konservenbüchse auf das Regal stellte. Dazu muß ich jetzt erst mal Ihre Abdrücke eliminieren.«

Florence sagte: »Er will nur Ihre Fingerabdrücke herausfinden, damit er sie abwischen kann, Hester.«
»Ach so«, sagte Hester.
Aber Tragg wischte vorerst überhaupt nichts ab; er verglich die Fingerabdrücke sorgfältig unter einer Lupe mit denen in seinem Notizbuch. Dabei achtete er darauf, daß seine Finger die Oberfläche der Dose nicht berührten.
»Wo stand die Büchse?« fragte Rebecca.
Da Lieutenant Tragg ihre Frage nicht beantwortete, wandte Rebecca sich an Hester: »Wo haben Sie die Büchse gefunden?«
Hester deutete wortlos auf das Regal.
»Genau da, wo die erste Dose stand«, bemerkte Rebecca.
Florence nickte.
»Bei der anderen Dose«, fuhr Rebecca fort, »war eine Nachricht auf den Deckel gekratzt. Mr. Mason hat sie entdeckt.«
»Da habe ich anscheinend etwas versäumt«, sagte Tragg lachend. »Man sollte die Fähigkeiten Mr. Perry Masons nicht unterschätzen; er ist ein scharfsinniger und überaus gewandter Anwalt. Haben Sie einen Dosenöffner, Mrs. Gentrie?«
»Da ist einer. Und die Fingerabdrücke?«
Tragg schüttelte den Kopf. »Sie stammen alle von Hester. Der Überbringer der Dose hat sich große Mühe gegeben, keine Abdrücke zu hinterlassen.«
»Aber irgendeinen Abdruck muß man doch zurücklassen«, warf Rebecca ein.
»Wenn man entsprechende Vorkehrungen trifft, nicht unbedingt.« Lieutenant Tragg setzte den Öffner an die Konserve und schnitt den Deckel kreisförmig aus.
Während sich Hester verdrossen abseits hielt, schauten Florence und Rebecca dicht aneinandergedrängt über Traggs Schulter. Tragg hielt das runde Blechstück gegen das Licht, so daß er die Oberfläche genau untersuchen konnte.
»Da scheint auch etwas zu sein«, sagte er. »Das sieht auch ganz nach einer Geheimbotschaft aus.«
»Was Sie nicht sagen!« Rebeccas Stimme überschlug sich vor Erregung. »Jetzt fehlt nur noch, daß ein zweiter Mord geschieht.«
Tragg wandte sich an Florence und bat: »Könnten Sie mir die Inschrift vorlesen? Ich schreibe sie in mein Notizbuch.«
Florence blinzelte verlegen auf den Deckel. »Ich habe meine

Lesebrille nicht da; die Schrift ist sehr undeutlich...«
»Aber ich kann es«, bot Rebecca an.
»Halten Sie bitte das Blechstück so an den Rändern, daß Sie keine Fingerspuren hinterlassen. Ich will es nachher noch auf Abdrücke untersuchen.«
Langsam las Rebecca die einzelnen Buchstaben und Ziffern des Kodes vor. Tragg schrieb sie auf. Dann stellte er sich hinter sie und verglich die Originalschrift mit seiner Kopie.
»Gut«, sagte er nach einer Weile. »Ich glaube zwar nicht, daß ich etwas finde, aber ich möchte nichts versäumen.«
Nachdem er sich vergewissert hatte, daß keine Abdrücke auf dem Deckel waren, legte er ihn beiseite und sagte: »So, das wär's.«
Rebecca sagte nachdrücklich: »Ich halte das für eine Art Liebespost, bei der sich dieses Büromädchen von Junior die Kastanien aus dem Feuer holen läßt.«
»Wo hält sich Ihr Sohn jetzt auf, Mrs. Gentrie?« fragte Tragg.
»Im Geschäft bei seinem Vater.«
»Könnten Sie ihn vielleicht anrufen und bitten, er solle möglichst bald nach Hause kommen?«
Florence wandte sich zur Treppe und fragte: »Darf ich ihm sagen, daß Sie ihn rufen lassen?«
»Nein. Er soll nur sofort kommen.«
»Diese Büchse«, sagte Florence, »ich glaube nicht, daß er...«
»Ich verstehe«, unterbrach Tragg, »wir wollen uns lieber mit Junior selbst darüber unterhalten.«
Florence stieg die Kellertreppe hinauf und zog die Küchentür hinter sich zu. Tragg und Rebecca blieben zurück.
»Wissen Sie was?« rief Rebecca. »Ich weiß, wie man herausbekommen könnte, ob Junior mit dieser Sache etwas zu tun hat.«
»Ja?« fragte Tragg unverbindlich.
»Wir könnten die Dose wieder verschließen und auf das Regal stellen.« Rebecca versuchte offensichtlich, Eindruck auf Tragg zu machen; sie lächelte ihn kokett an.
Traggs Augen verengten sich. »Das läßt sich hören«, sagte er. »Man müßte die Konserve so verschließen, daß niemand bemerkt, daß die Dose schon mal geöffnet wurde.«
Voller Feuereifer spann Rebecca ihre Idee weiter aus. »Wir könnten ja den Kode auf eine neue Büchse übertragen und sie verschlossen auf den Platz der anderen stellen. Dem Empfänger

wird der Unterschied sicher nicht auffallen.«
Traggs Gesicht zeigte respektvolle Bewunderung. »Ausgezeichnete Idee«, pflichtete er bei.
Rebecca wiegte sich leicht in den knochigen Hüften.
»Ihre Gegenwart bringt mich auf solche Ideen, Lieutenant.«
Tragg lief schnell die Treppe hoch, er nahm immer zwei Stufen auf einmal. Er kam gerade noch zurecht, um Florence am Telefonieren zu hindern.
Als wieder alle im Kellergeschoß versammelt waren, begann Tragg:
»Diese Konserve behalte ich als Beweisstück. Ich will den Kode in den Deckel einer anderen Büchse einritzen und die neue Büchse auf das Regal stellen. Ich bestehe darauf, daß Sie über diesen Tausch schweigen. Alle. Niemand darf etwas davon erfahren. Verstehen Sie mich, Hester?«
Hester blickte zu Florence. »Wenn Mrs. Gentrie einverstanden ist...«
»Ja, Hester«, bekräftigte Florence. »Sie dürfen mit niemanden darüber sprechen!«
»Und Sie, Miss Gentrie?« fragte Tragg.
Die alte Jungfer preßte die Lippen fest zusammen und nickte heftig.
Tragg sah Florence an. »Ich verstehe noch immer nicht, warum das alles in meinem Keller passiert«, sagte sie.
»Aber Sie sehen ein, wie wichtig es ist, daß diese Angelegenheit absolut unter uns bleibt?« fragte Tragg eindringlich.
Florence nickte langsam.
»Sie dürfen nicht mal mit Ihrem Mann darüber sprechen.«
»Ich habe keine Geheimnisse vor meinem Mann.«
»In diesem Fall darf auch er nichts davon erfahren.«
»Gut, wenn Sie meinen.«
»Ich muß darauf bestehen. Besonders Junior darf nichts davon erfahren.«
Florence warf Rebecca einen Blick zu. »Das hab ich sicher dir zu verdanken.«
»Versprechen Sie mir das?« fiel Tragg ein.
»Ja, wenn es nicht anders geht. Ich glaube trotzdem nicht, daß Junior etwas damit zu tun hat.«
»Um so besser«, sagte Tragg. »Jetzt müssen wir uns eine Konserve besorgen. Ich werde dann die Nachricht mit dem

Taschenmesser in den Deckel ritzen.«
Rebeccas Gesicht leuchtete auf. »Ich hole eine Büchse und zeige Ihnen, wie man sie verschließt.«
»Danke«, erwiderte Tragg, »aber zunächst muß ich einen Anruf erledigen. Kann ich bei Ihnen ungestört telefonieren?«
»Wir haben natürlich keine Telefonzelle«, wandte Florence ein wenig pikiert ein. »Der Apparat steht im Wohnzimmer.«
»Das genügt.«
»Wir werden Sie nicht belauschen«, versicherte Rebecca.
»Und damit Sie sich davon überzeugen können, werden wir uns solange alle drei in die Küche verziehen«, sagte Florence mit einem kleinen Lächeln in den Mundwinkeln.
Rebecca preßte ihre Lippen beleidigt zusammen und folgte ihrer Schwägerin zur Küche. Hester kam als letzte nach.
Tragg ging ins Wohnzimmer. Er zog die Tür hinter sich zu und drehte den Schlüssel einmal um. Er klirrte vernehmlich im Schloß. Tragg zog das Notizbuch hervor und rief seinen Assistenten Texman an. Als die Verbindung hergestellt war, sagte er mit leiser Stimme: »Hier spricht Tragg, Tex. Nehmen Sie das Lexikon und schlagen Sie die folgenden Wörter nach. Haben Sie Schreibzeug zur Hand? Ich diktiere. Das siebte Wort in der A-Kolumne auf Seite ...« Als er fertig war, sagte er noch: »Wenn Sie die Wörter entschlüsselt haben, rufen Sie mich bitte bei den Gentries an. Ich werde solange hiersein. Aber halten Sie den Mund. Davon darf kein Wort in die Zeitung kommen. Bis später.«
Tragg legte auf und ging in die Küche, wo Hester Kartoffeln schälte. Florence polierte Zinngeschirr. Rebecca saß auf einem Küchenstuhl und wippte mit den Zehen. Sie sah deutlich beleidigt aus; Florence lächelte.
Als Tragg eintrat, stand Rebecca auf.
»Mußten Sie denn unbedingt die Tür hinter sich abschließen?« fuhr sie ihn an. Traggs Augen strahlten blau und unschuldig.
»Du lieber Himmel«, rief er aus, »da sieht man wieder einmal die Macht der Gewohnheit. Hab ich wirklich abgeschlossen? Das kommt davon, wenn man sich dauernd mit Mordfällen abgibt. Miss Gentrie, ich muß mich vielmals entschuldigen. Hoffentlich tragen Sie mir das nicht weiter nach.«
Er streckte die Hand aus. Rebecca schlug zögernd ein. Tragg umschloß ihre knochigen Finger mit beiden Händen und schau-

te sie lächelnd von oben an.
Aller Protest wich aus Rebeccas Zügen. Sie lächelte scheu und versuchte, schelmisch zurückzublicken.
»So einem netten, reuigen Sünder kann man seine Verzeihung einfach nicht vorenthalten«, erwiderte sie und setzte sich in einer unbequemen Pose auf den hochlehnigen Küchenstuhl. »Lösen Sie in Ihrer Freizeit gern Kreuzworträtsel, Lieutenant?« fragte sie einladend.

12

Mason verließ den Lift und wanderte langsam über den langen Korridor zu seinem Büro. Seinen Hut hatte er verwegen ins Genick geschoben. Er hatte die Hände tief in den Taschen und summte eine Schlagermelodie mit der Miene eines Mannes, der mit sich und der Welt zufrieden ist.
Als er an der Tür von Paul Drakes Büro vorbeischlenderte, öffnete sich plötzlich die Tür. Della Street streckte den Kopf heraus und rief ihm nach.
Mason drehte sich um und fragte lächelnd: »He, Della, wollten Sie etwas?«
»Ich habe auf Sie gewartet«, sagte sie, trat auf ihn zu und legte die Hand auf seinen Arm. »Kommen Sie zu Paul Drake.« Della lotste ihn an dem Mädchen im Glasschalter vorbei zu Paul Drakes Privatbüro.
Drake sah auf. Zu Della sagte er: »Wie ich sehe, haben Sie ihn endlich erwischt.«
Mason setzte sich lässig auf die Kante von Paul Drakes Schreibtisch und fragte: »Warum diese Aufregung?«
»Wir haben etwas über das Telefon herausgefunden, Perry.«
»Du meinst den Apparat in Hocksleys Wohnung mit den Fingerabdrücken?«
»Es geht jetzt nicht um die Abdrücke.«
»Worum denn?«
»Die Kiste war in genialer Weise als Alarmanlage getrimmt. Unten war ein kleines Loch, das wie ein Kabelausgang aussah. In Wirklichkeit enthielt es eine winzige optische Linse, durch die ein unsichtbarer Lichtstrahl austrat. Wenn jemand den

Lichtstrahl durchquerte, löste er die Alarmvorrichtung aus. Durch das Abheben des Hörers wurde die Anlage außer Betrieb gesetzt. Dann konnte man durch einen Hebel am Safe die ganze Vorrichtung ausschalten und den Hörer wieder zurücklegen. Da der Apparat eine Wählscheibe hat, wird seine Funktion durch die Alarmanlage nicht im geringsten gestört.«

»Oha«, sagte Mason überrascht.

Della Street und Paul Drake sahen ihn gespannt an.

»Das bedeutet nicht viel Gutes für den jungen Gentrie«, sagte Drake nach einer Weile.

Mason nickte und zündete sich eine Zigarette an.

»Ja«, sagte er nachdenklich, »das würde manches erklären. Die Büchse selbst war das Signal. Ihr Erscheinen auf dem Regal kündete den Tag des Einbruchs an; weitere Einzelheiten und Anweisungen wurden auf der Innenseite des Deckels durch die Inschrift angegeben.«

»Und der Empfänger wußte Bescheid und richtete sich danach«, ergänzte Paul Drake. »Auf dem Hörer waren Juniors Fingerabdrücke. Jetzt stell dir mal vor, die Nachricht hätte irgend etwas mit dem Telefon zu tun, dann säße Junior aber gehörig in der Patsche! Ich halte es für wahrscheinlich, daß die Polizei die Nachricht über kurz oder lang entziffert. Ein Spezialist braucht zur Entschlüsselung eines solchen Kodes höchstens ein bis zwei Wochen. Tragg wird schnell Bescheid wissen.«

Mason zog an seiner Zigarette und blies den Rauch in zwei Wolken aus der Nase.

»Angenommen, wir wollten wetten, Paul, welchen Prozentsatz würdest du annehmen?«

»Den Prozentsatz welcher Wahrscheinlichkeit?«

»Daß die Botschaft etwas mit dem Telefon zu tun hat.«

»Ich würde sagen, fünfzig Prozent?«

»Ich wollte nur mal deine Ansicht hören«, sagte Mason und wich dem Blick von Dellas Augen aus, »zu gegebener Zeit sehen wir dann weiter. Sonst noch was?«

»Ja«, sagte Della. »Rodney Wenston wartet in Ihrem Büro. Mr. Mason. Er ist in Begleitung einer Dame, die vorgibt, die Tochter von Karrs Teilhaber zu sein. Wenston nimmt an, daß sie eine Betrügerin ist. Er möchte Sie bitten, sie zu entlarven.«

»Hat sie schon mit Karr gesprochen?«

»Nein. Karr hat Wenston beauftragt, alle Antworten auf seine

Anzeige zu bearbeiten und die zweifelhaften Kandidaten auszusortieren. Wenston sagt, wenn sie keinen eindeutigen Beweis für ihre Behauptung erbringen könne, lasse er sie nicht mal in die Nähe von Karr. Er ist übrigens gegen die Annonce und meint, ein Privatdetektiv hätte das Schicksal der Tochter rascher aufgeklärt. Karr war jedoch ungeduldig und wollte nicht länger warten.«

»Und wo ist die Dame?« fragte Mason.

»Sie wartet zusammen mit Wenston im Büro. Er wünscht, daß Sie zugegen sind, wenn sie ihre Geschichte zum erstenmal vorträgt.«

»Ich hab dir noch etwas zu sagen, Perry«, warf Drake ein.

»Ja?«

»Wenston tritt überall als vermögender Playboy auf. Er besitzt eine hübsche Villa zwischen Culver City und Santa Monica. Neben dem Haus ist ein Hangar und ein kleiner Landeplatz. Er fliegt oft nach San Francisco. Und jetzt rate mal, wer in diesen Fällen sein Passagier ist?«

»Karr?« fragte Mason.

Drake nickte.

»Wenn Karr mit dem Flugzeug verreist, kommt er in einer großen Limousine zu Wenston gefahren, der mit laufendem Motor auf ihn wartet. Der Wagen fährt ganz dicht an das Flugzeug heran, und heraus steigen einige Männer: der chinesische Diener, Johns Blaine, der anscheinend als Karrs Leibwächter fungiert, und zuletzt Karr selbst...«

»Moment«, unterbrach Mason, »sagtest du, er *steigt* aus?«

»Genau.«

»Das heißt also, er geht?«

»Ja. Sehr langsam zwar, aber er geht.«

Ganz aufgeregt fragte Mason: »Wie hast du denn das herausbekommen, Paul?«

»Von einem kauzigen alten Landstreicher, der in einer Bruchbude jenseits der Schienen haust, die an Wenstons Grundstück vorbeiführen. Du kennst die Sorte, die sich am liebsten auf Ödland oder Schuttabladeplätzen ansiedelt und sich aus geradegehämmerten Ölkanistern eine Hütte zusammenflickt.«

Mason nickte.

»Der Bursche kann von weitem beobachten, wenn Wenston abfliegt oder ankommt und ob er Passagiere mitnimmt. Einer

davon, der Beschreibung nach Karr, ist sehr schlecht zu Fuß, kann jedoch mühsam einige Schritte tun.«
»Kann man dem Tippelbruder trauen?« erkundigte sich Mason.
»Garantieren kann ich natürlich nichts«, erwiderte Drake. »Er dürfte aber in Ordnung sein. Du sagtest mir, ich sollte mich um Wenston kümmern. Der alte Kauz bot sich als Informationsquelle geradezu an. Ich besorgte mir alte Klamotten und eine Pferdedecke und kam ganz zufällig die Schienen entlang. Vor seiner Hütte blieb ich stehen und kam mit ihm ins Gespräch. Da er durch eine Geldsumme nur mißtrauisch geworden wäre, hatte ich vorsorglich eine Flasche billigen Schnaps in die Decke gerollt. Junge, Junge, waren wir nachher blau! Aber er taute auf und erzählte mir eine ganze Menge.«
Mason erwiderte schadenfroh: »Vielleicht hätte ich dir die Arbeit abnehmen sollen!«
»Du hättest das gar nicht ausgehalten. Der Fusel war fürchterlich.«
Mason rutschte von der Tischkante und meinte: »Warum hast du keinen besseren Schnaps genommen, wenn du dich besaufen wolltest? Schließlich kannst du ihn auf die Spesenabrechnung setzen. Du bist doch sonst nicht so sparsam.«
»Da hätte ich einen schönen Vagabunden abgegeben: zerlumpt auf den Schienen zu tippeln und dann eine Flasche französischen Kognak aus der Decke zu ziehen! Da bleibt man die ganze Nacht auf, stöbert eine Leiche auf, verdirbt sich den Magen mit Fusel und bekommt dann solchen Dank dafür!«
Mason ging zur Tür. »Das ist nur eine Frage der Phantasie, Paul. Du hättest den Straßenräuber oder Alkoholschmuggler spielen sollen.«
»Was du nicht sagst«, schnaubte Drake. »Kümmere dich lieber um deine eigenen Angelegenheiten; schließlich hast du Klienten im Büro sitzen.«
Auf dem Korridor fragte Mason: »Warten sie schon lang, Della?«
»Ach, es geht. Ich habe gesagt, Sie wären auf einer Konferenz bei einem anderen Anwalt, wo Sie telefonisch nicht gestört werden wollten. Ich würde eine passende Gelegenheit abwarten und Sie dann zurückholen. Hat es mit der Konserve geklappt?«
»Kleinigkeit«, entgegnete Mason. »Ich hatte Handschuhe und eine vollgestopfte Aktentasche bei mir und erklärte, ich wolle

noch einmal die Flecke auf der Garagentür untersuchen. Sie schickten Hester mit mir hinunter, und ich brauchte bloß zu warten, bis sie mir den Rücken zukehrte.«

»Sind Sie sicher, daß sie nichts gemerkt hat?«

»Daß ich die Büchse auf das Regal stellte? Ganz sicher. Sie drehte sich nicht mal um, als ich wieder hinaufging. Entweder ist sie wirklich strohdumm, oder sie stellt sich nur so, um nicht aufzufallen. Jedenfalls ist die Falle aufgestellt; wir brauchen nur zu warten, wer den Speck anbeißt.«

»Der Speck gefällt mir überhaupt nicht«, wandte Della ein. »Seien Sie vorsichtig, daß er nicht gestohlen wird.«

»Ich werde mich bemühen«, versprach Mason.

Er schloß die Tür seines Privatbüros auf. Della Street sagte: »Ich bringe die beiden her. Mr. Wenston möchte Sie zuerst allein sprechen.«

»In Ordnung.«

Wenston betrat das Büro in militärisch gerader Haltung, verneigte sich vor Della und gab Mason die Hand. »Ich wollte Sie zuerst sprechen«, begann er, »weil ich dieses Mädchen für eine Betrügerin halte. Ich will sie dem Alten erst vorstellen, wenn Sie mit ihr gesprochen haben.«

»Warum denken Sie, daß die Dame eine Betrügerin ist?«

»Rein gefühlsmäßig.«

»Und ich soll zuerst mit ihr sprechen?« fragte Mason.

»Um es genau zu sagen: Sie sollen sie ins Kreuzverhör nehmen und feststellen, was von ihren Behauptungen zu halten ist.«

»Wäre es nicht besser, das in der Gegenwart Karrs zu tun?«

»Mir sind so viel Einzelheiten über den Fall bekannt, daß ich feststellen kann, ob sie die Wahrheit sagt. Wenn sie lügt, halte ich sie von Karr fern.«

»Meinetwegen«, sagte Mason; »dann wollen wir uns die Dame mal näher betrachten.«

Doris Wickford folgte Della Street in Masons Büro. Sie war Ende Zwanzig und hatte dunkles Haar und dunkle Augenbrauen. Die ruhigen, dunklen Augen standen in reizvollem Kontrast zu ihrer blassen Gesichtsfarbe und verliehen ihrem Gesicht einen gelassenen Ausdruck.

»Guten Tag«, grüßte sie. »Sind Sie Mr. Mason?« Sie gab ihm die Hand und sah ihn forschend an. »Vermutlich hat Mr. Wenston Ihnen erzählt, daß ich eine Schwindlerin bin.«

Mason lachte auf, während Wenston würdevoll erklärte: »Ich habe ihn sogar aufgefordert, daß er Sie einem Kreuzverhör unterzieht.«
»Hab ich mir schon gedacht«, entgegnete sie. »Ich habe Mr. Wenston noch keine Einzelheiten erzählt, da ich nicht alles mehrmals erklären möchte. Vor allem kann Mr. Wenston nicht die Anzeige aufgegeben haben, weil er viel zu jung ist. Er hätte gar nicht der Geschäftspartner meines Vaters sein können. Einer der Teilhaber hieß Karr, wahrscheinlich steckt er hinter der Zeitungsannonce. Mr. Wenston hat mir bisher die Antwort verweigert. Er sagte, wir würden hier bei Ihnen über alles sprechen. Wenn Mr. Karr die Anzeige aufgegeben hat, möchte ich mit ihm persönlich verhandeln.«
Wenston schüttelte den Kopf. »Zuerst müssen Sie mich überzeugen, bevor ich Sie zu dem alten Herrn führen kann.«
»Was verlangen Sie als Beweis?« fragte Miss Wickford. Sie sah Wenston von oben bis unten an.
»Sie werden mir schon eine ganze Reihe von Beweisen erbringen müssen«, sagte Wenston.
»Also gut, fangen wir an«, schlug Miss Wickford vor; sie zog einen Stuhl heran und öffnete das Schloß der Mappe, die sie bis dahin unter dem Arm getragen hatte.
»Wie hieß Ihr Vater?« fragte Wenston. »Vielleicht sparen wir so eine Menge Zeit.«
Sie sah ihn abschätzig an. »Wickford. Er hatte Schulden gemacht und ging deshalb nach Ostasien, wo er mehr zu verdienen hoffte. In Schanghai nahm er den Namen Tucker an.«
Wenston sah sie aufmerksam an. »Er hatte einen ungewöhnlichen Vornamen, wissen Sie vielleicht, wie er lautete?«
»Ich kann sogar erklären, warum er diesen und keinen anderen wählte. Der Vorname war DOW und bestand aus den Initialen meines Namens, Doris Octavia Wickford. Meine Mutter hieß ebenfalls Octavia.«
Wenstons Gesicht blieb unbewegt. »Können Sie das belegen?« fragte er.
Sie zog einen zerknitterten Briefumschlag aus der Mappe. Er trug eine chinesische Briefmarke. »Der Brief ist in Schanghai aufgegeben worden.«
Mason und Wenston beugten sich vor, um den Umschlag aus der Nähe zu betrachten. Als Wenston die Hand ausstreckte,

scheuchte sie ihn mit einer schnellen Bewegung zurück. »Schön artig bleiben! Sie dürfen ihn nur anschauen, nichts weiter.«
»Der Brief stammt von Ihrem Vater?« erkundigte sich Wenston.
»Ja. Hier steht mein Name, Doris O. Wickford und als Absender George A. Wickford, Schanghai. So hieß er nämlich in Wirklichkeit. Hier sind Fotokopien von dem Trauschein meiner Eltern und meiner Geburtsurkunde.«
Mason besah sich die Kopien und begegnete, als er aufsah, Wenstons verdutztem Blick.
»Jetzt lese ich Ihnen einige Stellen aus dem Brief vor«, fuhr sie fort, »aber bedenken Sie bitte, daß ich damals acht Jahre alt war und mein Vater mir natürlich in einem Stil schrieb, wie ihn Kinder dieses Alters verstehen können.«
Sie faltete einige mit Bleistift beschriebene Blätter auseinander und begann zu lesen.
»Meine liebe Tochter, es ist nun schon lange her, daß dein Vati dich nicht gesehen hat. Ich vermisse dich sehr und hoffe, daß du brav bist. Ich weiß noch nicht, wann ich wieder zu dir zurückkommen kann, aber es wird nicht mehr lange dauern. Ich verdiene hier viel Geld und kann bald alle Schulden bezahlen. Es bleibt sogar noch viel übrig. Aber du darfst niemanden sagen, wo dein Vati ist, verstehst du? Wenn ich zurückkomme, bleiben wir immer zusammen, und du bekommst hübsche Kleider und das Pony, wenn du es dann noch haben willst.«
Sie schaute auf und erklärte: »Ich hatte mir nämlich zu Weihnachten ein Pony gewünscht.«
»Und Ihre Mutter?« fragte Mason.
»Sie ist ein Jahr vorher gestorben, noch bevor Vater nach China ging.«
»Fahren Sie fort.«
Sie las weiter: »Ich habe hier eine gute Arbeit gefunden, aber ich kann dir nicht genau erklären, was ich tue. Mein Partner heißt Karr. Er ist sehr mutig. Vor drei Wochen fuhren wir in einem Boot auf dem Jangtsekiang. Das Boot kenterte, und wir fielen ins Wasser und hielten uns fest, aber einer der Chinesen wurde von der Strömung abgetrieben. Das war für ihn sehr gefährlich, denn die Strömung ist dort stark. Der Chinese konnte nicht schwimmen. Die anderen Chinesen hätten ihm wohl kaum geholfen, aber mein Freund Karr schwamm hin und brachte ihn zum Boot zurück, das die anderen bis dahin wieder aufgerichtet

hatten. Leider verloren wir dabei einen Teil unserer Ausrüstung.
Das Wasser dieses Flusses ist schmutzig und gelb, sogar im Meer sieht man noch lange, welches Wasser aus dem Jangtse kommt. An einem Flußarm liegt Schanghai. Du ahnst nicht, wie groß und laut diese Stadt ist. Manchmal denkt man, es müsse hier jeder den ganzen Tag lang mit voller Kraft schreien, so groß ist der Lärm.
Nun, Doris, sei mein braves Mädchen und lerne fleißig in der Schule. Zu Weihnachten kann ich dir das Pony nicht schicken, aus China kann man keine Ponys nach Amerika senden. Aber wenn ich wieder zu Hause bin, schenke ich dir das Pony. Ich denke viel an dich und habe dich sehr lieb. Dein Vati. PS: Wenn du mir schreibst, so adressiere deinen Brief an Dow Tucker, American Express Company, ich bekomme ihn dann schon.«
Miss Wickford faltete den Brief wieder zusammen und schien einen Augenblick lang zu überlegen, ob sie ihn Mason zur Überprüfung reichen solle, schob ihn aber dann doch in den Umschlag zurück und sagte: »Das war der letzte Brief, den ich von ihm erhielt. Die anderen Briefe sind verlorengegangen. Diesen letzten habe ich aufbewahrt. Seither habe ich nie mehr von ihm gehört. Ich weiß nicht, was mit ihm geschehen ist.«
Wenston versuchte, seine Bewegung zu verbergen, und fragte von obenhin: »Sonst haben Sie nichts dabei?«
Sie würdigte ihn keines Blickes. »Ich habe noch eine Menge von Beweisstücken dabei. Hier ist ein Familienbild, das kurz vor dem Tod meiner Mutter entstanden ist. Ich war zu der Zeit sechs Jahre alt.«
Sie nahm ein verblichenes Foto aus der Mappe. Es hatte den mattbraunen Farbton alter Aufnahmen. Ein Mann und eine Frau saßen auf der obersten Stufe einer Veranda. Der Mann hielt ein kleines Mädchen auf seinen Knien, das trotz des kindlichen Gesichtchens und der abstehenden Rattenschwänze unverkennbare Ähnlichkeit mit Doris Wickford hatte.
Masons Augen begegneten dem Blick Wenstons, der ihm unmerklich zunickte.
»Erinnern Sie sich noch an Ihren Vater?« fragte Mason.
»Selbstverständlich. Ich war sieben Jahre alt, als ich ihn das letzte Mal sah. Ich kann mich natürlich nicht mehr an Einzelheiten erinnern, aber ich entsinne mich noch, daß er tolerant und

ausgeglichen war. Er beachtete immer auch das Recht der anderen. Nachträglich bewundere ich besonders, daß er niemals die Beherrschung verlor, was auch immer passierte. Und dieser Mann wurde von seinen Schuldnern gehetzt.«
»Wo wohnten Sie damals?«
»In Denver, Colorado. Die Adresse steht auf dem Brief.«
»Wohnten Sie schon dort, bevor Ihr Vater verschwand?«
»Er verschwand nicht. Er ging einfach fort. In Denver gab es keine passende Stellung für ihn...«
»Schon gut«, unterbrach Mason. »Wohnten Sie lang dort? Ich sehe hier, daß Sie in Kalifornien geboren sind.«
»Ja, wir wohnten erst in Kalifornien, dann in Nevada und zogen zuletzt nach Denver. Mein Vater hatte in den Bergwerken gearbeitet, wo er die Leute organisierte. Die Gewerkschaften waren damals noch nicht sehr einflußreich; die Gesellschaft entließ ihn. Vater eröffnete ein kleines Geschäft, und die Bergleute kauften bei uns ein, bis ihn die Gesellschaft einfach ruinierte, weil sie ihn nicht in ihrer Nähe dulden wollte. So geriet er in Schulden.«
Wenston sagte: »Es sieht so aus, Mr. Mason, als ob wir den alten Herrn verständigen müßten.«
»Der Bootsunfall auf dem Jangtse müßte Ihrem Stiefvater noch in Erinnerung sein«, meinte Mason.
»Ich habe ihn sehr oft davon erzählen hören«, sagte Wenston.
Mason trommelte gedankenverloren mit den Fingern auf seinem Schreibtisch. Plötzlich wandte er sich zu Doris Wickford: »Und Sie haben heute morgen die Anzeige in der Zeitung gelesen?«
»Ich habe sie schon gestern gelesen.«
»Und warum haben Sie sich nicht sofort gemeldet?«
»Ich konnte ja nicht von der Arbeit fortlaufen. Heute habe ich einen Tag Urlaub genommen und die angegebene Telefonnummer angerufen. Ich verlangte Mr. Karr zu sprechen, aber Mr. Wenston bestand darauf, zuerst mit mir hierherzukommen. Jetzt ist es wohl an der Zeit für mich, Mr. Karr persönlich kennenzulernen. Ich will ganz ehrlich sein, Mr. Mason, es geht mir auch um das Geld. Wenn mir mein Vater etwas hinterlassen haben sollte, so kann ich das dringend gebrauchen.«
»Sie sind angestellt?« fragte Mason.
»Eigentlich bin ich Schauspielerin, aber ich habe schon seit

langem keine Rolle mehr bekommen. Jemand versprach mir eine Rolle hier in Hollywood. Er hat gelogen. So arbeite ich jetzt als Kassiererin in einem Café. Es müßte schön sein, dem Chef eine zu kleben und dann zu verschwinden.«
»Wer versorgte Sie, als Sie noch zur Schule gingen?«
»Eine Tante, die vor drei Jahren starb. Mr. Mason, ich kann jedes meiner Worte beweisen. Wenn wirklich etwas hinter dieser Anzeige steckt, verlieren wir nur Zeit.«
»Ich glaube auch, daß wir den alten Herrn aufsuchen sollten«, sagte Wenston und fügte hinzu: »Vielleicht jetzt gleich.«
Mason griff nach seinem Hut. »Gut, gehen wir also.«

13

Elston A. Karr saß in seinem Rollstuhl. Trotz des warmen Wetters lag die dicke Wolldecke über seine Knie gebreitet. Karrs Gesicht hatte seine wächserne Farbe verloren und war leicht gerötet. Als Mason seine Hand berührte, spürte er, daß sie sich heiß und trocken anfühlte. Karr besah das Foto und las den Brief. Dann wandte er sich zu Johns Blaine und Gow Loong.
»Nun?« fragte er.
Blaine schwieg.
Rodney Wenston meldete sich zu Wort. »Bevor ich sie zu Mason brachte, glaubte ich, sie sei eine Schwindlerin. Ihre Beweise scheinen jedoch echt zu sein.«
»Ich bin keine Schwindlerin«, rief Doris Wickford aufgebracht, »und ich habe es satt, mich als solche behandeln zu lassen. Sie haben schließlich die Anzeige aufgegeben, um mich zu finden, und nicht umgekehrt. Wenn mein Vater Geld hinterlassen hat, steht es mir zu. Hören Sie also auf, sich als mein Wohltäter aufzuspielen. Schließlich gibt es noch Institutionen, die einem in solchen Fällen zum Recht verhelfen.«
Karr hielt seine Augen unablässig auf Gow Loong gerichtet, der seinen Zeigefinger ausstreckte und mit dem langgewachsenen Nagel auf das Männergesicht des Fotos zeigte. »Das sein Dow Tucker«, sagte er. Karr nickte befriedigt.
Gow Loong sah ihn an. »Vielleicht sind Sie zu müde heute. Zuviel Arbeit und Aufregung. Sie gehen ein, zwei Stunden

schlafen und fühlen sich dann wieder besser. Zuviel reden, zu viele Leute.«

»Ich sehe keinen Grund«, sagte Karr zu Johns Blaine, »die Sache auf die lange Bank zu schieben. Die Dame scheint die Wahrheit zu sagen. Wir werden uns natürlich noch eingehend über die Einzelheiten unterhalten, aber das hier ist auf jeden Fall Dow Tuckers Bild, und ihre Erklärung über seinen Vornamen leuchtet mir auch ein. Bringen Sie mir bitte das Album aus dem Schlafzimmer.«

Johns Blaine stand auf, um das Album zu holen.

Ganz beiläufig fragte Mason: »Bewahren Sie die Bilder in Ihrem Schlafzimmer auf?«

»Nur die Abzüge«, antwortete Karr. »Die Filme liegen sicher im Safe. Ich würde sie nicht für eine Million hergeben. Es sind Bilder aus China darunter, bei denen sich einem die Haare sträuben. Ich habe Dinge erlebt, die vor mir kein Weißer sehen durfte. Ich war im ›Tempel des leidenden Buddha‹ unter der Mauer der ›Verbotenen Stadt‹ und sah die Auferstehung des göttlichen Lamas. Man mag manches für Einbildung oder Suggestion halten, dennoch bleibt vieles, was sich weder erklären noch verstehen läßt. Am besten, man spricht gar nicht darüber. Suchen Sie die Bilder aus Schanghai heraus, Johns.«

Blaine blätterte im Album und legte es aufgeschlagen hin. »Hier ist ein Bild auf einer Dschunke auf dem Whangpo«, sagte er. »Er ist deutlich zu erkennen.«

»Zeigen Sie es Mason«, sagte Karr.

Mason sah auf der Aufnahme drei Männer, die am Hinterdeck einer großen Dschunke saßen. Hinter ihnen sah man einen Wasserstreifen und auf dem Ufer undeutlich die Umrisse einer Pagode. Die Männer schauten mit jenem gezwungenen Lächeln in die Kamera. Vor ihnen stand ein Tischchen mit chinesischem Service, ein Chinese mit den unverkennbaren Zügen Gow Loongs schenkte den Tee ein. In der Mitte saß Elston A. Karr, kräftiger und zwanzig Jahre jünger, aber schon mit dem konzentrierten Ausdruck kalter Entschlossenheit in den Augen.

Rechts von ihm saß ein Mann mit den Gesichtszügen von Doris Wickfords Vater. Die beiden Aufnahmen mußten ungefähr zur gleichen Zeit entstanden sein. Die hohe Stirn, die etwas vorstehende Unterlippe und das fliehende Kinn waren auf beiden Bildern eindeutig zu erkennen.

Der dritte Mann der Gruppe zog Masons Aufmerksamkeit auf sich. Er war breitschultrig und hatte einen kurzen gedrungenen Hals und wulstige Lippen. Er lächelte; aber seine Augen lachten nicht, sondern sahen finster in die Kamera, als ob der Mann hintergründige Pläne hegte.
»Wer ist das?« fragte Mason.
»Ein Judas, ein schmutziger Verräter, der uns verkauft hat. Fast hätte er mich auf dem Gewissen«, antwortete Karr. Er sah Doris Wickford an. »Ihren Vater hat er jedenfalls auf dem Gewissen. Ich werde diesen Verbrecher nie vergessen.«
Seine heisere Stimme erinnerte an das Wetzen eines Stahlmessers auf dem Schleifstein.
Mason verglich die Bilder in dem Album mit denen von Doris Wickford. Er nickte leise und fragte: »Gibt es noch mehr Bilder von Tucker?«
Blaine suchte weitere Aufnahmen heraus, die er Mason vorzeigte. Es waren immer die gleichen vier Männer: Karr, Tucker, Gow Loong und der stiernackige Verräter.
Karr wandte sich an Miss Wickford und sagte:
»Sie könnten uns jetzt vielleicht erzählen, wo Sie wohnen, was Sie tun und was Sie über unsere gemeinsamen Belange wissen.«
»Selbstverständlich. Ich war noch ein Kind, als Vater nach China ging, aber ich kann mich noch an vieles erinnern. Ich kann die Häuser beschreiben, in denen wir gewohnt haben, und die Leute, mit denen er verkehrt hat. Aber vielleicht sollten Sie mir zuerst sagen, welcher Art Ihre Geschäfte waren und ob mein Vater mir Geld hinterlassen hat.«
»Wir waren Teilhaber an einem Unternehmen, das nicht gerade zu den vornehmsten gehörte. Es war riskant, gefährlich; aber es brachte viel ein. Wir erzielten gute Gewinne. Ich wußte übrigens nicht, daß Ihr Vater Angehörige besaß. Und dieser verdammte Judas hat uns verraten. Einen Teil des Geldes konnte ich retten und gewinnbringend anlegen. Erst viel später erwähnte Gow Loong einmal, daß er eines Abends mit Dow Tucker an der Reling stand und spielenden Chinesenkindern zusah. Ihr Vater zeigte auf ein etwa achtjähriges kleines Mädchen und sagte, er habe zu Hause auch eine kleine Tochter in diesem Alter. Zu mir hat Tucker nie von Ihnen gesprochen. Er war überhaupt sehr schweigsam, was seine Familie und seine Vergangenheit betraf. Als wir einmal nach vielen Jahren über

die Ermordung von Tucker sprachen, erinnerte sich Gow Loong wieder an jenen Abend. Aber jetzt bin ich müde. Ich werde Gow Loongs Rat befolgen und mich hinlegen. Erzählen Sie das Weitere Mr. Blaine und Mr. Mason. Beantworten Sie alle Fragen, die Mr. Mason stellen wird.«
Sie nickte zustimmend.
»Noch etwas«, fuhr Karr fort. »Sie wurden von einer Tante erzogen?«
»Ja.«
»Vielleicht sind unter den Papieren Ihrer Tante noch mehr Briefe Ihres Vaters.«
»Daran habe ich noch nicht gedacht.«
»Suchen Sie danach. Er muß ihr geschrieben haben. Besuchen Sie mich wieder. Nein. Besuchen Sie mich lieber nicht; bleiben Sie mit Mr. Mason in Verbindung. Lassen Sie sich nicht von Rodney Wenstons Feindseligkeiten beeindrucken. Er hat in dieser Sache überhaupt nichts zu sagen. Er sollte nur vorsichtig sein. Wenn Sie die Tochter meines Partners sind, können Sie nur Gutes von mir erwarten. Sind Sie eine Betrügerin, bringe ich Sie ins Gefängnis.«
Mason hörte, wie Gow Loong vernehmlich die Luft einsog. Mason sah ihn an. Gow Loong stand völlig unbeweglich da, und er schien der Unterhaltung nicht gefolgt zu sein.
»Was wolltest du sagen, Gow Loong?« erkundigte sich Karr.
»Maskee«, antwortete der Chinese.
Doris Wickford sah Karr fragend an. »Ist das chinesisch?« fragte sie einfältig.
In Karrs Augen funkelte ein amüsiertes Lächeln. »Beinahe«, antwortete er. »Es ist eines der gebräuchlichsten Wörter in Pidgin-Englisch und bedeutet soviel wie ›macht nichts, nicht der Rede wert‹. Aber jetzt gehen Sie, meine Liebe. Sie werden bald von mir hören. Mason wird Sie befragen.«
Der grelle Ton der Türklingel unterbrach ihn. Karr sah Gow Loong an. »Sieh nach, wer das wieder ist. Ich bin nicht zu sprechen.«
Aber Gow Loong kam nicht dazu, die Botschaft auszurichten. Man hörte ihn die Treppe hinabgehen und die Tür öffnen. Dann sagte eine autoritäre Stimme in scharfem Ton einige Worte, und zwei Männer kamen die Treppe herauf.
Lieutenant Tragg folgte dem Chinesen auf dem Fuß. »Guten

Abend allerseits«, grüßte er. »Ah, Mason ist auch wieder da. Und eine junge Dame. Hoffentlich störe ich nicht. Ihr Diener sagte zwar, Mr. Karr, Sie seien beschäftigt, aber so wie ich meine persönlichen Wünsche vor den Berufspflichten zurückstellen muß, kann ich nicht umhin, das gleiche auch von anderen zu fordern. Ich hoffe, Sie können das verstehen.« Tragg sah fragend Doris Wickford an.
»Miss Wickford«, stellte Mason vor. »Das ist Lieutenant Tragg vom Morddezernat.«
»Mord?« rief Miss Wickford erstaunt.
»Leider«, bestätigte Tragg. »Sie sind wohl nicht an Mordfällen interessiert, Miss Wickford, aber wenn Sie die Zeitung gelesen haben, werden Sie wissen, daß ein Mann und seine Haushälterin...«
»Kommen Sie deswegen?« fragte sie.
Tragg schaute sie prüfend an. »Jawohl«, sagte er unverbindlich. »Sie haben hier unten gewohnt.«
»*Hier* unten?« fragte sie betroffen. Ihre Augen erweiterten sich.
»In der Wohnung unter uns«, wiederholte Tragg. »Wußten Sie das nicht?«
Sie zuckte mit keiner Wimper. »Nein.«
»Leider«, fuhr Tragg fort, »muß ich in dieser Angelegenheit noch einige Fragen stellen. Um auf die Mordnacht zurückzukommen, meine Herren, wo haben Sie sich zu der Zeit aufgehalten? Gow Loong, fangen Sie an.«
»Im Chinesenviertel. Habe meinen Vetter besucht.«
»Wie viele Vettern haben Sie?«
»Einundzwanzig.«
Es war Miss Wickford, die das Schweigen mit ihrem Auflachen durchbrach.
Erklärend schaltete sich Karr ein und sagte zu Tragg: »Chinesische Vettern sind etwas anderes als bei uns. In China gibt es nur rund hundert Familiennamen; Träger des gleichen Namens halten sich für Verwandte, wenn auch in einem anderen Sinn als wir.«
»Sehr interessant«, entgegnete Tragg. »Und Ihr Familienname ist Loong?«
»Es ist nicht sein Familienname«, antwortete wieder Karr. »Gow Loong ist so etwas wie ein Vorname und bedeutet, wörtlich übersetzt, neun Drachen, auf kantonesisch. Damit soll nur gesagt werden, daß Gow Loong die Kraft, den Mut und die

Weisheit von neun Drachen besitzt. Um auf sein Alibi zurückzukommen; er kann einundzwanzig Zeugen angeben, die bestätigen, daß er nicht hier war. Sie können sich davon überzeugen.«

Tragg wandte sich jetzt Blaine zu, der unaufgefordert berichtete: »Ich habe schon einmal erklärt, daß ich zu dieser Zeit mit Mr. Wenston von San Francisco hierher unterwegs war. Wir flogen um elf von San Francisco ab. Bekannte hatten uns zum Flugplatz begleitet.«

»Das haben Sie sehr gut gesagt«, fiel Wenston ein. »Ich hätte sonst nur Sie als Alibi angeben können.«

Tragg drehte sich auf dem Absatz um und sah zu Karr hinüber. »Und Sie?« fragte er.

Karrs Augen verrieten kalte Feindseligkeit. »Ich war zu Hause. Allein.«

»Das kommt selten vor, nicht?«

»Allerdings.«

»In Ihrem Rollstuhl?«

»Nein, im Bett. Ich glaube, das haben wir beide schon besprochen, Lieutenant.«

»Nicht wir beide, Mr. Karr. Mason hat mir geantwortet.«

»Wie meinen Sie das?« fragte Karr.

»Ich stellte die Fragen, aber soweit ich mich erinnere, gaben nicht Sie, sondern Mason die Antworten darauf.«

Karr betrachtete den Lieutenant mit der kühlen Entschlossenheit eines Mannes, der unerwünschte Vertraulichkeiten weit von sich weist. »Haben Sie denn an Mr. Masons Antworten etwas auszusetzen?«

»Vielleicht.«

»Unter diesen Umständen muß ich leider darauf bestehen, daß Mr. Mason mich auch weiterhin vertritt. Ich fühle mich nicht wohl, das Verhör ermüdet mich.«

»Machen Sie es mir doch nicht so schwer, Mr. Karr«, sagte Tragg leutselig. »Ich möchte Sie nur vor Schwierigkeiten bewahren.«

»Besten Dank für Ihre Bemühungen. Sie brauchen mich nicht zu behüten.«

»Trotz der Tatsache, daß Sie nicht gehen können?«

»Jawohl.«

»Ich möchte ganz sicher sein«, beharrte Tragg.

»Das können Sie. Ich kann wirklich nicht gehen.«

»Sie waren allein in der Wohnung. Soweit uns bekannt ist, waren Sie, Hocksley und seine Haushälterin als einzige hier im Haus.«
»Hocksley?« rief Miss Wickford erstaunt.
Tragg sah sie an. »Ja, Hocksley.«
»Aber...«
»Sagt Ihnen dieser Name etwas?« forschte Tragg.
Sie lächelte und schüttelte unsicher den Kopf. Tragg sah sie fest an. »Aber Sie haben irgendwann einmal jemanden mit dem Namen Hocksley gekannt?« fragte er im Plauderton.
»Nein.«
»Weckt der Name bei Ihnen irgendwelche Assoziationen? Lassen Sie sich doch nicht so lange bitten!«
»Mein Vater hat in einem seiner Briefe einen Hocksley erwähnt.«
»Wann war das?«
»Vor ungefähr zwanzig Jahren.«
Karr lachte trocken. »Das dürfte wohl kaum derselbe Hocksley sein«, warf er ein.
Tragg rührte sich nicht. »Sie waren damals noch ein Kind?«
»Ja, ich war sieben.«
»Wo war Ihr Vater?«
»In China.«
»Und was schrieb er über diesen Hocksley?«
Sie sah Karr an. Tragg fuhr sofort dazwischen: »Das geht nur uns beide an, Miss Wickford. Was berichtete Ihr Vater über Hocksley?«
»Mein Vater war Partner an einem Teilhabergeschäft in China. Hocksley gehörte, glaube ich, auch dazu.«
Tragg dachte einige Sekunden nach und fragte unerwartet: »Seit wann kennen Sie Mr. Mason?«
»Seit anderthalb Stunden.«
»Und Karr?«
»Seit vierzig Minuten.«
»Ist jemand hier, den Sie schon länger kennen?«
»Mr. Wenston. Ich lernte ihn kurz vor Mr. Mason kennen.«
»Was tun Sie hier?«
Wenston schaltete sich ein. »Es handelt sich um eine überaus vertrauliche Sache. Ich möchte darauf nicht weiter eingehen.«
Tragg verzog spöttisch die Lippen. »So«, meinte er. »Was Sie

nicht sagen. Stand da heute morgen nicht eine Annonce in der Zeitung, in der jemand die Tochter seines verstorbenen Geschäftspartners suchte?«
Außer dem keuchenden Atem von Elston A. Karr war kein Laut im Zimmer zu hören. Alle sahen ihn an.
»Ihr Vater hieß Wickford?« fragte Tragg nach einer beklemmenden Pause weiter.
»Ja. In China führte er den Namen Dow Tucker.«
»Hat er Ihnen über sein Geschäft geschrieben?«
»Ja.«
»Und was geschah weiter?«
»Das kann ich Ihnen sagen«, fiel Karr ein.
»Ich habe Sie nicht gefragt.« Tragg sah sie weiter fest an.
»Seinen letzten Brief erhielt ich, als ich acht Jahre alt war. Danach habe ich nur erfahren, daß er gestorben sei.«
»Wie ist er gestorben?«
»Er wurde angeblich ermordet.«
»Aber Sie wissen es nicht sicher?«
»Nein.«
»Hat er Ihnen etwas hinterlassen?«
»Bis jetzt habe ich nichts bekommen.«
»Leben noch andere Verwandte? Ihre Mutter?«
»Nein. Meine Mutter starb, bevor mein Vater nach China ging.«
»Und wer hat für Sie gesorgt?«
»Eine Tante; die Schwester meiner Mutter. Sie ist vor drei Jahren gestorben.«
»Und Ihr Vater teilte Ihnen mit, er habe einen Teilhaber namens Hocksley?«
»Ja.«
»Besitzen Sie den Brief noch? Erwähnte er auch den Vornamen Hocksleys?«
»Der Brief ging verloren.«
»Und wissen Sie den Namen des dritten Partners?«
»Ja.«
»Hieß er Karr?«
Doris Wickford zögerte kurz, bevor sie diese Frage bejahte.
»Kennen Sie seinen Vornamen?«
Nachdem sie eine Weile geschwiegen hatte, drängte Tragg erneut: »Ich habe Sie nach seinem Vornamen gefragt.«
»Ich versuche mich zu erinnern.« Sie wandte sich an Karr. »Sie

heißen Elston, nicht wahr?«
»Ja«, antwortete Karr.
Tragg sah ihn an und fragte: »Haben Sie etwas hinzuzufügen?«
»Wir hatten zu dritt ein Teilhabergeschäft in Schanghai. Einer der Partner hieß Dow Tucker; vermutlich war er der Vater dieser jungen Dame. Der dritte hieß Hocksley.«
»Ach nein«, sagte Lieutenant Tragg höflich interessiert. »Was ist aus ihm geworden?«
Bedachtsam wählte Karr die Worte. »Hocksley verschwand mit einer großen Summe aus dem gemeinsamen Vermögen. Zum Glück erwischte er nicht alles, aber doch eine beträchtliche Summe.«
»Man kann also behaupten«, erwiderte Tragg, »daß Sie keine freundschaftlichen Gefühle für ihn hegen?«
Trotz seiner Beherrschung schossen Blitze aus Karrs Augen. »Bei Gott, nein! Ich verachte ihn.«
»Und er verschwand mit einem Teil des gemeinsamen Vermögens, das heißt, er bestahl auch Sie?«
»Ja.«
»Sie wollten natürlich Ihr Geld wiederhaben?«
»Ja.«
»Und versuchten ihn aufzuspüren?«
»Natürlich.«
»Was Ihnen vor kurzem auch gelang. Sie erfuhren, daß Hocksley in diesem Hause wohnte, und mieteten die leerstehende Wohnung über ihm ...«
»Nichts dergleichen«, fiel ihm Karr ins Wort. »Ich mietete diese Wohnung, weil ich ungestört bleiben wollte. Aus den Mietverträgen werden Sie feststellen können, daß die untere Wohnung zwei Wochen nach meinem Einzug an einen Hocksley vermietet wurde. Ich wußte bis vor kurzem nicht mal seinen Namen. Ich bleibe immer zu Hause und gehe niemals aus ...«
»Aber Ihr chinesischer Diener?«
»Natürlich. Er geht einkaufen.«
Tragg warf einen Blick zu Gow Loong und sagte zu Karr: »Wir wollen erst mal hier fertig werden. Wie hieß Ihr Partner mit Vornamen?«
Karr zögerte.
»Kommen Sie, das führt zu nichts. Wie hieß er?«
»Wir nannten ihn Red. Seinen richtigen Namen habe ich wohl

nie gewußt.«
»Vielleicht kann ich Ihnen helfen«, mischte sich Miss Wickford ein. »Er hieß Robindale E. Hocksley. Ich hatte schon als Kind ein außergewöhnlich gutes Namengedächtnis. Ich wollte es Ihnen schon früher sagen, aber Sie unterbrachen mich mit einer anderen Frage.«
»Bilden Sie sich bloß nicht ein, Sie hätten mir etwas Neues gesagt, Miss Wickford. Ich wußte schon vorher genau über die Teilhaber Bescheid. Ich wollte hier keine Informationen erhalten, sondern herausfinden, wer zur Mitarbeit bereit ist und wer etwas zu vertuschen versucht. Warum haben Sie nie erwähnt, Karr, daß Ihr ehemaliger Partner den gleichen Namen trug wie der Ermordete?«
»Ich habe gar nicht daran gedacht. Mir fiel nur die Ähnlichkeit des Familiennamens auf, ich wußte aber nicht, daß Red Hocksley eigentlich Robindale hieß.«
»Und Sie?« wandte sich Tragg an Gow Loong.
»Was ist mit mir?« fragte Gow Loong mit der schrillen Stimme eines aufgeregten Chinesen.
»Wie lange sind Sie mit Mr. Karr zusammen?«
»Sehr lange Zeit.«
»Seit China?«
»Ja, in China.«
»Sie kennen die zwei Geschäftspartner, über die Mr. Karr gesprochen hat?«
»Red Hocksley. Ein Betrüger.«
»Und Sie kannten den Mann aus der unteren Wohnung?«
»Nein.«
»Haben Sie seinen Namen denn nicht an der Tür gelesen?«
»Nein.«
Tragg nahm Blaine aufs Korn. »Und was ist mit Ihnen?«
»Ich bin erst seit einem Jahr im Dienst von Mr. Karr«, antwortete er unverbindlich.
»Was tun Sie hier?«
»Ich bin so eine Art Pfleger. Wie Sie sehen, ist Mr. Karr...«
»Haben Sie schon früher als Pfleger gearbeitet?«
»Eigentlich nicht...«
»Aber einen Waffenschein besitzen Sie doch?« unterbrach Tragg.
Blaine fuhr unbewußt mit der Hand in seine Tasche. »Natürlich

habe ich einen. Hier ...« Er hielt ein, als er den triumphierenden Ausdruck auf Traggs Gesicht bemerkte.
Tragg lachte auf. »Und was haben Sie getan, bevor Sie Karrs Leibwächter wurden?«
»Ich hatte ein Detektivbüro in Denver.« Blaine errötete leicht. »Aber es wollte nicht gehen. Ich griff zu, als sich mir diese Gelegenheit anbot.«
»So ist es schon besser. Wenn Sie Ihren Waffenschein behalten und später einmal wieder ins Detektivfach zurückwechseln wollen, sollten Sie ein wenig mitarbeiten. Was wissen Sie über Hocksley?«
»Nichts.«
»Kennen Sie ihn vom Sehen?«
»Hören Sie, Lieutenant. Ich will ganz offen sein. Ich wurde als Leibwächter angestellt, weil er sich wegen diesen alten chinesischen Geschichten in Gefahr glaubte. Er hat mir niemals etwas über diese Partnerschaft gesagt und auch nie den Namen Hocksley erwähnt. Ich wußte nicht mal genau, wovor er eigentlich Angst hatte. Mir wurde klar, daß es etwas mit Waffenlieferungen zu tun hatte. Genaues weiß ich natürlich nicht, aber Karr wird wohl der Leiter des Geschäftes gewesen sein. Vermutlich verstößt der ganze Handel gegen die Vorschriften des Gesetzes, darum habe ich bis jetzt geschwiegen. Natürlich sind auch die Japaner daran interessiert, die Blockadebrecher aufzuspüren und außer Gefecht zu setzen. Deswegen muß Mr. Karr im Hintergrund bleiben. Es ist meine Aufgabe, Störungen von ihm fernzuhalten und ihn nach außen hin zu beschützen.«
Tragg atmete tief ein und sah Karr an, der mißbilligend zu Blaine sagte: »Sie hätten Ihr Geschwätz für sich behalten können. Wie kommen Sie auf solche verrückte Ideen?«
Blaine zuckte die Achseln und meinte: »Sie haben mich zwar angestellt und bezahlen mich nicht schlecht, aber das bedeutet noch nicht, daß ich für alles meinen Kopf hinhalte. Und mit der Polizei möchte ich es nicht verderben.«
»Und wenn ich fragen darf«, fragte Karr kühl, »woher wissen Sie das alles? Rumgeschnüffelt, he?«
»Ich brauchte gar nicht zu schnüffeln. Sie haben es mir selbst gesagt.«
»Ich?«
»Nicht direkt. Und auch nicht auf einmal. Aber bedenken Sie,

daß ich früher Polizist und Detektiv war. Ich kann mir auch aus unzusammenhängenden Einzelheiten ein Bild machen.«
Tragg stand auf und ging zum Fenster. Er hatte die Hände in den Hosentaschen. Nach einer Weile drehte er sich um und sagte zu Perry Mason: »So wie ich die Sache sehe, laufen wir im Kreis, Mason. Immer wenn Sie in Erscheinung treten, führen uns unsere Ermittlungen wieder an den Ausgangspunkt zurück. Wenn das ein Zufall sein sollte, dann ist das ein verdammt unangenehmer Zufall.«
»Da wir gerade vom Zufall reden«, erwiderte Mason. »Sind Sie nur zufällig hier, oder wußten Sie, daß Sie Miss Wickford hier treffen und Informationen über Karrs Vergangenheit erhalten würden?«
Doris Wickford gab die Antwort. »Lieutenant Tragg kann gar nicht gewußt haben, daß ich hier bin. Ich wußte ja selbst nicht, wohin Sie mich führen würden.«
»Ich bin gekommen, um Fragen zu stellen«, unterbrach Tragg.
»Genau«, konterte Mason, »und zwar wichtige Fragen, die nur durch die aufschlußreichen Informationen über Karrs Teilhaber in den Hintergrund gedrängt wurden. Nun frage ich mich, was war der wirkliche Grund Ihres Besuches? Oder müssen wir Miss Wickford als geheime Assistentin betrachten?«
»Um die Wahrheit zu sagen, Mason, wollte ich mich nach einem Telefonapparat erkundigen.«
»Was für ein Telefon?« fragte Mason.
»Ein Apparat, der weit mehr ist, als er auf den ersten Blick zu sein scheint. Mr. Karr dürfte sich auch dafür interessieren.«
»Ich interessiere mich überhaupt nicht für Telefone«, sagte Karr abgespannt. »Ich fühle mich nicht wohl. Die Aufregungen dieses Nachmittags sind mir keineswegs gut bekommen.«
»Sie sollten zu Bett gehen, gleich jetzt«, sagte Gow Loong.
»Moment mal«, warf Tragg ein. »Ich bin noch nicht fertig! Und zwar handelt es sich um das Telefon.«
»Was für ein Telefon?« fragte Karr mit schwacher Stimme.
»Wir haben allen Grund anzunehmen, daß der Mörder den Telefonhörer zu einem ganz bestimmten Zweck berühren mußte.«
Bei diesen Worten versuchte Mason, Traggs Blick auszuweichen.
»Vielleicht wollte er anrufen«, meinte Karr. »Dazu muß man

bekanntlich den Hörer abheben.«
Tragg achtete nicht auf Karrs Sarkasmus und sagte erläuternd: »Bei unserer ersten Untersuchung bemerkten wir nur einen Apparat mit farbigen Fingerabdrücken. Als wir uns eingehender mit ihm befaßten, fanden wir zumindest recht merkwürdige Dinge. Zunächst mal war das Telefon auf der Unterlage festgeschraubt, was uns stutzig machte. Dann entdeckten wir ein kleines Loch an der Basis, das bei oberflächlicher Betrachtung überhaupt nicht auffällt. Auch das Tischchen, auf dem der Apparat befestigt war, wurde von Schrauben am Fußboden festgehalten; weder Tisch noch Telefon konnten bewegt werden. Der Apparat enthielt an seiner Basis eine raffinierte Alarmanlage. Ein unsichtbarer Lichtstrahl kam aus dem kleinen Loch, der nur durch einen Schalter auf der anderen Zimmerseite oder durch das Abheben des Hörers unterbrochen werden konnte. Wer die Anlage ausschalten wollte – mußte zuerst abheben.«
»Interessiert mich nicht im geringsten«, sagte Karr. »Warum erzählen Sie mir das?«
»Weil die Alarmglocke, die durch die Anlage in Betrieb gesetzt wurde, genau unter Ihrem Schlafzimmerfenster an der Wand befestigt ist, Mr. Karr!«
Karr packte die Armlehnen seines Rollstuhls so fest, daß die Sehnen unter der Haut hervortraten. »Eine Alarmglocke, mit Summton? Also das war es!«
»Was meinen Sie?«
»Davon muß ich aufgewacht sein. Ich hörte einen eigenartigen, hohen Summton, der mich an das Sirren einer Mücke erinnerte. Im Halbschlaf dachte ich, es sei eine Mücke im Zimmer, bemerkte jedoch bald, daß der unangenehm durchdringende Ton von außen kam.«
»Wie lange dauerte er?« fragte Tragg.
»Ich weiß nicht. Nachdem ich wach war, nicht mehr sehr lange.«
»Wieviel später hörten Sie die Schüsse?«
»Es war nur ein Schuß«, erklärte Karr mit fester Stimme.
Tragg seufzte: »Ich dachte mir doch, daß der zweite Schuß Mr. Masons Hirn entsprungen war!«
»Sie irren sich«, erwiderte Karr gereizt. »Zuerst dachte ich, es seien zwei Schüsse gewesen, was ich auch Mr. Mason erzählte. Aber später kam ich zu dem Schluß, daß es nur ein Schuß war,

der vielleicht von den Mauern des Nachbarhauses als Echo zurückgeworfen wurde.«
»Und der Summton?« Tragg blieb hartnäckig.
»Der Summton hörte einige Minuten nach dem Schuß auf.«
»Denken Sie scharf nach. Haben Sie ihn seither noch einmal gehört?«
»Nein«, sagte Karr bestimmt. »Ich habe ihn nicht mehr gehört.«
Tragg sah ihn ernsthaft an und meinte: »Es wäre einfacher gewesen, wenn Sie mir das alles schon bei meinem ersten Besuch erzählt hätten.«
Karr starrte zurück und sagte: »Und Sie hätten mir das von dem Telefonhörer sagen können.«
»Damals wußte ich noch nichts von der Alarmanlage.«
»Und ich konnte nicht wissen, daß das Summen so wichtig war.«
»Es fiel also nur ein Schuß?«
»Ja.«
»Wissen Sie, wie spät es war?«
»Nicht genau. Es war nach Mitternacht; jedenfalls noch vor ein Uhr. Aber entschuldigen Sie mich jetzt bitte, Lieutenant, ich brauche dringend Ruhe. Ich habe mir ohnehin schon zuviel zugemutet.«
Ohne jedes weitere Wort griff Karr nach den Gummirädern seines Rollstuhls. Aber Gow Loong kam ihm zuvor und schob den Stuhl aus dem Zimmer.
Doris Wickford wandte sich an Mason: »Offensichtlich wird es lange dauern, bis diese Angelegenheit geregelt ist.«
Rodney Wenston schüttelte den Kopf. »Ich kenne den alten Herrn«, sagte er. »Drängen Sie ihn nicht. Er wird nicht den kleinen Finger bewegen, wenn er glaubt, daß man ihn antreiben will.«
Lieutenant Tragg sagte leichthin zu Mason: »Anscheinend häufen sich die Zufälle. Jedesmal, wenn ich herkomme, treffe ich Sie hier an.«
Mason lachte. »Jedesmal, wenn ich meinen Klienten sprechen will, fallen Sie zur Tür herein. Langsam muß ich annehmen, daß Sie mich beschatten lassen.«
»Wär keine schlechte Idee.«
Tragg machte Anstalten zu gehen, drehte sich aber noch mal um und sagte zu Mason: »Leider muß ich den jungen Gentrie

wegen Mordverdachts festnehmen lassen.«
»Welcher Mord?« fragte Mason.
Tragg lächelte süßsauer. »Sie dachten wohl, ich gehe Ihnen auf den Leim, was? Aber beruhigen Sie sich. Als wir die Leiche von Mrs. Perlin fanden, untersuchten wir das Haus und seine Umgebung äußerst gründlich. Im Aschenkasten des Ofens machten wir eine interessante Entdeckung: verkohlte Kleiderreste, Knöpfe, Überbleibsel von einem Paar Schuhe. Die Analyse konnte Blutflecke auf ihnen feststellen. Vielleicht gibt Ihnen das zu denken, Mason. Aber jetzt verzeihen Sie, ich muß mich beeilen, wenn ich den jungen Gentrie noch im Geschäft antreffen will.«

14

Kurz nach fünf rief Mason Della Street im Büro an.
»Sind Sie fertig?« fragte er.
»Ich habe auf Sie gewartet. Wie ist es abgelaufen?«
»Ach, wie gewöhnlich. Wollen Sie mitkommen?«
»Wohin?«
»Nach San Francisco.«
»Wann?«
»Jetzt gleich mit dem 6-Uhr-Flugzeug. Wir treffen uns auf dem Flughafen.«
»Ich ziehe nur mal die Lippen nach und mache mich auf den Weg.«
»Machen Sie fix. Ihren Flugschein hinterlege ich am Schalter.«
»Also bis gleich«, grüßte Della und legte auf.
Am Flughafen herrschte der übliche Spätnachmittagstrubel. Der Lautsprecher verkündete röhrend, daß die 6-Uhr-Maschine nach San Francisco zum Start bereitstehe. Mason, der schon innerhalb der Barriere stand, sah Della Street eilig durch die Tür kommen. Sie bekam ihr Flugbillett am Schalter und holte Mason am Flugzeug ein.
»Gerade noch geschafft«, sagte sie atemlos. »Die Straßen waren natürlich verstopft. Warten Sie schon lange?«
»Viertelstunde. Was im Büro?«
»Nein. Drake nahm die dritte Kopfschmerztablette, als ich mich

bei ihm abmeldete.«
»Sagten Sie ihm, wohin wir fliegen?«
»Nein.«
Sie setzten sich bequem zurecht und schnallten sich an.
»Mir macht der Augenblick noch immer Spaß, an dem sich die Maschine vom Boden abhebt«, sagte Mason und beugte sich zum Fenster vor, als der Erdboden immer schneller an ihnen vorbeisauste und schließlich zurückblieb. Die Sonne ging eben unter und färbte die Westwolken über der See zu goldenen Kulissen. In den Häusern und auf den Straßen tief unter ihnen blinkten die ersten Lichter auf; farbige Neon-Reklamen flackerten. Dann blieben alle Wahrzeichen der Zivilisation hinter ihnen; das Flugzeug überquerte ein von Buschwerk und niedrigen Bäumen überwachsenes Gebirge, dessen dunkle Täler und Schluchten vom diffusen Licht des Himmels abstachen. Als es völlig dunkel wurde, lehnte sich Mason zurück und sagte zu Della: »Ich mag diese Flugstrecke.«
»Was ist eigentlich los?« fragte Della.
»Kurz nachdem ich Sie verlassen hatte, stieß ich auf Tragg. Ich redete mit ihm. Dann hab ich mir ein paar Zeitungen aus San Francisco besorgt.«
»Und wie war es bei Karr?« erkundigte sich Della neugierig. »Machte das Mädchen einen guten Eindruck?«
»Sieht so aus. Nur der chinesische Diener ist anderer Meinung.«
»Warum?«
»Ich weiß nicht«, erwiderte Mason.
»Hat sich etwas herausgestellt?«
»Der Vater des Mädchens war unter dem Namen Dow Tucker eine Teilhaberschaft mit Elston Karr eingegangen. Später kam noch ein dritter Partner hinzu, der sie um den Gewinn brachte. Tucker wurde entweder hingerichtet oder ermordet. Karr gelang die Flucht. Er konnte sogar noch einen Teil des Geldes retten.«
»Und wie hieß der geheimnisvolle Dritte?« fragte Della. »Oder spielt das keine Rolle?«
»Robindale E. Hocksley.«
Della richtete sich verdutzt auf und sah Mason an.
»Und Karr wollte das nicht zugeben?«
»Doch.«
»Dann hat Karr jetzt den Schwarzen Peter. Dadurch wird er

logischerweise zum Hauptverdächtigen!«
»Sie vergessen die Fingerabdrücke auf dem Telefonhörer«, warf Mason ein. »Die sind von Gentrie junior. Das bringt Lieutenant Tragg in Verlegenheit.«
»Und mit diesem Ausflug wollen Sie ihm zuvorkommen?«
»Nicht unbedingt. Das ist eine Sache für sich.«
»Soll das heißen, daß alle meine Bemühungen vergeblich sind, den Zweck unserer Reise herauszubekommen?«
»Nicht böse sein«, bat Mason lächelnd. »Wenn ich recht habe, werden Sie eine eindrucksvolle Schau erleben. Vielleicht bin ich aber auch auf dem Holzweg.«
»Und was ist mit Lieutenant Tragg?«
»Er sitzt mir hart auf den Fersen. Wenn ich nicht kurzen Prozeß mache, überholt er uns.«
»Und das ist der kurze Prozeß?«
»Ja.«
Mason legte den Kopf auf das Nackenpolster und schloß die Augen. Della Street betrachtete einige Augenblicke sein Profil und lehnte sich dann ebenfalls zurück. Masons Hand glitt über die Lehne und legte sich auf ihre. »Liebes Mädchen«, sagte er und versank in leichten Schlaf.
Die Maschine setzte sanft auf dem Rollfeld von San Francisco auf und lief aus. Nach den nötigen Formalitäten gingen Mason und Della Street zum Taxistand. Ein Fahrer mit blauer Mütze wartete auf sie. »Mr. Mason?« fragte er und tippte mit zwei Fingern an den Schirmrand. Mason nickte.
»Der Wagen wartet auf Sie.«
»Wir müssen noch eine Weile warten.«
Der Fahrer öffnete die Tür.
»Vermutlich wird es noch etwas dauern«, sagte Mason zu Della.
»Wie lange?«
»Eine Stunde, vielleicht länger.«
»Hat das hier etwas mit unserem lispelnden Piloten Rodney Wenston zu tun?« fragte Della neugierig. »Haben Sie übrigens bemerkt, daß es ihm gar nicht gefiel, als sich die Unterlagen des Mädchens als echt herausstellten?«
»Jedenfalls sah er nicht gerade freudig aus.«
Mason schmunzelte vor sich hin.
»Anscheinend hat er Angst, das Auftauchen dieses Mädchens könnte sein Erbe schmälern. Das heißt, wenn er Karrs Erbe ist –

und wenn bis dahin noch etwas zu erben bleibt.«
Mason wandte sich an den Fahrer. »Könnten wir uns so stellen, daß man den Flugplatz übersieht, aber selbst möglichst nicht auffällt?«
»Ich kann dort hinten an den Zaun heranfahren«, meinte der Taxifahrer.
»Gut. Haben Sie ein Radio?«
»Ja. Möchten Sie einen bestimmten Sender hören?«
»Nur ein wenig Konzertmusik. Bleiben Sie bitte startbereit.«
Der Fahrer lenkte den Wagen zu einer dunklen Stelle am Zaun und schaltete das Radio ein. Mason lehnte sich entspannt zurück und zündete sich eine Zigarette an. Während er Musik hörte, glätteten sich seine Stirnfalten.
Eine halbe Stunde verstrich. Das Konzert war aus. Der Fahrer drehte sich mit einem fragenden Blick zu Mason um.
»Aufpassen!« rief Mason. Blitzschnell wechselte der Ausdruck in seinem Gesicht. Seine Züge strafften sich. Er beugte sich vor und ließ sich auf ein Knie fallen, um die landende einmotorige Maschine besser beobachten zu können.
»Fahren Sie an, und schalten Sie das Radio aus«, sagte Mason.
Die Räder des Flugzeugs rollten auf der Landepiste aus.
Der Fahrer ließ den Motor an.
Della Street sah auf Mason und dann wieder auf das Flugzeug. Mason ließ die Maschine nicht aus den Augen. Er sah aus wie ein Sprinter, der auf den Startschuß wartet.
»Nettes Maschinchen«, sagte der Fahrer, der Masons Interesse bemerkt hatte. Der Anwalt hörte ihn nicht mal.
Die Maschine rollte ganz in die Nähe des geparkten Autos. Eine Tür im Zaun wurde geöffnet; eine langgestreckte hellgraue Limousine mit Blinklicht fuhr hinein.
»Ein Krankenwagen?« fragte Della Street.
Mit einer Handbewegung bedeutete ihr Mason zu schweigen, ohne seine Augen von dem Wagen abzuwenden.
Die Ambulanz hielt an, wendete und fuhr rückwärts an das Flugzeug heran. Der Fahrer sprang heraus und riß die Hintertür auf. Da der Wagen das Flugzeug verdeckte, konnte Mason nicht beobachten, was dort vorging.
»Halten Sie sich bereit«, sagte er zum Taxifahrer. »Sie werden sich beeilen müssen. Kümmern Sie sich nicht um die Geschwindigkeitsvorschriften. Ich bezahle alle Strafgelder.«

Der Fahrer sah ihn bedenklich an. »Sie wollen doch nicht, daß ich dem Krankenwagen da nachfolge?« fragte er.
»Doch.«
»Er wird die Sirene und das Blaulicht einschalten und sich nicht an die Signale halten.«
»Bleiben Sie ganz eng hinter ihm.«
»Man wird mich bestrafen.«
»Nicht, wenn Sie dicht genug hinter ihm fahren. Die Polizisten werden denken, daß Verwandte einen sterbenden Angehörigen begleiten.«
»Und was wird der Fahrer des Krankenwagens denken?«
»Mir egal. Ich will nur wissen, wohin er fährt. Los jetzt, er kommt.«
Die Türen des Krankenwagens wurden zugeschlagen. Der Fahrer sprang hinter das Steuerrad, das Fahrzeug setzte sich in Bewegung.
Masons Fahrer schaltete und sagte über seine Schulter: »Ich weiß nicht recht. So etwas kann...«
»Machen Sie Platz«, kommandierte Mason. »Ich werde jetzt fahren.«
»Das kann ich nicht. Sie dürfen nicht...«
»Wenn ich Sie jetzt mit einem Schraubenschlüssel bedrohe, dürfen Sie dann? Also gut, wenn man uns schnappt, können Sie sagen, Sie hätten mir den Wagen in Todesangst überlassen, weil ich unterwegs verrückt geworden wäre. Los, machen Sie schon!«
Der Fahrer hielt und rutschte auf den Nebensitz.
»Ich mag so was nicht. Sie haben ja nicht mal einen Schraubenschlüssel!«
Mason schwang seine langen Beine über den Vordersitz und setzte sich hinter das Lenkrad. Gleichzeitig schaltete er den zweiten Gang ein und trat auf das Gaspedal. Der Wagen schoß nach vorn. Mason riß ihn herum, legte den höchsten Gang ein und hängte sich hinter den Ambulanzwagen. Seine Rücklichter zogen rote Streifen durch das Dunkel. Eine Sirene schrillte auf. Mason blieb dicht hinter dem Krankenwagen und folgte ihm in der Schneise, die der Sirenenton und das Blaulicht im Verkehrsgewühl frei machten.
Der Taxifahrer klammerte sich mit beiden Händen fest.
»Großer Gott«, stöhnte er. »Das ist ja schlimmer, als ich dachte.«

Manchmal preßte er instinktiv den Fuß gegen die Vorderwand. Einmal, als ein Zusammenstoß unvermeidlich schien, griff er nach dem Zündschlüssel. Mason schlug seine Hand beiseite, trat das Gaspedal durch und fegte um Haaresbreite an dem entgegenkommenden Wagen vorbei.

»Seien Sie kein Narr«, knurrte er. »Ich weiß, was ich tue.«

Della Street hielt sich hinten an der Handschlaufe fest und stemmte die Hacken gegen den Vordersitz. Mit funkelnden Augen blickte sie hinaus in das Kaleidoskop des vorbeisausenden Verkehrs. Der Fahrer, der sich zu ihr umgedreht hatte, unterließ bei ihrem Anblick sein Vorhaben und beschränkte sich darauf, den Halt nicht zu verlieren.

Endlich verlangsamte der Krankenwagen seine Fahrt vor der roten Backsteinwand eines Krankenhauses, wo er vor der Unfallstation hielt.

Mason lenkte den Wagen um die nächste Ecke und hielt an.

»Hier ist der Schraubenschlüssel«, sagte er zum Fahrer, »mit dem ich Sie bedroht habe.« Er gab ihm drei Zehndollarnoten.

Der Fahrer steckte das Geld wortlos in die Tasche.

»Stimmt es so?« fragte Mason.

Der Fahrer versuchte zu sprechen, aber seine Stimme klang wie ein heiseres Husten. Er atmete tief ein und sagte schließlich: »Geht in Ordnung, aber noch mal mach ich das nicht.«

Mason stieg aus und hielt Della Street die Tür auf.

Zusammen betraten sie das Krankenhaus. Mason ging auf den Schalter zu und sagte: »Ich soll eine Auskunft geben über den Unfallkranken, den man gerade eingeliefert hat. Es ist eine wichtige Sache, die der behandelnde Arzt unbedingt wissen muß.«

»Worum handelt es sich?«

»Ich sagte schon, eine Auskunft über den Gesundheitszustand des Patienten. Kann ich den Arzt sprechen?«

»Er bereitet sich auf die Operation vor. Der Patient wurde von Los Angeles herübergeflogen. Es ist sehr dringend.«

»Wie heißt der Arzt? Ich hab seinen Namen am Telefon nicht deutlich verstanden.«

»Dr. Sawdey.«

»Ach ja. Kann ich hier warten? Oder vielleicht sollte ich lieber mit der Stationsschwester sprechen. In welches Zimmer kommt er?«

»Moment mal«, sagte sie und stöpselte eine Verbindung. Dann fragte sie in den Hörer: »In welches Zimmer wird Carr Luceman gelegt? Der Unfallpatient, der eben eingeliefert wurde. Von Dr. Sawdey. Ja.«
Sie zog den Stöpsel wieder heraus und sagte: »Der Patient kommt auf Zimmer Nr. 304. Gehen Sie in den dritten Stock und sagen Sie der Schwester, weshalb Sie Dr. Sawdey so dringend sprechen müssen.«
»Vielen Dank«, sagte Mason höflich und zog Della Street zum Aufzug.
Im Korridor des dritten Stocks suchte Mason nach Zimmer 304 und ging weiter bis zum Treppenhaus.
»Wir wollen hier mal ein wenig warten«, sagte er und lehnte sich gegen die Wand. Eine Schwester mit frisch gestärkter Schürze rauschte vorbei und verschwand hinter der Tür von 304. Wenig später folgte ihr ein Mann mittleren Alters, der einen dunklen Anzug trug. Nach einiger Zeit kam der Mann wieder heraus.
Als endlich auch die Schwester herauskam, berührte Mason Dellas Arm. »Kommen Sie«, sagte er.
Vor Zimmer 304 blieben sie stehen. Auf der Tür war ein Schild angebracht: Besuch strengstens verboten.
Mason drückte leise die Klinke nieder. Man erkannte die magere Gestalt eines Mannes, über der sich die weißen Bettlaken kaum merklich bauschten. Er lag unbeweglich und hielt die Augen geschlossen. Mason erkannte das Gesicht Elston A. Karrs.
Er sah, wie sich die Brust des Kranken gleichmäßig hob und senkte. Die unnatürliche Schlafhaltung ließ vermuten, daß er unter der Einwirkung von Betäubungsmitteln stand.
Mason schloß vorsichtig die Tür, nahm Della Street bei der Hand und schlich auf Zehenspitzen den Korridor entlang.
»Was soll denn das bedeuten?« fragte Della im Lift.
»Können Sie sich das nicht denken?«
Sie schüttelte den Kopf.
»Dann warten Sie noch ein wenig«, sagte Mason lächelnd. »Ich möchte meinen Ruf als Prophet nicht aufs Spiel setzen. Wahrscheinlich werden wir noch heute abend diesem Dr. Sawdey einen Besuch abstatten.

15

Das Taxi hielt vor einem großen Zeitungsgebäude. Ein hellerleuchtetes Fenster zeigte an, wo die Annahmestelle für Anzeigen war. Zwei junge Damen nahmen die Wünsche der Kunden entgegen; allerdings waren um diese Zeit nicht viele da.
Mason bezahlte die Taxe und sagte zu Della: »Kommen Sie, Sie können mir jetzt helfen.«
Eine der jungen Damen trat auf sie zu und sah sie munter an.
»Was kann ich für Sie tun?« fragte sie.
»Ich möchte die Zeitungen der vergangenen Woche durchsehen.«
Sie griff unter das Pult und zog einen großen Hefter mit Zeitungen hervor.
»Haben Sie nicht zwei davon?« bat Mason. »Meine Sekretärin könnte mir helfen.«
»Sie wollen sie hier im Büro durchsehen?«
»Ja.«
Sie ging ein Stück weiter und zog noch einen Hefter gleicher Art heraus, den sie Della Street gab.
»Was suchen wir überhaupt?« fragte Della.
»Ich kann nicht versprechen, daß wir etwas finden. Es muß ein kleiner Artikel auf einer ›Bunten Seite‹ stehen, der über den Revolverunfall eines Mr. Luceman berichtet, wahrscheinlich in humorvollem Ton. Waffe fällt auf den Boden und geht los, oder etwas in dieser Art. Dr. L. O. Sawdey leistete ihm die Erste Hilfe.«
Della Street starrte ihren Chef an. Langsam glitt der Ausdruck des Verstehens auf ihr Gesicht.
»Meinen Sie damit, daß ...«
»Im Augenblick meine ich gar nichts. Wir wollen zuerst die Tatsachen klarstellen und dann die Schlüsse daraus ziehen.«
Mason vertiefte sich in die Lektüre der Zeitungen. Es war jedoch Della Street, die auf den Bericht stieß. »Hier ist es«, sagte sie. Mason schaute ihr über die Schulter, während er las:

»EINBRECHER« VERLANGT MILCH UND SCHIESST HAUSHERRN INS BEIN

Für Carr Luceman, Delington Avenue 1309, begann dieser Tag

mit einer Pechsträhne. Morgens um zwei Uhr hörte er an der Hintertür ein Geräusch, als ob sich ein Einbrecher daran zu schaffen machte.
Luceman stand auf. Trotz seines Alters von 65 Jahren beschloß er, nicht die Polizei zu rufen, sondern dem Dieb auf eigene Faust einen Denkzettel zu verpassen. Wie er selbst sagte: »Ich wollte ihn ja gar nicht verletzen, sondern ihm nur einen gehörigen Schrecken einjagen.«
Er nahm seinen Revolver aus der Schreibtischschublade und zog ein Paar Hausschuhe mit Fellsohlen an. Geräuschlos schlich er sich in die Küche. Unterwegs hörte er wieder ein leises Schaben am Küchentürfenster.
Luceman entsicherte seinen Revolver. Als er näher kam, sah er einen Schattenriß im Fenster – und legte lachend die Waffe auf den Küchentisch. Der Einbrecher entpuppte sich als Lucemans Katze. Er hatte abends zuvor vergessen, ihr ein Schälchen warme Milch bereitzustellen; das hungrige Tier war gegen die Küchentür gesprungen und hatte mit seinen Krallen das kratzende Geräusch verursacht.
Luceman ließ die Katze herein und wandte sich zum Kühlschrank. Als er die Milchflasche auf den Tisch stellen wollte, sprang die Katze hinauf und stieß den Revolver von der Tischkante. Luceman ließ die Flasche fallen, um die Waffe aufzufangen, bevor sie auf den Boden fiel. Es war zu spät. Sie entlud sich, und die Kugel schlug eine schmerzhafte Wunde in seinen rechten Oberschenkel. Die erschreckte Katze sauste hinaus, und Luceman versuchte kriechend das Telefon zu erreichen. Unterwegs verlor er vor Schmerz und Blutverlust sein Bewußtsein, so daß er erst einige Stunden später Dr. L. O. Sawdey, einen Arzt in der Nachbarschaft, verständigen konnte. Luceman wird einige Zeit das Bett hüten müssen. Komplikationen sind jedoch nicht zu befürchten, da die Kugel keine wichtigen Adern verletzt hat. Der »Einbrecher« hat sich seitdem nicht mehr sehen lassen. Vielleicht hat sich das Tier ein Herrchen gesucht, das ihm seine Milchration weniger umständlich verabreicht.

Mason blickte vielsagend zu Della Street und ging lächelnd zum Anzeigenschalter.
»Kann ich ein Exemplar dieser Ausgabe haben?« fragte er. »Ich

möchte ein paar Anzeigen beantworten.« Er legte das Geld auf die Glasplatte und bekam kurz darauf die gewünschte Zeitung. Mason bedankte sich und ging mit Della Street zum Taxi. »Nein. Ich bleibe bei Ihnen. Brauchen wir das Taxi noch?«
»Wir müssen uns jetzt mal mit diesem Dr. Sawdey unterhalten. Er ist sicher schon aus dem Krankenhaus zurück«, meinte er.
Wenig später klingelte Mason an Dr. Sawdeys Haustür. Nach einigen Augenblicken öffnete ihnen der Mann, den sie schon im Krankenhaus gesehen hatten.
»Dr. Sawdey?« fragte Mason.
Der Arzt nickte und sah befremdet von Mason zu Della Street und von da auf die Straße, wo das Taxi wartete.
»Es ist spät«, sagte er. »Nur in äußerst dringenden Fällen...«
»Wir wollen Sie nicht lange aufhalten«, sagte Mason. »Es handelt sich um meinen Freund Carr Luceman. Ich bleibe nur kurz und wollte ihn besuchen. Wie ich hörte, hatte er einen Unfall, und Sie leisteten ihm Erste Hilfe. Wo kann ich ihn finden?«
»Er liegt im Parker-Memorial-Krankenhaus. Leider darf er keine Besucher empfangen.«
Mason zeigte sich enttäuscht. »Wir hatten fest abgemacht, uns zu treffen. Ich bleibe nur noch morgen hier. Kann ich ihn nicht einmal kurz sehen?«
»Ich fürchte, nein. Er hat sich übernommen. Ich warnte ihn gleich zu Anfang, sich nicht zuviel zuzumuten, wenn er Komplikationen vermeiden wolle. Er hat nicht auf mich gehört und muß sich jetzt einige Tage lang absolut ruhig verhalten.«
»Vielleicht könnte ich noch bis übermorgen bleiben«, sagte Mason unentschlossen.
»Leider muß ich Sie enttäuschen. Mr. Luceman braucht mindestens drei Tage völliger Abgeschlossenheit.«
»Mein Gott, das ist mir aber peinlich«, sagte Mason. »Ich werde ihm schreiben. Schade, daß wir uns nicht treffen konnten. Kennen Sie ihn schon länger, Doktor?«
»Er hat mich ein paarmal aufgesucht«, sagte Dr. Sawdey reserviert.
»Hoffentlich wirkt sich der Unfall nicht schädlich auf seine sonstige Gesundheit aus. Wie geht es ihm mit den Beinen?«
»In seinem Alter kann man keine raschen Fortschritte mehr erwarten«, gab der Arzt zu bedenken. »Aber Sie sollten sich

darüber am besten schriftlich mit Mr. Luceman unterhalten. In ein bis zwei Tagen hat sich sein Zustand sicherlich soweit gebessert, daß er Briefe empfangen und beantworten kann. Aber jetzt entschuldigen Sie mich bitte; ich hatte heute einen schweren Tag und muß morgen wieder früh am Operationstisch stehen.«

»Es tut mir leid, daß wir Sie gestört haben, aber ich war so besorgt. Wissen Sie, ich war mal eng befreundet mit Mr. Luceman.«

»Wenn Sie mir Ihren Namen sagen, könnte ich einen Gruß...«

Aber Mason war schon auf dem Gehsteig. »Ich bitte nochmals um Entschuldigung wegen der Störung, Herr Doktor.«

Dr. Sawdey schloß die Tür.

»Haben Sie Hunger, Della?« fragte Mason, als sie wieder vor dem Taxi standen.

»Ich könnte etwas vertragen«, gab sie zu.

»Ich bin noch gar nicht hungrig. Außerdem möchte ich wissen, ob Dr. Sawdey in der nächsten halben Stunde ausgeht. Wissen Sie was? Fahren Sie voraus ins *Locarno Grill.* Ich komme in einer halben Stunde nach.«

Della sah ihn forschend an.

»Was gefällt Ihnen nicht?« fragte Mason harmlos.

»Dr. Sawdey wird nur auf einen dringenden Ruf das Haus verlassen. Wollen Sie ihm folgen?«

»Ich will nicht wissen *wohin,* sondern *ob* er ausgeht.«

Della legte die Hand auf Masons Arm. »Sie führen doch was im Schilde, und ich würde mich nicht wundern, wenn das ein Einbruch wäre.«

»Wie kommen Sie denn auf die Idee?«

»Dumme Frage!«

»Es ist ein Verbrechen; gefährlich ist es obendrein. Wenn man uns erwischt, können wir uns auf nichts herausreden.«

»Deswegen brauchen Sie eine Komplizin.«

»Nein. Das Risiko ist mir zu groß. Sie gehen jetzt schön in das Restaurant.«

»Nein. Ich bleibe bei Ihnen. Brauchen wir das Taxi noch?«

»Nein.« Mason ging zum Fahrer und gab ihm einen Schein. »Behalten Sie den Rest. Wir müssen noch warten, bis der Doktor das Rezept ausgestellt hat. Solange spazieren wir ein bißchen.«

»Ich kann warten«, sagte der Fahrer. »Wenn es nur ein paar

Minuten dauert?«
»Nein, danke. Danach wollen wir noch Freunde hier in der Nähe besuchen.«
Der Fahrer griff an den Mützenrand und fuhr davon.
»Also los«, sagte Della Street. »So leicht kommt man auf die schiefe Bahn. Als Komplizin muß ich wohl Rotwelsch lernen und den Mund beim Sprechen schiefhalten. Was bin ich überhaupt, eine Taschendiebin?«
»Nein«, sagte Mason. »Sie sind ein Flittchen, das mir Schmiere steht.«
Della wackelte aufgeregt mit den Hüften und sagte aus dem Mundwinkel heraus: »Hör zu, Junge, ich will dir mal was sagen. Wenn du der Polente entwischen willst, stell ich mich breit vor den Bullen hin, gucke ihm tief in die Augen und...«
»... und werden wegen Belästigung eines Polizeibeamten im Dienst eingelocht«, warf Mason lachend ein.
»Na und? Schon mal jemanden gesehen, der gegen mein Mundwerk ankommt? Vor mir ham se alle Angst hier im Viertel. Also was is, willste das Ding nu drehn oder haste Schiß? Is ja nich dein erster Einbruch...«
Sie hörte auf, als sie jemanden hinter sich erschreckt nach Atem schnappen hörte. Sie sah sich um. Mason verzog seinen Mund zu einem breiten Grinsen. Hinter ihr stand ein älterer Herr, der sich auf Gummisohlen geräuschlos genähert hatte und sie nun mit unverhohlenem Entsetzen anstarrte. Er murmelte »Pardon« und lief in einer Gangart weiter, die zusehends in Laufschritt überging.
»Du lieber Himmel«, stöhnte Della auf. »Meinen Sie, daß er etwas mitgekriegt hat?«
»Mitgekriegt ist wohl nicht der richtige Ausdruck.« Mason verschluckte sich vor Lachen. »Er hat jedes Wort gehört.«
»Wo kam er denn so plötzlich her?«
»Ich weiß nicht. Ich sah mich zufällig um, als er uns eben überholen wollte. Er sah aus, als ob er gerade seinen Steuerbescheid erhalten hätte.«
»Glauben Sie, daß er uns verfolgt?«
»Kaum.« Mason schüttelte entschieden den Kopf. »Das war ein braver Bürger, der hier in der Nachbarschaft wohnt. Sie haben ihm für den Rest des Abends etwas zu denken gegeben.«
»Ich hatte mich so schön in meine Rolle hineingesteigert«,

entschuldigte sich Della. »Mein Gang allein muß ihn schon stutzig gemacht haben. Ich kam mir vor wie Fatima in der Türkischen Revue.«
»Nun kann er wenigstens seinen Freunden erzählen, er hätte ein Gaunerpärchen auf frischer Tat ertappt. Welche Nummer hat Lucemans Haus?«
»Delington 1309.«
»Das muß im nächsten Häuserblock sein. Wenn ich drin bin, bleiben Sie an der Bordkante stehen. Sobald Sie jemanden auf der Straße kommen sehen, gehen Sie zur Tür und klingeln einmal. Beeilen Sie sich nicht. Bleiben Sie ganz ruhig. Und sehen Sie sich nicht um.«
»Einmal klingeln?« fragte sie.
»Ja. Wenn jemand auf das Haus zukommt, klingeln sie dreimal kurz, drehen sich um und gehen weiter. Wenn derjenige nahe an Ihnen vorbeikommt, können Sie lächelnd sagen: ›Scheint niemand da zu sein.‹ Dann gehen Sie zum Nachbarhaus, klingeln da und fragen, ob sie Leser des *Chronicle* sind. Sprechen Sie so laut, daß man Sie weithin versteht.«
»Und wenn er sofort hineingeht?«
»Die drei kurzen Klingeltöne geben mir Zeit genug, um mich zu verstecken oder zu entwischen.«
»Viel Zeit haben Sie aber nicht«, meinte Della besorgt.
»Es ist ja auch nur eine Sicherheitsmaßnahme. Ich muß wahrscheinlich die Taschenlampe einschalten. Ein Nachbar, der zufällig den Lichtstrahl bemerkt, könnte die Polizei hertelefonieren.«
»Ist das alles?« fragte Della.
»Mir reicht's.«
»Ist das keine Ausrede, um mich herauszuhalten?«
»Nein. Ich werde durch die Hintertür einsteigen und Lucemans Einbrecher zum Leben erwecken.«
Della faßte nach Masons Hand. »Passen Sie auf, Chef«, sagte sie mit belegter Stimme.
»Aber ja. Falls Sie vor mir in die Stadt kommen sollten, finde ich Sie...«
»...im *Locarno Grill* beim dicksten *Filet Mignon* des ganzen Hauses.«
Mason hielt vor einem zweistöckigen Haus. »Hier ist es. Halten Sie die Augen offen; vergessen Sie das Signal nicht.«

Er schlug im Garten einen Bogen und schlich zum Hintereingang des Hauses. Der bleistiftdünne Lichtstrahl seiner Taschenlampe beleuchtete den schmalen Plattenweg, der um das Haus führte.
Bei der Untersuchung der Küchentür stellte sich heraus, daß der Einstieg nicht so einfach war, wie Mason zunächst angenommen hatte. Die Glastür war offen, aber dahinter war eine zweite Tür aus massivem Holz mit schwerem Riegel. Mason prüfte die Fenster; auch die waren weit fester verschlossen als üblich.
Etwas mißmutig kehrte Mason zum Hintereingang zurück. Er rüttelte an der Klinke, die jedoch nicht im geringsten nachgab. Dann ließ er den Strahl seiner Taschenlampe über die oben eingesetzte Glasscheibe gleiten. Plötzlich merkte er, daß ihm jemand zuvorgekommen war.
Um die dicke Glasscheibe herum war der Kitt säuberlich herausgeschnitten worden. Vier kleine Metallstifte in den Ecken hielten die Scheibe an ihrem Platz.
Innerhalb weniger Augenblicke hatte Mason die Stifte entfernt. Mit der Taschenmesserklinge fuhr er in die Ritze zwischen Glas und Rahmen, er ließ die Scheibe sanft in die vorgehaltene Handfläche fallen. Dann griff er durch die entstandene Öffnung und zog den Riegel zurück.
Als die Tür offen war, setzte er das Glasviereck mit den Stiften sorgfältig wieder an seinen Platz. Der Gedanke, daß vor ihm schon jemand auf diese Weise in das Haus eingedrungen war, beunruhigte ihn. Es war saubere Arbeit. Der Kitt war glatt herausgeschnitten, die Stifte unauffällig und fest eingetrieben; ein unbefangener Beobachter merkte nichts.
Als Mason gerade die Tür hinter sich schloß, hörte er das Gellen der Türklingel. Er war so in seine Arbeit vertieft, daß ihn der schrille Ton zusammenzucken ließ. Gespannt horchte er auf jedes Geräusch. Als nichts weiter geschah, verließ er das Haus wieder und ging vorsichtig durch den Garten nach vorn. Er hörte nichts, sah aber auf dem Gehweg einen dunklen Schatten, der im Laufschritt über die Straße kam. Mason konnte die Umrisse des Mannes erkennen, der sie kurz vorher auf der Straße überholt hatte. Wohl ein Nachbar, der einen Brief zur Post gebracht hatte. Mason wagte sich einige Schritte weiter vor und pfiff leise, als er Della vor der Tür stehen sah. Von weitem konnte man denken, sie drücke mehrmals ungeduldig auf den

Klingelknopf.
Sie kam an das Geländer des Treppenabsatzes und flüsterte heiser: »Das war der Kleine von vorher. Er lief wie aus der Pistole geschossen um die Ecke da.«
»Vielleicht wohnt er nebenan. Ich habe die Hintertür aufgekriegt und gehe jetzt hinein.«
»Sollten wir es nicht doch lieber lassen, Chef?«
»Ich will mich nur kurz umsehen. Der Alte hat Sie sicher schon längst vergessen.«
»Ich ihn aber nicht«, sagte sie leise.
»Sie bleiben jetzt besser hier. Wenn unser Freund noch mal vorbeiflitzen sollte und Sie zum zweitenmal auf das Haus zugehen sieht, wird er zweifellos Verdacht schöpfen. Stellen Sie sich in den Schatten; klingeln Sie wie abgemacht. Ich muß wissen, wann jemand auf der Straße ist. Aber werden Sie nicht nervös, wenn ich das Licht einschalte.«
»Was suchen Sie denn überhaupt?«
Mason tat ihre Frage mit einer Handbewegung ab und ging wieder nach hinten. In der Küche schloß er die Tür hinter sich ab. Im Schein der Taschenlampe sah er die übliche Kücheneinrichtung. Der fade Geruch abgestandener Speisen hing noch in der Luft. Die Möbel waren abgenutzt; das Linoleum des Fußbodens zeigte Tretspuren. Nur der Kühlschrank glänzte wie neu. Offensichtlich war er erst vor kurzem angeschafft worden.
Mason dachte an den angeblichen Besuch der Katze und öffnete den Kühlschrank. Darin waren ein Schüsselchen Bohnenreste, eine volle und eine halbgeleerte Milchflasche, ein angekratztes Stück Butter im Originalpapier und kleinere Päckchen, die unverkennbar Käse- und Aufschnittreste enthielten. Mason wußte genug. Die Milch war noch süß; die anderen Nahrungsmittel sahen auch appetitlich aus. Das hatte allerdings nicht viel zu sagen, da der Kühlschrank auf die tiefste Temperaturstufe eingestellt war. Sie konnten ebensogut vorige Woche wie am Tag vorher eingekauft sein. Mason machte die Tür wieder zu und verließ die Küche.
Im Eßzimmer erkannte er beim Schein seiner Lampe eine etwas altmodische Möbelgarnitur und einen neuen, aber billigen Teppich. Irgendwie drängte sich der Eindruck auf, der Besitzer des Hauses habe, nachdem er selbst jahrelang hier gewohnt hatte, nur das Notwendigste angeschafft, um das Haus möbliert

vermieten zu können.
Mason ging weiter ins Wohnzimmer. Die Bücherregale zu beiden Seiten des Kamins reichten bis an die Zimmerdecke. Die Vorhänge waren zugezogen und verdeckten die Fenster, die auf die Straße hinausgingen. Leider sah man die Straßenbeleuchtung von außen herein-, also sicher auch die Taschenlampe hinausscheinen. Della Street konnte ihn zwar vor Spaziergängern warnen, aber die Bewohner der gegenüberliegenden Häuser würden bei einem umherstreifenden Lichtschein unter Umständen Verdacht schöpfen und die Polizei alarmieren. Masons Problem unterschied sich insofern von dem eines gewöhnlichen Einbrechers, daß er nicht so verstohlen wie möglich arbeiten, sondern im Gegenteil möglichst viel von der Einrichtung erkennen wollte.
Kurz entschlossen schaltete er das Licht ein. Er blinzelte im hellen Licht der Lampen und entdeckte eine Leselampe, die er statt der Zimmerbeleuchtung anknipste. Er legte ein Buch offen auf den Tisch und nahm den Hut ab. Er zwang sich zu langsamen Bewegungen, die wie die üblichen Verrichtungen eines Bewohners wirkten.
Ein Wagen fuhr schnell um die Straßenecke. Er hielt mit quietschenden Bremsen. Die Türklingel schellte einmal. Mason blieb unbeweglich stehen.
Er hörte das Zuschnappen einer Autotür. Dann klingelte es dreimal kurz. Mason hörte Schritte im Vorgarten, dann klingelte es noch einmal. Schwere Schritte kamen die Stufen zur Haustür herauf.
Mason dachte an Della Street. Er ging durch den Korridor zur Haustür, löste die Sicherheitskette und schloß auf.
»Guten Abend«, sagte er zu seiner blassen Sekretärin auf der Schwelle. »Was wünschen Sie?« Erst jetzt schien er das Polizeiauto und den breitschultrigen Polizeibeamten in Zivil wahrzunehmen und fragte: »Sind Sie zusammen?«
»Nein«, berichtigte Della Street rasch. »Ich werbe für die Zeitschrift *Chronicle.* Wir haben sehr interessante ...«
»Moment mal, Mädchen«, unterbrach der Beamte.
Della wandte sich zu ihm um und sah ihn feindselig an. »Danke«, sagte sie eisig. »Ich versuche, damit Geld zu verdienen. Und wenn ich auch allein bin, so bedeutet das noch gar nichts für Leute von Ihrer Sorte.«

»Wollen Sie nicht hereinkommen?« sagte Mason. Er sah den Polizisten an: »Und was kann ich für Sie tun?«
Der Beamte folgte Della Street auf den Fersen.
»Hören Sie mal«, sagte Mason entrüstet. »Meine Einladung gilt nur der Damen...«
Der Polizist klappte den Rockaufschlag hoch und ließ ein Abzeichen erkennen. »Was geht hier vor?« fragte er.
Masons Gesicht drückte höchste Verwunderung aus. »Warum? Das müßte ich wohl eher fragen?«
»Wir sind mit einem Funkwagen herbestellt worden. Ein Mann, der hier in dieser Straße wohnt, hat ein Gaunerpärchen belauscht, das einen Einbruch ausheckte.«
Mason sah Della fragend an. »Haben Sie ein Pärchen bemerkt?« erkundigte er sich, »Miss...«
»Miss Garland.«
»Nehmen Sie Platz, Miss Garland. Sie sind sicher um den ganzen Block herumgekommen. Vielleicht haben Sie etwas gesehen?«
»Ein Pärchen habe ich nicht gesehen«, sagte Della nachdenklich. »Aber ein verdächtiges Frauenzimmer. Sie stand hier oben vor der Tür. Ich klingelte gerade nebenan, wo jedoch anscheinend niemand zu Hause ist. Sie kam herauf, blieb eine Weile stehen und ging dann wieder fort. Ein kleiner alter Herr kam gerade vorbeigelaufen und drehte sich nach ihr um, als ob er sie gekannt hätte.«
»Hier vor meinem Haus?« fragte Mason.
»Ja. Aber ich glaube nicht, daß sie geklingelt hat. Sie ging zu schnell wieder weg und verschwand um die Ecke.«
»In welche Richtung?« fragte der Beamte.
»Vorbei an den Kabelwagen.«
»Konnten Sie sie gut erkennen?«
»Sie sah ziemlich aufgetakelt aus«, sagte Della Street. »Schon allein ihr Gang!«
Der Beamte dachte nach und sagte: »Ich muß mich mal um meinen Partner kümmern. Wie kommt man hier zur Hintertür?«
»Hier entlang«, sagte Mason und ging voraus. »Setzen Sie sich doch solange, Miss Garland, ich komme gleich.«
»Ich finde den Weg schon«, meinte der Polizist.
»Ich schalte Ihnen das Licht ein«, sagte Mason und fügte entschuldigend hinzu: »Ich hause hier allein. Forschungsarbeit,

verstehen Sie? Ich fürchte, daß hier und da ein wenig Staub liegt.«
Das aufflammende Licht bestätigte Masons Worte. Tisch und Stühle des Eßzimmers lagen voll Staub.
»Sie halten wirklich nicht viel vom Saubermachen«, sagte der Beamte mißbilligend. »Essen Sie denn hier?«
Mason lachte. »Ich bin so eine Art zerstreuter Professor, wissen Sie. Meistens esse ich nur ein paar Happen in der Küche.«
Als Mason das Licht in der Küche einschaltete, sah er durch das Fenster der Glastür die Umrisse eines kräftigen Mannes, achtete aber scheinbar nicht darauf.
»Im allgemeinen esse ich nur Käse, Eier, Milch und Sachen aus dem Delikatessengeschäft. Wenn ich Ihnen ein Glas Milch anbieten darf?« Mason lachte verlegen und fuhr fort: »Ich weiß leider nicht, was die Etikette in solchen Fällen vorschreibt, aber da Sie um meine Habe besorgt sind ...«
Der Beamte schaute sich in der Küche um und machte die Tür des Kühlschrankes auf. Nach einem kurzen Blick ließ er sie wieder zufallen und sagte: »Hier draußen steht mein Freund. Hast du was bemerkt, Jack?«
»Nein.«
»Die vor der Haustür war nur eine Werbedame für Zeitschriften. Sie hat aber ein Frauenzimmer gesehen, das von diesem Haus die Straße hinunter lief. Vermutlich war es dieselbe, wegen der uns der Alte angerufen hat.«
»Hast du erfahren, wie sie aussah?«
»Noch nicht. Komm mit, wir wollen uns noch mal mit der anderen unterhalten. Mr....?«
»Tragg«, sagte Mason beflissen, »George C. Tragg. Mein Bruder ist auch bei der Polizei in Los Angeles.«
»Ach was?« fragte der Polizist und änderte ein wenig den Tonfall.
Mason nickte. »Lieutenant Tragg vom Morddezernat. Vielleicht haben Sie schon etwas von ihm gehört.«
»Aber sicher.« Der Beamte taute richtig auf. »Sie sind Traggs Bruder. Was es nicht alles gibt! Vor einigen Monaten haben wir zusammengearbeitet. Er verhörte Zeugen, die ein Verbrechen beobachtet hatten. Kluger Bursche, muß man schon sagen!«
»Ja«, sagte Mason. »Er war vor ein paar Monaten hier. Ich habe leider nicht viel von ihm gehabt, er war immer so beschäftigt.

Die Polizeivorschriften sind ja auch ziemlich ... ich will sagen, ein Polizeibeamter kann sich wirklich nicht über Langeweile beklagen.«

Die beiden Polizisten sahen sich verständnisvoll an. »Da dürften Sie recht haben, Mr. Tragg.«

Mason machte das Licht wieder aus. Sie verließen die Küche. Della Street saß in einem Sessel und sah bewußt unauffällig auf ihre Armbanduhr.

»Wie heißen Sie?« fragte der erste Polizist.

»Jane Garland«, sagte sie abweisend. »Ich werbe für den *Chronicle.*«

»Nun, Miss Garland, wie sah die Frau aus, die Sie hier oben gesehen haben?«

Della Street hob ihre Augen bis an die Zimmerdecke. Sie legte nachdenklich den behandschuhten Zeigefinger an ihr Kinn und begann: »Ich kann nicht sagen, wie sie gekleidet war, aber sie hatte so etwas Bestimmtes an sich. Ihr Gang vielleicht. Sie schwenkte so mit den Hüften. Sie hatte wohl einen kleinen Hut auf und trug ... Nein, ich kann wirklich nicht sagen, ob sie eine Jacke oder einen Mantel anhatte. Ihr Rock war sehr kurz, sie hatte lange Beine.«

Der Beamte konnte sich ein Lachen nicht verkneifen. »Ach so eine Dame meinen Sie.«

»Sie können sie wahrscheinlich noch einholen, wenn Sie sich beeilen«, meinte Della Street.

»War sie in Begleitung eines Mannes?« fragte der andere Beamte.

»Nein. Sie war allein.«

»Kam sie dicht an Ihnen vorbei?«

»Nicht sehr dicht. Und dann, wissen Sie, war ich so beschäftigt. Man hat so wenig Zeit für die Werbebesuche. Kommt man zu früh, platzt man in das Abendessen, kommt man später, stört man sie beim Abendprogramm. Manchmal wacht ein Kind von der Klingel auf und fängt an zu weinen, dann ist die Sache ohnehin im Eimer. Es bleibt wirklich nur eine kurze Zeitspanne zum Arbeiten.«

Der Beamte sah auf die Uhr. »Heute sind Sie aber ziemlich spät dran«, meinte er.

Della nickte und biß auf ihre Lippe. Dann sagte sie verhalten: »Ich brauche das Geld so notwendig, meine kleine Schwester ...

Ich bekomme eine Prämie für jeden Abschluß, wissen Sie.«
»Schon gut, Miss Garland«, sagte der Polizist. »Komm, Jack, wir wollen mal sehen, ob wir das Flittchen noch erwischen. Sind Sie sicher, daß sie hier nicht einbrechen wollte?«
»Das glaube ich nicht. Ich hatte eher den Eindruck, sie wollte dem Mann ausweichen, der ihr entgegenkam. Ehrlich gesagt, ich achtete mehr auf ihn als auf sie. Sie wissen ja, alleinstehende Mädchen werden abends sehr oft angesprochen.«
»Sie werden eingeladen?« fragte der Beamte schmunzelnd.
»Grundsätzlich hab ich gar nichts gegen eine nette Einladung«, sagte Della freimütig. »Aber von diesen grinsenden Schürzenjägern habe ich die Nase voll. Außerdem weiß man nie, wann sie ernstlich zudringlich werden.«
Die beiden Polizisten tauschten einen Blick aus. »Also los. Vielleicht erwischen wir sie noch. Und Sie sind also Lieutenant Traggs Bruder. Ich wußte gar nicht, daß er hier in San Francisco einen Bruder hat. Jedenfalls kam nie die Rede darauf.«
Mason strahlte über das ganze Gesicht. »Ich bin sehr stolz auf ihn. Wie ich höre, macht er eine glänzende Karriere. Manchmal schickt er mir nämlich Zeitungsausschnitte.«
»Ein gescheiter Bursche«, stimmte der Polizist zu. »Ja, dann auf Wiedersehen. Rufen Sie an, wenn Sie etwas Ungewöhnliches bemerken. Wahrscheinlich hat das Ganze nichts zu bedeuten, aber wir müssen natürlich jeden Hinweis auf einen möglichen Einbruch überprüfen. Guten Abend.«
»Guten Abend«, sagte Della.
Perry Mason schloß die Tür und verbeugte sich höflich vor Della Street. »Es wird mir eine Freude sein, so einer hübschen jungen Dame zu einem Abonnementsauftrag zu verhelfen. Ich begreife auch, daß Sie dringend Geld für Ihre Schwester benötigen. Andrerseits kann ich natürlich nur bei wechselseitiger Sympathie unterschreiben...«
»Lassen Sie das«, schnappte Della. »Ich kenne die Masche zu gut. Aber ich dachte nicht, daß sich der Bruder von Lieutenant Tragg zu solchen Taktiken herablassen würde.«
Beide mußten lachen. Mason schaltete die Deckenbeleuchtung wieder aus und ließ nur die Leselampe brennen.
»Das wäre beinahe ins Auge gegangen«, sagte er.
»Wem sagen Sie das!« seufzte Della.
»Jetzt wollen wir uns aber endlich mal umsehen hier.«

»Sind wir denn in Sicherheit?«
»Ich glaube schon. Die Polizisten werden zunächst in den umliegenden Straßen nach dem Flittchen suchen und inzwischen nach woanders beordert werden. Trotzdem wollen wir so bald wie möglich von hier weg.«
»Was suchen Sie?«
»Einen Hinweis auf Karrs Rolle und Tätigkeit hier in San Francisco.«
»Er hat hier unter dem Namen Carr Luceman gewohnt?«
»Wahrscheinlich. Der Vorname wird genauso ausgesprochen wie Karrs Nachname. Diese Wohnung wurde anscheinend immer nur für kurze Zeit benutzt. Karr ist fraglos kein unbeschriebenes Blatt; er steht entweder in Beziehung zum chinesischen Waffenschmuggel, oder er versteckt sich vor seinem ehemaligen Partner. In San Francisco wollte er nicht in einem Hotel absteigen, da ein Mann mit seinem Äußeren sofort auffällt.«
»Und seine Beine«, erkundigte sich Della. »Und der Rollstuhl?«
»Denken Sie nach. Die Kugel hat das Bein durchschlagen. In Los Angeles konnte er nicht zum Arzt, weil jede Schußwunde glaubwürdig erklärt werden muß. Stellen Sie sich mal vor, er meldet sich in Los Angeles mit einer Schußwunde zu einem Zeitpunkt, an dem Hocksley und seine Haushälterin aus dem gleichen Hause verschwunden sind.«
»Das leuchtet mir ein«, sagte Della. »Er war in San Francisco unter einem anderen Namen bekannt. Da hier niemand verschwunden war, konnte er ohne Gefahr sein Märchen auftischen. Aber wer hat ihn nun wirklich angeschossen?«
»Er selbst«, lächelte Mason. »Wissen Sie nicht mehr? Die Katze ...«
Della verzog den Mund zu einer Grimasse. »Heben Sie das lieber für Ihren Bruder auf«, sagte sie.
»An die Arbeit«, sagte Mason. »Unterhalten können wir uns später.«
Er musterte die Einrichtung des Wohnzimmers und kommentierte: »Bilder und Möbel gehören zu den Mietobjekten und sagen nichts über den Bewohner aus. Die Bücher?« Er tippte mit dem Zeigefinger an die Buchrücken. »Hier. *Der Kampf um den Pazifik, Asien im Aufbruch, Die wirtschaftliche Lage in Japan.* Etwa zwanzig Bände mit fernöstlichen Themen. Daneben eine Menge

Unterhaltungsromane, die zweifellos vom Vermieter stammen. Weiter.«
Della Street hatte sich mit Hausfrauenaugen umgesehen und setzte hinzu: »Hier scheint wöchentlich jemand sauberzumachen. Im Aschenbecher sind Zigarrenbanderolen und Stummel, aber auch Zigarettenkippen mit Lippenstift.«
»Ich seh mal oben nach. Wahrscheinlich sagen uns die persönlichen Gegenstände im Schlafzimmer und im Bad mehr über unseren Klienten.«
»Suchen Sie bestimmte Hinweise?«
»Ich weiß nicht recht. Irgendwie habe ich das Gefühl, hier eine Erklärung für Karrs Tätigkeit zu finden. Er hat etwas mit China zu tun. Er hat einen Haufen Geld. Mit seiner Menschenliebe ist es anscheinend nicht weit her. Sein Partner Hocksley hat ihn vor einer Reihe von Jahren betrogen und den Tod des dritten Teilhabers auf dem Gewissen. Was liegt näher als der Gedanke, sich an Hocksley zu rächen, wenn er plötzlich wieder auf der Bildfläche erscheint?«
»Sie wollen sagen, daß er Hocksley ...?« warf Della ein.
»Vorläufig kann ich noch gar nichts sagen.« Mason führte sie am Ellbogen die Treppe hinauf. »Zwanzig Jahre sind eine lange Zeit für eine erfolglose Suche nach einem Mann. Wahrscheinlich hat Karr inzwischen nicht mehr an Hocksley gedacht, bis er wegen der derzeitigen Lage in Südostasien seine früheren Geschäfte wiederaufnahm. Gehen Sie hier links und untersuchen Sie die Schränke, das Bett, die Schubladen; alles, wo man seine persönlichen Habseligkeiten unterbringt. Ich nehme das rechte Schlafzimmer.«
Mason öffnete die Tür, machte das Licht an und blieb wie angewurzelt stehen. Della Street blickte über ihre Schulter zurück und bemerkte seine starre Haltung. »Was ist denn, Chef?« fragte sie.
Mason wehrte mit einer Handbewegung ab. »Kommen Sie nicht herein.«
Aber sie stand schon hinter ihm und sah an ihm vorbei ins Zimmer. Entsetzt legte sie die Hand vor den Mund und prallte zurück.
Die Leiche eines Mannes lag quer über das Bett gestreckt; der Kopf baumelte schlaff von der Bettkante herab. Die grünliche Blässe der blutleeren Züge zeigte eindeutige Merkmale des

Todes. Das Blut aus der Schußwunde in seiner Brust hatte das Bettzeug besudelt und stand in einer Lache vor dem Bett. Der Mann war Delman Steele, der Untermieter der Gentries.

16

Della Street klammerte sich an Masons Arm.
Mason löste behutsam ihre kalten Finger ab. »Bleiben Sie hier, Della. Berühren Sie nichts.«
»Kommen Sie, Chef, bitte, gehen Sie da nicht hinein.«
»Ich muß«, sagte er. »Jetzt sind wir drin. Kopf hoch, Della!«
Mason betrat vorsichtig das Zimmer, ging auf das Bett zu und legte die Hand auf Steeles Puls. Er hob den leblosen Arm ein wenig empor und ließ ihn wieder fallen. Dann zog er sein Taschentuch hervor und rieb Schalter und Türklinke sorgfältig ab. Mit umwickeltem Zeigefinger schaltete er das Licht aus und schloß die Tür hinter sich.
»Wir müssen die Polizei anrufen«, sagte Della. »Wir können gar nicht anders.«
Mason lachte grimmig auf. »Ach nein. Dazu kommen wir wie gerufen. Die Polizei verständigen! Vorhin haben wir dem guten Mann vorgeflunkert, ich sei Traggs Bruder und Sie eine Zeitschriftenwerberin. Wie wollen wir ihnen jetzt beibringen, daß wir zu dieser Zeit noch nichts von der Leiche im Schlafzimmer wußten? Sollen wir vielleicht erzählen, wir hätten ein wenig Amateurdetektive gespielt und wollten jetzt nach dem Leichenfund wieder brav sein und mit der Polizei Hand in Hand arbeiten? Dann dürfen wir die Geschichte in nächster Zeit dem Schwurgericht vortragen.«
»Aber was dann? Es bleibt uns ja kein anderer Weg.«
Mason schüttelte mit Nachdruck den Kopf. »Dann hat man uns genau dort, wo man uns haben wollte. Wir werden nicht nur für diesen Fall, sondern für den Rest unseres Lebens kaltgestellt.«
»Aber was dann?« murmelte Della verstört.
»Jetzt gehen wir zum Angriff über.«
»Wie und wen sollen wir angreifen?«
»Das ist es ja eben«, meinte Mason. »Wir werden nämlich noch gar nicht gehetzt. Bis jetzt weiß niemand außer uns und dem

Mörder, daß in diesem Haus eine Leiche liegt. Und solange keiner kommt und sie entdeckt, wird es auch niemand wissen.«
»Wer könnte kommen?«
»Vielleicht Rodney Wenston. Glaub ich aber kaum. Und selbst wenn er das Haus betritt und die Leiche findet, wird er wohl schwerlich die Polizei alarmieren.«
»Warum nicht?«
»Denken Sie mal nach, warum dieses Haus gemietet wurde. Karr mit seiner Schußwunde kann es sich hier ebensowenig leisten, die Aufmerksamkeit der Polizei zu erregen, wie in Los Angeles. Und Rodney Wenston kann genausogut die Waffe abgedrückt haben wie wir oder sonst jemand anders, wenn er nicht ein hieb- und stichfestes Alibi erbringen kann.«
Della nickte zustimmend und deutete mit einer Kopfbewegung nach der Tür, hinter der der Tote lag: »Wozu ist er hergekommen, und warum hat man ihn umgebracht?«
»Darüber reden wir im *Locarno Grill* weiter. Jetzt erst mal nichts wie weg von hier.«
Sie machten alle Lampen im Haus aus. Im Wohnzimmer sagte Mason: »Hier unten brauchen wir uns nicht um unsere Fingerabdrücke zu kümmern. Wenn man uns verdächtigt, können uns die beiden Polizisten mühelos identifizieren.«
»Gehen wir vorn oder hinten hinaus?«
»Am besten vorn, und zwar eingehängt. Mann und Frau gehen abends ins Kino.«
»Dafür ist es zu spät. Mein Magen schlägt vor, Mann und Frau gehen zum Abendessen ins Restaurant.«
»Gemacht. Warten Sie draußen im Flur, bis ich alles noch einmal nachgesehen habe.«
»Nichts warten Sie im Flur!« maulte Della. »Was glauben Sie denn von mir? Ich bleibe wie eine Klette an Ihnen hängen, bis wir draußen sind.«
Mason legte vertraulich den Arm um ihre Taille. »Ich weiß, wie Ihnen zumute ist, Della«, sagte er mitfühlend.
Masons Freundlichkeit rührte Della. »Weshalb haben wir Paul Drake die Leiche nicht finden lassen?«
»Wir sind hereingeschlittert, und wir werden auch wieder hinausschlittern«, sagte Mason. »Und jetzt Kopf hoch! Geben Sie mir Ihren Arm.«
Della drehte sich auf dem Absatz ganz nahe zu ihm hin und

legte ihm die Arme um den Hals.
»Denken Sie bloß nicht, daß ich den Kopf hängen lassen. Es war nur der plötzliche Schreck, weiter nichts.«
Mason machte sich sanft von ihr los und löschte das Licht aus. Seine Taschenlampe zeigte den Weg zur Haustür. »Fertig?« fragte er.
»Ja.«
Mason stieß die Tür auf. Die feuchtkalte Nachtluft schlug ihnen ins Gesicht. Mason reichte Della den Arm.
»Die nächsten Sekunden sind die schlimmsten«, sagte er leise. Zusammen stiegen sie die paar Stufen hinab. In der Mitte des Vorgartenweges sagte Della: »Mein Gott, könnte ich bloß losrennen. Mir zittern die Knie. Nehmen wir ein Taxi?«
»Natürlich. Die Funkstreife, die sicher noch in der Gegend herumfährt, könnte auf den Gedanken kommen, daß wir genau der Beschreibung des Gaunerpärchens entsprechen.«
»Aber sie würden uns doch erkennen.«
»Eben. Dann würde Ihnen plötzlich ein Licht aufgehen.«
»Nicht mal ein Telefon ist zu sehen, um ein Taxi zu rufen.«
»Jedenfalls«, sagte Mason lachend, »müssen Sie zugeben, daß unsere Arbeit nicht nur aus uninteressanten Alltäglichkeiten besteht.«
»Weiß Gott nicht«, gab Della zu und schauderte vor Kälte und Nervosität. »Warten wir hier auf einen Wagen?«
»Wir gehen langsam weiter. Da kommt einer.«
Das Taxi fuhr langsamer.
»Haben Sie Kleingeld dabei?« fragte er.
»Natürlich.«
»Dann kennen wir uns nicht. Setzen Sie sich nach hinten. Wir haben nur zufällig zusammen auf ein Taxi gewartet.«
Der Fahrer hielt neben ihnen an.
Mason riß die Vordertür auf und schwang sich auf den Beifahrersitz, ohne sich um Della zu kümmern, die weniger hastig hinten Platz nahm.
Mason gab das Fahrtziel an. Der Fahrer lenkte den Wagen durch die nächtlichen Straßen und hielt am angegebenen Ort. Mason zahlte und verließ den Wagen. Della Street folgte zwei Kreuzungen später. Sie gingen rasch aufeinander zu und schienen sich erst im letzten Augenblick zu erkennen. Mason zog den Hut. »So eine Überraschung«, rief er aus. »Wer hätte das gedacht!«

Della strahlte ihn glücklich an. »Perry«, flötete sie in einem Ton, daß sich zwei offensichtlich interessierte Seeleute enttäuscht abwandten.
»Das ist aber nett«, fuhr Mason fort und fragte einladend: »Wollen wir zusammen etwas essen?«
»Ich hab mich gerade nach einem Restaurant umgesehen.«
»An der nächsten Ecke ist das *Locarno*.«
»Zwei Cocktails und ein Steak würden einen neuen Menschen aus mir machen«, versicherte Della.
»Und wie verkaufen Sie das alte Modell?«
»Kommt auf das Angebot an. Was bekomme ich?«
»Zwei Cocktails und ein Steak.«
»Abgemacht.«
Sie hängte sich lachend bei Mason ein und gestand: »Meine Knie wackeln immer noch. Vor dem Essen brauche ich unbedingt einen harten Schnaps.«
»Den bekommen Sie. Mit der Zeit werden Sie sich an Leichen schon gewöhnen.«
»Vielleicht. Es hat eben auch seine Nachteile, für einen Mann zu arbeiten, der Dinge nicht auf sich zukommen läßt, sondern selbst die Initiative ergreift.«
»Das oberste Gebot für eine Sekretärin besteht darin«, sagte Mason belehrend, »nie dem Chef etwas vorzuwerfen, wenn er gerade zum Essen einlädt.«
»Ich denke, eine Sekretärin hat ein Anrecht darauf, unterwegs verköstigt zu werden?«
»Sie verliert aber dieses Recht, sobald sie sich zur Spießgesellin entwickelt.«
»Was für eine Spießgesellin?« fragte sie erstaunt.
»Ein Flittchen, das Schmiere steht«, gab Mason mit schiefgezogenen Mundwinkeln zurück.
»Hören Sie auf damit«, befahl Della. »Ich schäme mich, wenn ich daran denke.«
Mason führte sie in das Restaurant.
»Ich muß noch anrufen«, sagte er. »Wir suchen uns zuerst einen Platz und bestellen. Ich komme dann sofort.«
Der Oberkellner kam freundlich lächelnd auf sie zu.
»Die Herrschaften wünschen?«
»Eine Ecke mehr nach hinten«, sagte Mason. Das Lächeln weitete sich zu einem verständnisvollen Feixen. »Jawohl, mein

Herr. Ich verstehe. Hier entlang bitte.«
Als sie die Bestellung aufgegeben hatten, ging Mason in die Telefonkabine. Er belegte zwei Plätze für das Mitternachtsflugzeug nach Los Angeles und rief dann Drakes Büro an. Drake war nicht da. Mason hinterließ eine Botschaft für ihn.
»Ich muß unbedingt wissen, wo Rodney Wenston den Tag verbracht hat – und zwar lückenlos. Das gleiche gilt für Delman Steele, den Untermieter der Gentries. Haben Sie notiert?«
»Jawohl. Mr. Drake wird in einer Stunde hiersein.«
»Sagen Sie ihm, er soll auf mich warten. Ich bin kurz vor drei Uhr bei ihm.« Mason legte auf und ging an den Tisch zurück, wo schon zwei volle Cocktailgläser standen.
Erstaunt zog er die Brauen hoch. »Und Sie sind noch so wohlerzogen und warten auf mich?« fragte er.
»Nicht ganz. Das ist nämlich schon das zweite. Prost!«
»Prost!« erwiderte Mason. Ihre Gläser stießen zusammen.

17

Paul Drake saß an seinem Schreibtisch im Büro und rührte versonnen in einer Tasse Kaffee. Hinter ihm blubberte die Kaffeemaschine. »Wie geht's euch beiden? Ich halte meine Augen nur mit Zahnstochern offen.«
»Unmäßig viel Schlaf ist nur eine schlechte Angewohnheit, Paul«, entgegnete Mason. »Das Schlafbedürfnis wächst und wächst; ehe du dich versiehst, brauchst du zwei bis drei Stunden Schlaf täglich.«
»Soweit bin ich noch nicht gesunken«, entgegnete Paul. »Eine oder anderthalb Stunden Schlaf, mehr nicht. Von zwei Stunden bin ich schon ganz benommen. Ihr dagegen seid vermutlich in Nachtlokalen herumgezogen und erst mit dem letzten Orchestertusch hergekommen.«
»Woher Sie das wieder wissen«, sagte Della. Sie breitete die Arme aus und tanzte summend ein paar Walzerschritte. »Es war himmlisch, Paul.«
Drake fiel lachend aus seiner Rolle und sagte: »So leicht könnt ihr beide mich nicht kriegen. Was für eine Leiche habt ihr denn heute nacht aufgegabelt?«

Della hielt still und meinte bockig: »Sie haben auch keine Spur romantisches Gefühl. Das ganze Leben drehen Sie durch die Tretmühle Ihres Berufs. Ich singe, und Sie kommen mir mit Leichen! Jetzt fängt der Chef natürlich auch an, und das nach diesem herrlichen Abend!«
»Und ich habe den Großteil des Abends damit verbracht, Mrs. Gentrie zu trösten«, sagte Drake. »Tragg hat gestern ihren Ältesten verhaften lassen. Sie ist vollkommen durcheinander. Als sie um Mitternacht anrief und dich verlangte, Perry, sagte ich ihr, du kämest erst um drei wieder. Sie will auf dich warten, sagte sie, egal, wie spät es wird.«
»Ich schaue nachher zu ihr hinüber«, meinte Mason.
»Sie will nur ihren Sohn verteidigen. Sie weiß nichts.«
Mason setzte sich auf die Schreibtischkante.
»Hast du noch eine Tasse Kaffee übrig, Paul?«
Drake zog ein paar abgestoßene Steingutbecher aus einer Schublade: »Tut mir leid, ich habe keine anderen.«
»Reden Sie nicht so viel, machen Sie schon«, drängte Della Street.
»Zucker und Sahne habe ich auch nicht«, sagte Drake. »Hier ist schließlich ein Büro.«
»Was weißt du über Rodney Wenston?« erkundigte sich Mason.
»Bald nach Traggs Besuch flog er mit Karr nach San Francisco. Er muß Lunte gerochen haben; diesmal ließ sich der Alte auf einer Tragbahre in die Maschine schieben, wie mir mein Landstreicherkumpan erzählte.«
»Und was hat Wenston vorher getrieben?«
»Er war den ganzen Tag unterwegs.«
»Könnte er am gleichen Tag schon einmal in San Francisco gewesen sein?«
Drake sah im Notizbuch nach und rechnete: »Höchstens ganz früh am Morgen. Wir haben ihn ja damals noch nicht beschatten lassen, sondern erst nachträglich seinen Verbleib zusammengestellt. Der Tankwart sagte aus, Wenston sei um ein Uhr vorbeigefahren, ohne zu tanken. Um drei Uhr muß er bei dir gewesen sein.«
»Kommt ungefähr hin«, stimmte Mason zu.
»Er kam um zwei Uhr fünfzig herein«, sagte Della.
»Alle Achtung.« Drake wandte sich zu ihr hin. »Schreiben Sie bei jedem auf, wann er hereinkommt?«

»Und wann er geht. Wie soll Perry sonst wissen, was er verlangen kann?«
»Keine schlechte Idee. Soll meine Vorzimmerdame auch machen. Für Überstunden nimmt man doppeltes Honorar, nicht wahr, Perry?«
»Nur wenn man konsequent bleibt. Und was ist mit Delman Steele?«
»Ich weiß nicht recht, was ich von ihm halten soll«, antwortete Drake zögernd. »Er gibt zwar vor, in einem Architekturbüro zu arbeiten, aber irgend etwas ist da faul.«
Masons Augen schweiften kurz zu Della Street hinüber. »Was meinst du damit?« fragte er.
»Er treibt sich gelegentlich im Büro herum. Der Architekt erzählte mir jedoch, Steele gehöre eigentlich nicht zur Firma; er hätte sein Büro auf eigene Faust gemietet. So kann er tun und lassen, was ihm paßt.«
»War er gestern im Büro?« fragte Mason.
»Vormittags. Nach dem Essen kam er um zwei wieder und ging nach drei wieder weg. Weißt du schon, daß er bei den Gentries ein Zimmer mit separatem Eingang gemietet hat? Er scheint sich sehr für die Familie zu interessieren und verbringt auch oft seine Freizeit bei ihnen. Mrs. Gentrie meint, er sei anschlußbedürftig und...«
»Weiß ich alles«, unterbrach Mason. »Wann kam er gestern wieder nach Hause?«
»Kann ich dir leider nicht sagen. Es war schon zu spät, um anzurufen, außerdem darf er bei den Gentries das Telefon nicht benutzen. Seine Büroadresse habe ich mehr zufällig im Branchenverzeichnis gefunden. Dabei stellte sich dann eben auch heraus, daß er zwar ein Zimmer bei einem Architekten mietet, aber keine Geschäftsverbindungen mit dem Eigentümer unterhält. Vielleicht kann dir Mrs. Gentrie mehr über ihn sagen, falls du heute noch zu ihr hinfahren willst.«
»Ich glaube, du kannst dich für heute nacht ruhig schlafen legen«, sagte Mason und schaute auf die Armbanduhr.
»Heute nacht«, sagte Drake vorwurfsvoll. »Es dämmert ja schon bald.«
»Aber solange es noch nicht dämmert, ist Nacht. Della, trinken Sie Ihren Kaffee aus. Wir gehen.«
Della hob gehorsam ihre Tasse. »Zu Mrs. Gentrie?« fragte sie.

Mason nickte.
»Also macht nur schön weiter, Kinder«, gähnte Drake. »Ich lege mich jetzt aufs Ohr.«
Mason ging auf die Tür zu und blieb auf halbem Weg stehen. »Paul«, sagte er und drehte sich um, »ich habe mir's überlegt. Du mußt etwas für mich tun.«
»Aber erst wenn ich ausgeschlafen habe«, protestierte Drake.
Mason blickte ihn vielsagend an.
»Na, sag schon«, murrte Drake endlich.
»Du mußt Karr ein Geständnis abnehmen.«
»Karr? Ein Geständnis? Ich verstehe dich nicht!«
»Ich werde es dir kurz erklären. Hocksley wurde nicht umgebracht; er wurde nur verwundet. Ich will wissen, wer ihn angeschossen hat. Und warum.«
»Woher weißt du, daß er nur verwundet ist?«
»Weil ich ihn gesehen habe.«
»Du hast ihn gesehen?« wiederholte Drake verdutzt.
»Ja.«
»Und wo?«
»Im Parker-Memorial-Krankenhaus in San Francisco.«
»Und was sagte er?«
»Nichts. Er lag in Narkose. Er ist nämlich schwer krank und braucht vollständige Ruhe.«
»Wie kam er nach San Francisco?«
»Wenston hat ihn hingeflogen.«
»Wenston? Dann hintergeht er seinen Stiefvater?«
»Keineswegs.« Mason wartete einen Augenblick und spielte dann seinen Trumpf aus: »Karr und Hocksley sind ein und dieselbe Person.«
Drake sprang von seinem Stuhl auf. »Habe ich nun zuviel Kaffee getrunken oder du, Perry? Einer von uns redet hier irre. Hocksley ist ein rothaariger Mann und hinkt...«
»Das war Johns Blaine mit roter Perücke und einstudiertem Humpeln. Er mietete die Wohnung unter dem Namen Hocksley, natürlich in Karrs Auftrag. Du glaubst doch nicht im Ernst, daß so ein schlauer Fuchs wie Karr in ein zweigeschossiges Haus einzieht, ohne die untere Wohnung zu kontrollieren?«
»Das klingt überzeugend«, mußte Drake zugeben. »Aber warum spielt Karr überhaupt dieses Spiel?«
»Karr ist an Waffenlieferungen nach China beteiligt, selbstver-

ständlich als Blokadebrecher, so daß er natürlich keine Öffentlichkeit gebrauchen kann.«
»Das heißt, auch die untere Wohnung gehört Karr?«
»Ja.«
»Warum stand der Geldschrank nicht in der oberen Wohnung?«
»Wahrscheinlich schlief Johns Blaine unten und paßte auf.«
»Das kann der Haushälterin, Mrs. Perlin, nicht entgangen sein.«
»Das ist anzunehmen.«
»Und Opal Sunley?«
»Nicht unbedingt. Sie kam ja nur stundenweise, während die Haushälterin im Hinterzimmer wohnte.«
»Du sagtest, Hocksley sei verwundet. Wenn er und Karr identisch sind, muß Karr durch den Schuß verletzt worden sein.«
»Ganz recht. Er hat eine Schußwunde im Oberschenkel. Deshalb versteckt er seine Beine unter der dicken Wolldecke.«
»Und die Gelenkentzündung ist ein Märchen?«
»Nicht ganz. Jedenfalls ist sie nicht so schlimm, wie er uns glauben machen wollte.«
»Moment mal, Perry. Ein Arzt hätte unter diesen Umständen die Polizei von der Schußwunde verständigt.«
»Karr tritt unter verschiedenen Namen auf und besitzt mehrere Verstecke. Hier in Los Angeles wohnt er in der oberen Wohnung als Karr, schließt als Robindale E. Hocksley Geschäfte ab und wohnt in San Francisco unter dem Namen Carr Luceman in der Delington Avenue 1309.«
»Aber eine Schußwunde muß doch auch in San Francisco angezeigt werden...«
»In San Francisco gab es keinen Mordalarm in seiner Nachbarschaft. Es war nicht schwer, Presse und Polizei mit einem gut erfundenen Geschichtchen einzulullen.«
»Und was soll ich jetzt tun?«
»Ihm Daumenschrauben ansetzen, daß er alles zugibt. Ich als sein bestellter Anwalt kann ihn schlecht in die Zange nehmen.«
»Und wo ist er jetzt?«
»Im Krankenhaus.«
»Warum hat ihn der Arzt nicht gleich eingewiesen?«
»Es war eine glatte Wunde. Erst die aufgetretenen Komplikationen machten den Krankenhausaufenthalt notwendig.«
»Und was soll ich dabei?«
»Ihn ausquetschen und herausfinden, was in dieser Nacht

wirklich passiert ist.«
»Bekomme ich da keine Schwierigkeiten mit der Polizei wegen Verschweigens wichtiger Tatbestände?«
»Wieso? Du kannst schließlich nicht jedesmal zur Polizei rennen, wenn dir irgendein Anwalt seine ungereimten Theorien vorträgt, oder?«
Drake zuckte widerwillig die Achseln und meinte: »Na ja.«
»Außerdem«, fuhr Mason fort, »habe ich keinen Beweis an der Hand als einen Zeitungsartikel, daß ein Carr Luceman sich unter mysteriösen Umständen selbst ins Bein geschossen hat. Du hast nur den Auftrag, mehr darüber auszukundschaften. Nimm das nächste Flugzeug. Du kannst unterwegs ein Nickerchen machen.«
»Ein Nickerchen! Ich möchte endlich mal richtig ausschlafen. Weiß Wenston über die ganze Angelegenheit Bescheid?«
»Zweifellos. Er flog Karr gestern abend nach San Francisco; er hatte Wundfieber bekommen.«
»Und wer weiß über die nächtliche Schießerei noch Bescheid?«
»Zumindest der, der geschossen hat«, schmunzelte Mason.
Drake griff zum Hörer und ließ sich mit müder Stimme einen Platz nach San Francisco reservieren.
Unterwegs sagte Mason im Wagen: »Eigentlich hätte mir dieser Steele schon längst auffallen müssen.«
»Warum?« fragte Della Street.
»Erinnern Sie sich noch, wie wir uns darüber unterhielten, daß nur Personen als mutmaßliche Täter in Betracht kämen, die das Lexikon handhabten, aber nicht miteinander telefonieren könnten? Gleich zu Anfang erzählte mir Mrs. Gentrie, daß ihr Untermieter ganz als Familienmitglied gehalten werde und nur das Telefon wegen der Kinder nicht benutzen dürfe.«
Della nickte nachdenklich.
»Und ich«, setzte Mason ärgerlich hinzu, »ich dachte immer nur an ein körperliches Gebrechen als Hinderungsgrund. Mir fiel nicht mal im Traum ein, daß man auch aus anderen Gründen nicht anrufen kann.«
»Aber wenn Steele der Sender oder der Empfänger der Nachricht war, warum wurde er dann ermordet?«
»Das ist mir auch rätselhaft. Wir haben anscheinend noch nicht alle Fäden in der Hand.«
»Ob Karr ihn umgebracht hat?«

»Weder Karr noch Wenston. Steele war mindestens schon seit zwei Stunden tot. Zu der Zeit waren Karr und Wenston im Flugzeug unterwegs. Außerdem ist Karr zu schwer mitgenommen. Nein, an Steeles Tod ist er mit Sicherheit nicht unmittelbar beteiligt.«
»Aber damals in der Nacht war er unten?«
»Das ist die einzig mögliche Erklärung. Er hörte die Alarmanlage – das hat er sogar zugegeben – und tastete sich schwerfällig nach unten, wo er jemanden am Safe überraschte, der ihn anschoß.«
»Glauben Sie, daß Steele auch die Nachricht in unserer Büchse gelesen hat?«
»Weiß ich nicht«, sagte Mason. »Sein Tod paßt mir gar nicht ins Konzept.«
»Wie meinen Sie das?«
»An der Botschaft sind mindestens zwei Personen beteiligt: Absender und Empfänger. Wenn Steele der Empfänger war, wer hat dann die Nachricht hinterlassen? Nehmen wir mal an, es war Sarah Perlin. Was hat sich Steele wohl gedacht, als er *nach ihrem Tod* eine zweite leere Büchse auf dem Regal bemerkte? Er wußte doch sofort, daß es nur eine Falle sein konnte, und hütete sich, die Dose zu berühren. Wenn aber die Nachricht nicht von der Perlin stammte, dann hätte er sich die Dose bei der ersten passenden Gelegenheit geschnappt.«
»Jetzt dreht sich alles in meinem Kopf«, meinte Della. »Zuerst dachte ich, daß die Leute mit der Konservenbüchse die Rolle des Mörders spielten; jetzt scheinen sie aber die Ermordeten zu sein. Was tun wir jetzt?«
»Ich werde bei den Gentries unter irgendeinem Vorwand in den Keller gehen. Wenn die Konservenbüchse noch an ihrem Platz steht, sind wir einen Schritt weiter.«
»Vielleicht war die Perlin eine Spionin«, sagte Della Street mehr zu sich selbst. »Sie gab Nachrichten an Steele weiter, und beide blieben in der Falle hängen, die Karr für den wirklichen Hocksley aufgestellt hatte. Karr wurde zwar verwundet, hielt aber durch und ließ die beiden Störenfriede auf irgendeine Weise aus dem Weg räumen.«
»Hier ist übrigens noch ein Haken«, fiel Mason ein. »Was wurde aus Hocksley?«
»Der in China?«

»Den meine ich.«
»Ob er noch am Leben ist?«
»Alles spricht dafür. Karr muß doch einen Grund gehabt haben, die untere Wohnung gerade unter dem Namen seines Todfeindes zu mieten. Mehr noch, er ließ Johns Blaine in der Maske dieses Hocksleys auftreten. Da steckt doch was dahinter!«
»Ob dieser Hocksley auch noch auftaucht? Wenn er irgendwo im Lande ist und mal eine Zeitung in die Hand nimmt, muß er ja erfahren, was sich hier abspielt. Karr hat sich zwar nach allen Seiten abgesichert, daß sein Name nirgends gedruckt erscheint, aber wenn Hocksley seinen Namen in Verbindung mit einem Mordfall liest, weiß er doch sofort, woran er ist. Er wird auf schnellstem Wege kommen.«
Mason zog die Stirn kraus. »Vielleicht sind Sie auf der richtigen Spur.«
Sie schüttelte den Kopf. »Das ist Ihr Fall, Sie müssen ihn lösen, nicht ich. Das ist gegen die Arbeitsordnung.«
»Sie lösen ihn ja gar nicht; Sie bringen mich auf Gedanken.«
»Ich höre zum erstenmal, daß Sie auf anderer Leute Gedanken angewiesen sind.« Beide lachten.

Die Umrisse des Gentriehauses hoben sich dunkel gegen den Nachthimmel ab. Nur aus dem Eßzimmer drang ein schütterer Lichtstrahl. Mason stellte den Wagen ab und folgte Della zur Eingangstür.
»Lassen Sie sich ja nicht anmerken«, warnte er, »daß wir uns für die Konservenbüchse interessieren!«
Er klopfte leise an die Tür.
Sie hörten rasche Schritte, dann öffnete Mrs. Gentrie vorsichtig die Tür. Sie legte den Finger auf die Lippen.
»Bitte, machen Sie keinen Lärm. Ich möchte nicht, daß meine Schwägerin etwas merkt. Sie ist so schon ungerecht genug zu den Kindern.«
Mason nickte schweigend.
»Kommen Sie herein«, sagte Florence Gentrie. Sie führte sie durch das Wohnzimmer ins Eßzimmer.
»Entschuldigen Sie, wenn ich Sie hierher bitte, aber das Wohnzimmer liegt genau unter Rebeccas Zimmer. Sie braucht nicht alles zu wissen. Der Lieutenant hat ihr mit seiner Höflichkeit vollkommen den Kopf verdreht; jetzt fühlt sie sich schrecklich

wichtig. Wenn sie uns belauscht, weiß Lieutenant Tragg morgen früh jedes Wort.«
»Was hat sie gesagt, als Ihr Sohn verhaftet wurde?« fragte Mason leise.
»Sie weiß es noch nicht. Sie war nicht da, und ich habe nichts gesagt. Sonst wäre sie sicher mit mir aufgeblieben.«
»Erzählen Sie mir jetzt bitte genau, was heute abend geschehen ist.«
»Was ich erwartet hatte. Lieutenant Tragg erschien nach dem Essen und bereitete mich darauf vor. Junior war nicht da. Meinem Mann hatte er um halb drei gesagt, er fühle sich nicht wohl und wolle nach Hause. Mein Mann war natürlich sehr erstaunt, als er abends Junior nicht antraf.«
Mason nickte. »Und was meinte Tragg dazu?«
»Tragg schien ziemlich verärgert zu sein. Nicht gerade über uns, sondern mehr allgemein. Er umstellte das Haus mit seinen Leuten und ließ unseren Telefonanschluß abstellen. Den ganzen Abend saßen wir in unserem eigenen Haus gefangen. Natürlich wissen jetzt auch die beiden jüngeren Kinder, worum es geht.«
»War Steele auch bei Ihnen?«
»Nein. Ein paarmal in der Woche geht er aus. Aber sonst scheint er ziemlich oft allein zu sein. Wenigstens sitzt er gern abends hier unten bei uns.«
»Wo war Rebecca?« fragte Mason.
»Glücklicherweise kam sie erst zurück, als Tragg und Junior schon fort waren. Außer für Kreuzworträtsel und Fotos interessiert sie sich nur noch für die Oper. Nach dem Treffen des Rätselklubs ging sie in eine Opernaufführung.«
»Und wann kam Junior?«
»Kurz vor elf Uhr.«
»Fragte Tragg ihn aus?«
»Nein. Er verhaftete ihn sofort und nahm ihn mit.« Florence unterdrückte mühsam ein Schluchzen. »Er zog seine Leute ab. Kurz darauf ging das Telefon wieder. Ich versuchte, Sie im Büro anzurufen. Dann rief ich in Drakes Detektei an. Es muß schon Mitternacht gewesen sein, als ich ihn endlich an den Apparat bekam. Er sagte mir, er wolle Sie diese Nacht noch verständigen.«
»Könnten wir Steele nicht aufwecken? Ich möchte ihn etwas fragen.«

»Lieber nicht«, bat Mrs. Gentrie. »Er ist ja nur unser Untermieter und hat mit der Sache nichts zu tun.«
»Kann man vom Korridor aus in sein Zimmer?« erkundigte sich Mason.
»Ja. Er hat aber auch einen separaten Eingang und ein eigenes Bad. Er kann natürlich zu uns kommen, wann er will. Nur die Telefonbenutzung kann ich ihm nicht erlauben. Sie wissen, die Kinder...«
»Ich weiß schon«, sagte Mason. »Wir wollen doch mal bei ihm anklopfen. Es ist sehr wichtig.«
»Ich fürchte, daß Rebecca etwas hört und herunterkommt. Ich kann ihr Gequassel und Gefrage nicht vertragen, jedenfalls nicht jetzt. Wenn sie herausbekommt, daß Junior nicht in seinem Zimmer war, als der Schuß fiel, sagt sie es sofort dem Lieutenant weiter. Ach, Mr. Mason, Junior kann es doch nicht gewesen sein, nicht wahr? Es quält mich so. Er hat den Schuß doch nicht abgegeben? Aber Sie wissen ja, wenn sich ein junger Bursche in eine ältere Frau verliebt, kann sie ihn zu jeder Dummheit anstiften. Und Junior hat sich so tapfer gehalten. Er wurde zwar blaß, als Lieutenant Tragg ihn verhaftete, aber er sagte kein Wort.«
»Ich möchte nur nachsehen, ob Steele die Verbindungstür abgeschlossen hat«, sagte Mason. »Das könnte manches erklären.«
Er ging durch den Korridor auf die Tür zu. Sie öffnete sich geräuschlos. Mason sah hinein und riß sie dann so weit auf, daß das Licht aus dem Eßzimmer durch die Tür fallen konnte.
»Niemand da«, stellte er fest.
Florence Gentrie sprang auf. »Du meine Güte, es ist ja schon nach drei. Er kommt manchmal spät, aber so lange ist er noch nie ausgeblieben.«
»Er hat einen eigenen Ausgang. Kann er nicht einfach kommen und gehen, ohne daß Sie ihn hören?«
»Genaugenommen, ja.«
Mason schwenkte die Tür in den Angeln hin und her. »Sie sind frisch geschmiert«, sagte er. »Haben Sie das gemacht?«
Florence schüttelte den Kopf.
»Wer kann es außer Ihnen gewesen sein?«
»Ich weiß nicht. Rebecca hält das Zimmer in Ordnung. Vielleicht hat sie etwas bemerkt, gesagt hat sie jedenfalls nichts.

Und Hester ist bestimmt nichts aufgefallen.«
»Steele war also durchaus in der Lage, ungehört sein Zimmer zu verlassen und durch den Keller und die Garage ins Nachbarhaus zu gehen.«
»Ja, aber warum sollte er?«
»Kommen Sie bitte mit, ich möchte mich ein wenig umsehen.«
»Ich glaube nicht, daß er damit einverstanden wäre«, protestierte Florence.
»Dafür übernehme ich die Verantwortung. Es ist sehr wichtig, daß wir herausbekommen, warum Mr. Steele um diese Zeit noch nicht da ist, und warum er die Türangeln geölt hat.«
»Meinen Sie...«
»Ich meine überhaupt nichts. Wenn wir Junior helfen wollen, dann müssen wir herausfinden, was in jener Nacht geschehen ist.«
Mason trat ein und sah sich prüfend im Zimmer um.
»Nachmittags um drei war er kurz hier«, sagte Florence Gentrie. »Er kam nicht zu uns herein, aber ich hörte ihn deutlich in seinem Zimmer.«
»Kommt er öfter zwischendurch nach Hause?«
»Vormittags kaum, nachmittags gelegentlich.«
Mason öffnete den Schrank und musterte die Anzüge.
»Wissen Sie zufällig, welchen Anzug er trägt?«
Florence faßte einen hellgrauen Anzug an. »Den hatte er morgens an. Er muß sich nachmittags umgezogen haben. Den Tweedanzug, der fehlt nämlich.«
Mason hängte den graugemusterten Anzug heraus und begann systematisch die Taschen zu untersuchen.
»Aber Mr. Mason«, sagte Florence entrüstet. »Dazu haben Sie wohl keine Befugnis!«
»Es bleibt mir nichts anderes übrig, wenn ich möglichst viel über ihn herausbekommen soll.« Er warf Della Street einen vielsagenden Blick zu. »Lassen Sie sich von Mrs. Gentrie zeigen, wo Steele seine Wäsche aufbewahrt.«
Della lenkte Mrs. Gentries Aufmerksamkeit auf sich, indem sie fragte: »Vielleicht hier in der Schublade?« Sie sah Masons Gesicht, als er ein Telegramm aus der Rocktasche zog.
»Sieh mal an. Was ist denn das?« fragte er.
»Wirklich«, wehrte Florence ab, als Mason das längliche Papier auseinanderfaltete, »Sie dürfen das nicht lesen.«

Aber Mason hatte die Nachricht schon überflogen. »Das bringt uns wieder ein gutes Stück weiter«, meinte er. »Hören Sie zu, Della. Das Telegramm trägt die Büroadresse Steeles und lautet: ›Mann namens Carr Luceman wurde zufällig angeschossen, als Katze Revolver hinunterstieß. Adresse Delington Avenue 1309 San Francisco. Nehmen Sie nächstes Flugzeug hierher.‹ Es wurde von einem K. Anamata aufgegeben.«
»Können Sie uns denn wirklich nicht helfen, ohne Mr. Steeles Sachen durchzukramen?« fragte Florence sichtlich verstört.
»Merken Sie denn immer noch nicht, was hier gespielt wurde, Mrs. Gentrie?« fragte Mason. »Steele hat dieses Zimmer nur gemietet, um unauffällig das Nachbarhaus zu beobachten. Wenn Sie alle zu Bett gegangen waren, schlich er sich durch die Küche und den Keller zur Garage und von da durch die Seitentür zum Haus nebenan. Durch die Fenster konnte er von außen ungefähr feststellen, was dort vorging.«
»Aber warum? Das glaube ich nicht.«
»Außerdem«, setzte Mason fort und ließ dabei seine Augen wie zufällig auf Della ruhen, »außerdem dürfte er auch jetzt in dieser Angelegenheit unterwegs sein.«
»Aber warum spioniert er in der Nachbarschaft herum?«
»Offensichtlich wird er dafür von den Japanern bezahlt. Wenn ich recht verstanden habe, glaubt auch Lieutenant Tragg, daß die Leute drüben in den Waffenschmuggel nach China verwikkelt sind.«
»Sie meinen Mr. Hocksley?«
»Wir wissen zuverlässig, daß Hocksley vor Jahren an Waffentransporten nach China beteiligt war.«
»Du lieber Himmel!«
»Und Steele mietete sich bei Ihnen ein, weil er hier am besten das Nachbarhaus im Auge behalten konnte.«
»Langsam begreife ich. Aber dann, Mr. Mason, dann müßte er doch...?«
»Genau«, erwiderte Mason.
»Sollten wir nicht gleich die Polizei verständigen?«
»Jetzt noch nicht. Wenn wir uns ruhig verhalten, stören wir niemanden. Ich möchte mich nämlich noch auf eigene Faust ein wenig umsehen.«
Mason schlug den Weg zum Keller ein und öffnete leise die Tür. Vorsichtig stieg er die Treppe hinab. Mrs. Gentrie schaltete das

Licht ein, das den ganzen Keller hell beleuchtete.
Mason ging nahe an den Regalen mit Einmachgut vorbei, hielt die Augen jedoch starr auf die Garagentür gerichtet. »Das ist doch die frischgestrichene Tür, nicht wahr? Ihr Mann hatte sie am Abend vorher gestrichen. Übrigens, wo ist er jetzt?«
»Er schläft. Er hatte einen schweren Tag im Geschäft. Mein Mann kann immer gut schlafen. Ich glaube nicht, daß er sich jemals über etwas Sorgen macht. Es ist ihm durchaus nicht alles gleichgültig, aber wenn er weiß, daß er an der Sache nichts ändern kann, grämt er sich nicht unnötig darüber. Wenn er morgen hingerichtet werden sollte, würde er keine Minute weniger schlafen. Er würde höchstens sagen: ›Gut, wenn sich nichts dagegen tun läßt, hat es auch keinen Sinn, meinen gesunden Schlaf dafür zu opfern‹, und würde sich auf die andere Seite drehen.«
Mason wandte sich wie zufällig so um, daß er das Regal überblickte, wo er die Konservendose hingestellt hatte. Es sah so aus, als ob die Dose unberührt am gleichen Platz stünde. Er bemerkte, daß auch Della hinschaute. Sie sahen sich kurz an.
»Wäre es denkbar«, überlegte Mason, »daß Ihr Sohn auf eine andere Weise mit der Farbe in Berührung geriet? Ihr Mann hatte die Farbe ja schon nach Geschäftsschluß mitgebracht.«
»Das stimmt, aber er rührte sie erst an, nachdem Junior fortgegangen war.«
»War die Garagentür verschlossen?«
»Natürlich. Es ist ein Schnappschloß. Mr. Hocksley hat ebenfalls einige Ersatzschlüssel dazu.«
»Gehen wir mal in die Garage«, schlug Mason vor. Er öffnete die Tür und sah hinein. »Gibt es hier Licht?«
»Der Schalter ist gleich rechts neben der Tür. Hier.«
Florence Gentrie klappte den Deckel des Sicherheitsschalters um und drehte das Licht an.
»Der Wagen steht nicht hier«, stellte Mason fest.
»Nein. Die Polizei hat ihn zur Untersuchung mitgenommen. Auf den Bezügen waren Blutflecken, die sie analysieren wollten. Auch sollten die Fingerabdrücke festgehalten werden. Sie haben ihn bis jetzt noch nicht zurückgebracht.«
»Ich verstehe. Und diese Seitentür führt auf den gemeinsamen Hof zum Nachbarhaus, nicht wahr?«
»Ja, aber das haben Sie doch alles schon mal untersucht, Mr.

Mason!«
»Ich weiß. Ich will mich auch nur vergewissern, ob ich mir die Einzelheiten richtig eingeprägt habe. Dieses Schnappschloß kann von innen auch ohne Schlüssel geöffnet werden. Wenn man hier diesen Zapfen verstellt, rastet der Riegel beim Zufallen der Tür nicht ein. Dann kann man sie mit einem Druck von außen öffnen.«
Mrs. Gentrie sah ihm überrascht zu. »Du meine Güte«, rief sie. »Sie haben recht! Die Tür bleibt offen. Das wußte ich gar nicht. Wir achten immer sorgfältig darauf, daß sie fest verschlossen ist. Am Morgen war sie jedenfalls zu.«
»Dann hat sich jemand in der Zwischenzeit am Schloß zu schaffen gemacht. Das war entweder jemand aus dem Nachbarhaus, der einen Garagenschlüssel besitzt, oder es war ein Bewohner Ihres Hauses, Mrs. Gentrie. Mr. Hocksley ist entweder ermordet worden oder verschwunden. Die Haushälterin wurde mit Sicherheit ermordet. Bleibt nur Opal Sunley übrig. War sie gestern hier?«
»Ich habe sie am Morgen drüben gesehen. Ich fragte mich noch, was sie dort noch zu suchen hätte. Arbeit gab es doch wohl kaum für sie.«
»Und wer von Ihnen kann hier unten gewesen sein? Mr. Steele vielleicht?«
»Kann schon sein. Wenn mein Mann hier unten arbeitet, kommt Steele gern auf ein paar Worte zu ihm herunter. Wie er eben Rebecca manchmal in der Dunkelkammer hilft. Auch die Kreuzworträtsel waren oft nur ein Vorwand, um zu uns zu kommen.«
»Und die Kinder?«
»Die beiden jüngeren waren in der Schule.«
»Junior kann nicht inzwischen hiergewesen sein?«
»Nein. Er kam sehr spät nach Hause.«
»Und Rebecca?«
Florence Gentrie schüttelte den Kopf. »Ich glaube kaum, daß sie gestern hier unten war. Nachmittags war sie auf einer Versammlung der Rätselfreunde und ging von dort aus in die Oper.«
»Wann kam sie zurück?«
»Um Mitternacht. Sie erzählte mir von der Vorstellung und floß förmlich über von Klatschgeschichten, die mich natürlich nicht im geringsten interessierten.«

»Ging sie hinauf, ohne in den Keller zu kommen?«
»Sie war in großer Gala. Man hätte sie nicht mit zehn Pferden heruntergekriegt.«
»Wer war noch hier unten? Ihr Mann?«
»Ja. Arthur verbringt jeden Abend einige Zeit hier im Keller. Aber Arthur hätte die Tür geschlossen.«
Mason überlegte eine Weile und wandte sich dann von der Tür ab. »Es hat keinen Sinn«, meinte er. »So kommen wir nicht weiter. Vor allem sollte man jetzt ordentlich abschließen.«
Florence stieß den Zapfen zurück und ließ das Schloß einrasten. »So, nun ist sie wieder zu. Mir gefällt der Gedanke gar nicht, daß jeder durch die unverschlossene Tür kommen und gehen kann, ohne daß wir oben etwas davon merken.«
»Warum lassen Sie in die andere Tür kein Sicherheitsschloß einbauen?« fragte Mason. »Der Mieter der Garage braucht doch keinen Zugang zum Keller zu haben.«
»Darüber habe ich schon mit meinem Mann gesprochen. Arthur meinte, das sähe jetzt aus, als ob wir Mr. Hocksley nicht recht trauten. Wir hätten entweder gleich zu Anfang das Schloß anbringen müssen oder sollten jetzt bis zu seinem Auszug warten.«
»Das klingt einleuchtend«, gab Mason zu und verbarg ein Gähnen. »Es wird langsam Zeit, ins Bett zu gehen.«
Della sah ihn eigentümlich fragend an.
Inzwischen kam Florence Gentrie noch einmal auf ihre Hauptsorge zu sprechen. »Und was geschieht mit Junior? Ich habe Sie vor allem wegen Junior hergebeten. Können wir nichts für ihn tun? Sollten wir nicht wenigstens Steele anzeigen?«
»Bis Mittag wissen wir, was Tragg mit ihm vorhat«, antwortete Mason. »Wahrscheinlich denkt er, daß er auf diese Weise den Jungen am schnellsten zum Reden bringt.«
»Junior? Der sagt nichts, wenigstens was diese Person betrifft.«
Mason ging auf die Kellertreppe zu.
»Jetzt im Augenblick können wir gar nichts tun.«
»Aber morgen früh kümmern Sie sich um ihn?«
Mason nickte. »Das erste, was ich morgen tue«, versprach er.
»Bitte jetzt wieder still sein«, bat sie, »ich möchte nicht, daß die anderen etwas von Ihrem Besuch hier unten erfahren.«
In der Haustür wandte sich Mason noch einmal um und sagte beruhigend: »Versuchen Sie jetzt zu schlafen. Sie regen sich nur

unnötig auf. Ich werde mich morgen so bald wie möglich um Ihren Sohn bemühen. Gute Nacht.«
Er hielt die Wagentür für Della auf, die mit einer geschmeidigen Bewegung hineinsprang, sofort die Innenbeleuchtung einschaltete und den hinteren Raum untersuchte.
»Warum auf einmal so vorsichtig?« fragte Mason amüsiert.
»Seit Sie als Ihr eigener Köder in der Falle sitzen, fühle ich mich nicht wohl in meiner Haut«, erklärte sie.
»Sie haben auch die Büchse auf dem Regal bemerkt?«
»Natürlich. Das bedeutet doch, daß die Nachricht für Steele bestimmt war.«
Mason ließ den Motor an.
»Es gibt noch andere Möglichkeiten.«
»Und zwar?«
»Zum Beispiel, daß Tragg den Jungen erwischte, bevor er die Dose aus dem Keller holen konnte.«
Della dachte nach und nickte. »Stimmt.« Danach schwieg sie eine Weile.
Mason fuhr sie nach Hause. Als er in die Straße einbog, in der sie wohnte, sagte sie: »Vermutlich geht mir der Sinn für das sogenannte logische Denken völlig ab. Je mehr ich mir den Fall überlege, um so konfuser werde ich.«
»Schlafen Sie zuerst aus. Vergessen Sie ihn für ein paar Stunden.«
Della war verärgert. »Wollen Sie mich trösten?«
»Wie kommen Sie darauf?«
»Sobald die Polizei Steeles Leiche entdeckt, sind wir in größten Schwierigkeiten. Und Sie benehmen sich auf einmal, als wäre überhaupt nichts passiert.«
»Was soll denn sein?«
»Manchmal könnte ich Sie ohrfeigen!«
»Hier ist meine Wange«, bot Mason an. Kurz darauf meinte er: »Also, wenn das ein Schlag war, halte ich gern auch die andere Wange hin.«
Della lachte und sprang aus dem Auto. »Vergessen Sie nicht, den Lippenstift rechtzeitig abzuwischen. Gute Nacht.«
»Gute Nacht«, sagte Mason leise und sah ihr nach, wie sie die Treppe zu ihrem Haus hinauflief.

18

Mason versank langsam in süßen Halbschlaf, als ihn das schrille Klingeln des Telefons wieder hochfahren ließ.
Er tastete nach dem Hörer und sagte schlaftrunken: »Hallo.«
Die Stimme am anderen Ende klang aufgeregt und war mit Schluchzen vermischt.
»Hier spricht Mrs. Gentrie. Ich gebe alles zu. Sie wissen ja ohnehin, was passierte. Ich kann es nicht mehr aushalten. Helfen Sie Junior. Ich habe es ja nur für ihn getan. Ein Mord ist wohl niemals zu entschuldigen, aber wenn eine Mutter – alles wegen diesem Weibsbild –, Mr. Mason, ich bin am Ende. Sagen Sie Junior, er soll mir verzeihen. Sie haben meine Fingerabdrükke, stand auf der Dose. Lieutenant Tragg hat die Büchsen vertauscht. Ich hatte einen Bleistift in der Tasche und schrieb die Botschaft heimlich ab. Sie haben mich besiegt. Ich wußte gleich, daß ich gegen Sie nicht aufkommen kann. Sie sind klug, Mr. Mason, viel zu klug. Leben Sie wohl. Ich...«
Mason unterbrach sie mit der lallenden Stimme eines Betrunkenen. »Das Leben ist kurz, viel zu kurz. Ich war auf der Hochzeit von Rodney Wenston. Die kleine Doris hat ihn eingefangen. Nettes Mädchen, die kleine Doris. Ich hab noch nie so viel getrunken. Morgen machen wir weiter. Morgen, ja? Morgen. Ich hole dir deinen Junior wieder raus... Morgen...«
Mason warf den Hörer hin, sprang aus dem Bett und riß sich den Schlafanzug vom Leib. Er wickelte sich in einen Morgenmantel, angelte nach den Hausschuhen und sauste über den Korridor zum öffentlichen Fernsprecher. Er warf eine Münze hinein und wählte den Polizeinotruf. Als sich die Hauptwache meldete, sagte Mason:
»Hier Perry Mason. Verbinden Sie mich bitte sofort mit Lieutenant Tragg vom Morddezernat.« Er hörte die Geräusche des Umschaltens in der Leitung, dann meldete sich die müde Stimme von Traggs Assistenten: »Ja, Mr. Mason?«
»Wo kann ich Lieutenant Tragg erreichen? Es ist äußerst dringend.«
»Lieutenant Tragg ist außer Haus. Er ist... Was sagst du da? Moment, Mr. Mason... Hallo? Lieutenant Tragg ist gerade von San Francisco zurückgekommen. Wollen Sie ihn sprechen?«
»Sofort«, drängte Mason, »es ist sehr wichtig.«

»Bleiben Sie am Apparat.«
Nach einigen Sekunden hörte er Traggs gereizte Stimme: »Ja, Mason. Hier Tragg.«
»Lieutenant, fragen Sie mich jetzt nicht nach meinen Gründen. Schicken Sie so schnell wie möglich einige Streifenwagen nach dem Gentriehaus. Ohne Sirene. Bleiben Sie so still wie möglich, aber dringen Sie in das Haus ein und halten Sie jeden fest, den Sie erwischen können. Passen Sie auf, daß niemand dazu kommt, sich selbst oder einen anderen umzubringen.«
»Was?« fragte Tragg.
»Verdammt, fragen Sie mich jetzt nicht. Es geht um jede Minute. Wenn Sie jetzt auf mich hören, können Sie morgen auf die Glückwünsche Ihres Chefs rechnen. Ich treffe Sie bei den Gentries.«
Mason legte auf und lief in sein Zimmer zurück. Er zog sich schnell an. Dann rief er Della Streets Privatnummer an.
»Hallo«, sagte Della mit verschlafener Stimme.
»Aufwachen«, sagte Mason. »Der Topf kocht über.«
»Was?« Dellas Stimme wurde plötzlich klar. »Wo sind Sie, Chef?«
»Noch zu Hause, aber ich bin auf dem Sprung zu den Gentries. Nehmen Sie ein Taxi und kommen Sie nach, schnell. Bringen Sie Ihre Reiseschreibmaschine mit. Möglicherweise kommt es zu einem Geständnis. Der Verbrecher scheint reuig zu werden. Ich muß jetzt weg, jede Minute zählt. Bis nachher.«
Mason legte auf, griff nach seinem Hut und stürzte aus dem Zimmer. Das Licht vergaß er auszuschalten.
Sein Wagen stand so günstig in der Garage, daß er nur die Tür aufreißen und auf den Anlasser treten mußte. Der Garagenwärter sah ihm kopfschüttelnd bis um die Ecke nach und schaute auf die Uhr. Sie zeigte fünf Minuten nach fünf.
»Der spinnt«, murmelte er.
Die Funkstreifenwagen standen schon vor dem Haus. Als Mason den Wagen verließ, kam Lieutenant Tragg in einem der schnellen Wagen des Mordkommandos um die Ecke gebraust. Mason wartete vor der Haustür auf Tragg, der im Laufschritt auf ihn zulief und sagte: »Ich hoffe doch sehr, daß Sie keinen blinden Alarm gegeben haben, Mason.«
»Das hoffe ich selber«, gestand Mason. »Gehen wir hinein.«
Tragg drückte auf die Klinke. Die Tür war offen. Im Wohnzim-

mer erwartete sie eine sonderbare Versammlung. Vier Polizisten bewachten die Gentriefamilie. Die beiden Kinder drängten sich verschüchtert aneinander. Rebecca hatte sich in einen dicken Morgenrock gewickelt. Sie saß, mit Lockenwicklern in den Haaren und einer Schicht Fettcreme auf dem Gesicht, mit funkelnden Augen da. Mrs. Gentrie versuchte, der Sache die beste Seite abzugewinnen, und verhielt sich ruhig, während ihr Mann in Schlafanzug und Bademantel herzhaft gähnte, als Mason und Tragg das Zimmer betraten.
»Vielleicht würden Sie die Güte haben und uns erklären, was das Theater hier bedeuten soll«, fuhr Rebecca auf den Lieutenant los.
Tragg verbeugte sich galant und wandte sich an Mason: »Vielleicht, Herr Anwalt, würden *Sie* diese Aufgabe übernehmen und zunächst einmal *mir* erklären, was ich davon halten soll.«
Masons Gesicht zeigte deutlich seine Erleichterung darüber, daß er die ganze Familie wohlbehalten unter der Obhut der Polizisten antraf.
»Vor wenigen Minuten klingelte mein Telefon«, begann er. »Und dann gestand mir Mrs. Gentrie, sie habe die Morde begangen und wolle sich nun das Leben nehmen.«
»Ich?« rief Florence Gentrie entrüstet. »Nie im Leben habe ich so etwas gesagt. Das lasse ich mir nicht gefallen. Sie sind wohl nicht bei Trost, Mr. Mason!«
Mason lächelte sie spöttisch an. »Es war unverkennbar Ihre Stimme. Ich gab vor, so betrunken zu sein, daß ich mich morgen an nichts erinnern würde. Damit wurde Ihr geplanter Selbstmord sinnlos, und Sie mußten ihn wohl oder übel auf einen passenderen Zeitpunkt verschieben.«
»Aber ich habe Sie bestimmt nicht angerufen«, rief Florence außer sich. »Was Sie sagen, ist voll und ganz gelogen.«
»Natürlich«, fuhr Mason geringschätzig fort, »klang Ihre Stimme begreiflicherweise etwas fremd wegen der Aufregung, in der Sie sich befanden, aber gewisse persönliche Formulierungen schließen jeden Zweifel aus.«
»Sie müssen verrückt sein«, antwortete sie matt.
»Außerdem erzählten Sie mir eine interessante Neuigkeit. Lieutenant Tragg habe die Büchse gefunden, die ich auf das Regal gestellt hatte. Nachdem er die Nachricht kopiert hätte, habe er

eine andere Büchse mit der gleichen Nachricht versehen und diese zurückgestellt. Jetzt wurde mir endlich klar, worüber ich schon die ganze Zeit herumgerätselt hatte.«
»Das mit Lieutenant Tragg stimmt wirklich«, gab Florence zu. »Er befahl uns, nichts über die Büchse weiterzusagen. So habe ich darüber geschwiegen. Ich konnte ja nicht wissen, daß *Sie* die Dose hingestellt hatten.«
Tragg sah Mason von oben bis unten an. »Sie! Darf man fragen warum?«
»Um den Fall ein wenig zu beschleunigen. Es wäre mir auch gelungen, wenn Sie mir nicht dazwischengekommen wären.«
»Aber die andere Büchse sah genauso aus und trug die gleiche Inschrift«, verteidigte sich Tragg.
»Sie übersehen, daß die Person, für die die Nachricht bestimmt war, neben Ihnen stand, als Sie die Dose öffneten. Sie brauchte also nicht noch mal die Büchse anzurühren, um die Botschaft zu erfahren. Da haben Sie mir quergeschossen, Lieutenant.«
Tragg runzelte die Stirn und wandte sich an Mrs. Gentrie. »Ich muß Sie jetzt leider fragen, ob Sie...«
»Sie brauchen mich nichts zu fragen«, sagte sie aufgebracht. »Ich habe in meinem Leben schon mehrfach Bekanntschaft mit der Beamtensturheit geschlossen, aber das übertrifft ja alles. Man kann nicht über alles Bescheid wissen, aber so eine bodenlose Dummheit ist mir noch nicht vorgekommen.«
Mason warf Tragg einen Blick zu und bemerkte: »Jetzt erfindet sie natürlich alle möglichen Ausflüchte. Sie wollte mich herlokken, um mich ebenfalls kaltzumachen. Vielleicht nicht hier im Haus, sondern unterwegs oder an einem anderen Ort. Sie sehen, daß sie über den Inhalt des Kodes unterrichtet ist. Falls Sie die Geheimschrift noch nicht entziffert haben sollten...?«
»Ich habe sie entziffert«, warf Tragg dazwischen.
»Dann verstehen Sie sicher auch, was ich mit der Nachricht erreichen wollte?«
Tragg nickte langsam. »Aber damals dachte ich nicht daran, daß es eine Falle sein könnte. Ich glaubte, Sie wollten mich überrumpeln, und war dabei, entsprechende Gegenmaßnahmen zu treffen.«
Mason gähnte und berichtete weiter: »Als ich ihre Stimme am Telefon hörte, wußte ich sofort, woran ich war. Ich hielt sie hin. Ich gab vor, betrunken zu sein. Normalerweise wissen nur zwei

Personen, unter welcher Privatnummer sie mich erreichen können: Paul Drake und Della Street. Wir machten nur in jener Nacht eine Ausnahme, als die Person anrief, die sich als Sarah Perlin vorstellte. In Wirklichkeit hatten wir mit der Mörderin der Perlin gesprochen. So wußte ich gleich, als weder Paul Drake noch Della Street sich meldeten, daß ich wieder mit der Mörderin verbunden war. Ich redete mich darauf heraus, daß ich zuviel auf Rodney Wenstons Hochzeit getrunken hätte.«

»Wenstons Hochzeit?« rief Tragg erstaunt aus. »Hat er denn geheiratet?«

»Das wußten Sie nicht?« fragte Mason.

Tragg schüttelte stumm den Kopf.

»Er hat Doris Wickford geheiratet. Sie können sicher sein, daß Wenston niemals der Wickford das Anrecht auf Karrs halbes Vermögen zugestanden hätte, wenn er selbst dabei der Dumme war.«

»Sie meinen, Wenston steckt hinter dieser Sache?«

»Selbstverständlich«, lächelte Mason amüsiert. »Karr besaß ein Vermögen, das eigentlich den Erben Tuckers zustand. Erst später stellte sich durch einen Zufall heraus, daß Tucker eine Tochter hatte. Karr schlug den Weg über die Annonce ein, um sich mit ihr in Verbindung zu setzen.

Wenston erkannte seine Chance. Er brauchte nur ein paar Briefe zu fälschen und darin auf Tatsachen anzuspielen, die ihm längst aus den Erzählungen seines Stiefvaters bekannt waren, um einen glaubwürdigen Anspruch auf Tuckers Erbe stellen zu können. Natürlich nicht für seine Person – für eine junge Dame entsprechenden Alters: Doris Wickford. Miss Wickfords Vater war tatsächlich in China gewesen und hatte ihr von dort einige Briefe geschrieben, deren Umschläge sie wegen der fremdartigen Briefmarken aufbewahrte.

Wahrscheinlich kam Wenston erst nachträglich auf die Idee, Doris Wickford als Erbschleicherin einzusetzen, als die abgestempelten Briefe gelegentlich in seine Hände gerieten. Falls sich nun noch ein Foto ihres Vaters auftreiben oder zurechtmachen ließ, das eine entfernte Ähnlichkeit mit Tuckers Bild aufwies, hatten die beiden gewonnenes Spiel. Vorerst sind das nur meine Vermutungen; ob sie richtig sind, wird sich bald herausstellen.

So, Lieutenant, Sie können Mrs. Gentrie verhaften lassen, der

Rest ergibt sich dann im Lauf der Verhandlung. Und nun, bitte, entschuldigen Sie mich, ich habe die beiden letzten Nächte kaum geschlafen.«

Mason machte kehrt und ging auf die Tür zu.

»Hören Sie«, protestierte Tragg, »so können Sie das nicht machen. Ich bin mir durchaus nicht sicher, ob wirklich alles so passiert ist. Und was das Telefongespräch betrifft, so steht Mrs. Gentries Aussage gegen Ihre.«

»Jedenfalls habe ich Ihnen genügend Rohmaterial geliefert, Sie haben die wichtigsten Indizien in der Hand. Die Feinarbeit überlasse ich Ihrem Gutdünken. Mit Ausnahme von Mrs. Gentrie können Sie alle Anwesenden entlassen.«

Ein Kind fing an zu schluchzen. Florence Gentrie stand schwerfällig auf. »Das können Sie mir hier vor den Kindern nicht antun, das dürfen Sie nicht tun...«

Der Polizist hinter ihr legte schwer die Hand auf ihre Schulter. »Setzen Sie sich«, sagte er.

Arthur Gentrie stieß den Stuhl hinter sich und sprang auf. »Jetzt reicht's mir aber!«

Zwei Beamte hielten ihn fest.

»Weiter habe ich nichts zu sagen, Lieutenant. Gute Nacht.«

Mason verließ das Zimmer und lief die Treppe hinab.

»He, Mason!« rief Tragg ihm nach. »So leicht kommen Sie mir nicht davon.« Er ließ die Tür hinter sich zufallen und lief hinter dem Anwalt her.

Nach ein paar Schritten blieb Perry Mason stehen und wartete auf Tragg. »Sie haben mir Ihre geistreichen Theorien dargelegt«, sagte er voller Entrüstung, »aber darauf...« Er unterbrach sich und sah Mason ganz aus der Nähe an. »Was soll das heißen, ist das eine Finte?« fuhr er leise fort.

»Klar«, sagte Mason. »Kommen Sie mit, Tragg. Jetzt erleben wir das Finale.«

»Wo?«

»Gleich hier.«

Mason lief um die Ecke hinter die Garagen. »Stemmen Sie mich auf die Mauer hinauf, ich ziehe Sie dann nach.«

Er trat in die gefalteten Hände und auf Traggs Schultern und schwang sich auf die Hofmauer. Dann zog er Tragg an den Händen hoch. Geräuschlos ließen sich die beiden Männer auf der anderen Seite in den dunklen Hof zwischen den beiden

Häusern fallen.
»Und jetzt?« flüsterte Tragg.
»Geduld«, sagte Mason.
Eine Weile warteten sie regungslos im schwarzen Schatten der Wand. Dann öffnete sich leise die Garagentür; eine dunkle Gestalt huschte lautlos über den Hof zur Hintertür von Hocksleys Wohnung. Ein Schlüssel klirrte leise im Schloß. Die Tür ging auf, und die Gestalt verschwand im Haus. Vorsichtig schlichen Mason und Tragg über den Hof. Die Tür stand angelehnt. Mason drückte sie behutsam auf und lauschte angespannt. Die Wählscheibe surrte mehrmals, dann erklang eine erregte Frauenstimme in scharfem Ton: »Was stellst du dir eigentlich vor? Glaubst du wirklich, daß ich mich von dir an die Wand spielen lasse? Was ich habe? Das fragst du noch? Du hast ja diesen kleinen Teufel geheiratet... Ja, die Wickford... heute war die Hochzeit... dann meinetwegen gestern. Lüge nicht! Nach allem, was ich für dich getan habe, kommst du mir so einfach nicht davon, hörst du? In dem Augenblick, wo du mich hintergehst, bist du selber erledigt. Er hat es selber gesagt, Mr. Mason... Nein, ich habe nichts verraten... Kein Wort... Ist das wirklich wahr? Oh, mein Lieber. Nein, ich glaube nicht mehr daran, im innersten Herzen habe ich nie daran geglaubt, aber ich mußte Gewißheit haben. Ich muß jetzt wieder hinein, die Polizei ist noch da. Mason hat um ein Haar herausgebracht, was wirklich passiert ist. Jetzt ist er an der Reihe. Denk daran, daß ich die beiden anderen um deinetwillen ausgeschaltet habe. Das hier mußt du für mich erledigen. Schon gut, auf Wiedersehen, Liebster.«
Der Hörer klickte beim Auflegen. Tragg und Mason hörten Kleiderrascheln.
»Jetzt«, zischte Mason.
Das helle Strahlenbündel von Lieutenant Traggs Taschenlampe fiel erbarmungslos auf das entsetzte, totenblasse Gesicht von Rebecca Gentrie.

19

Die Morgensonne spiegelte sich in den obersten Scheiben der Hochhäuser, als Mason das Haus der Gentries verließ und Della Street in den Wagen half.
»Was halten Sie davon, wenn wir heute blaumachen?« schlug er vor. »Ich habe Sie eine volle Tages- und Nachtschicht mit Arbeit überhäuft und zuletzt noch das Geständnis abschreiben lassen. War doch ein bißchen anstrengend, nicht?«
»Wäre es nicht schön, nach Catalina hinüberzufliegen und sich den ganzen Tag lang im Badeanzug in der Sonne zu rekeln? Wir könnten schlafen und eine Menge heiße Würstchen essen.«
»Klingt verführerisch«, sagte Mason.
»Wenn Sie sofort an den Strand fahren, erwischen wir gerade das erste Flugzeug.«
Mason wendete sein Fahrzeug und schlug die Richtung nach Wilmington ein. »Hier geht es zum Flughafenbüro, nicht?«
»Ja. Fahren Sie immer geradeaus.«
»Ich muß mich jetzt auf Sie verlassen«, sagte Mason. »Ich bin wie vor den Kopf geschlagen. Wenn wir wirklich abhauen wollen, müssen wir im Büro anrufen und Gertie Bescheid sagen.«
»Gertie braucht man nicht viel zu erklären. Sie schafft die Klienten schon.«
»Sie tun ja, als ob wir uns wirklich aus dem Staub machen wollten.«
»Sie vielleicht nicht? Halten Sie jetzt, wir sind nämlich schon am Flugbüro. Übrigens haben Sie mich doch wieder einmal an der Nase herumgeführt.«
»Habe ich nicht. Ehrlich«, bekräftigte Mason.
»Und was ist mit Rebecca?«
»Ob Sie mir nun glauben oder nicht«, lachte Mason, »das hat mich selber überrascht. Ich hatte das ganze Beweismaterial in der Hand und wußte nichts damit anzufangen.«
»Was meinen Sie mit Beweismaterial?«
»Erinnern Sie sich nicht?« fragte Mason. »Wir stellten in unserem Gespräch fest, daß die beiden Personen, die an der Übermittlung der Nachricht beteiligt waren, sich weder persönlich treffen noch per Telefon verständigen konnten. Beide hatten jedoch Zutritt zum Kellergeschoß. Wir dachten aber an ein

körperliches Gebrechen wie Taubheit oder Lahmheit.«
»Und?«
»Rebecca konnte sich zwar an den Apparat rufen lassen, aber meist hob eins der Kinder den Hörer ab. Da sie so lange zurückgezogen gelebt hatte, wäre es den anderen verdächtig vorgekommen, wenn sie nun plötzlich geheimnisvolle Gespräche geführt hätte.«
»Aber Wenston hätte doch anrufen können und sie verständigen... Ach so, sein Lispeln. Es ist so eigenartig, daß es jeder wiedererkennt, der es einmal gehört hat. Man hätte sofort gewußt, mit wem sie etwas angefangen hatte.«
»Genau. So hatte ich alle Indizien wie Puzzle-Teilchen vor mir liegen und konnte sie nicht zusammensetzen.«
»Sie erwähnten mal, die Stimme der nächtlichen Anruferin habe sehr gebildet geklungen...«
»Vergessen Sie nicht«, gab Mason zu bedenken, »daß Rebecca eine erstaunliche Fertigkeit besitzt, Stimmen nachzuahmen. Erinnern Sie sich, wie sie gleich zu Anfang Opal Sunleys Stimme nachäffte? Sie konnte sogar die Stimme ihrer Schwägerin imitieren, war aber gerissen genug, große Aufregung vorzutäuschen, weil ich Florence Gentrie und ihre Sprechgewohnheiten ja persönlich gut kannte. Lesen Sie mir ihr Geständnis noch mal vor, Della, ich möchte die Einzelheiten noch einmal durchgehen.«
»Ich muß es aber vom Stenoblock ablesen, die Abschrift hat Tragg mitgenommen.«
»Schießen Sie los.«
Della schlug ihren Block auf und begann zu lesen.
»Ich, Rebecca Gentrie, lege freiwillig dieses Geständnis ab, um Lieutenant Tragg zu beweisen, wie dumm er die ganze Zeit über war. Er glaubte, mir mit seinen Schmeicheleien Sand in die Augen zu streuen, dabei lachte ich ihn heimlich aus. Ich übernehme die volle Schuld für meine Verbrechen und wünsche nicht, daß Rodney Wenston zur Verantwortung gezogen wird; er hat damit nichts zu tun.
Nachdem Karr in das Nachbarhaus eingezogen war, trafen Rodney und ich uns zufällig auf dem Hof. Es war Liebe auf den ersten Blick. Rodney erzählte mir später, er habe sich schon an diesem Nachmittag Hals über Kopf in mich verliebt.
Ich habe mich immer besonders gern mit Fotomontagen be-

schäftigt. Mit etwas Übung kann man zwei Negative unter dem Vergrößerungsapparat so einstellen, daß aus beiden Filmen bestimmte Ausschnitte auf einem Bild erscheinen und auf diese Weise z.B. auf einen Körper das Gesicht einer anderen Person übertragen. Ich hatte damals auf mein Foto das Gesicht einer Filmschauspielerin gesetzt und hielt es zufällig in der Hand, als ich auf den Hof zwischen unseren Häusern trat und Mr. Wenston begegnete. Ich ließ ihn das Bild sehen, für das er sich sofort sehr interessierte. Darauf zeigte ich ihm meine Versuche in der Dunkelkammer, wie ich aus verschiedenen Aufnahmen ein Bild komponierte. Ich wollte mir mit meiner Kunst zusätzlich etwas verdienen, da viele Leute oft auf einem Bild ihre Haltung, auf dem anderen den Gesichtsausdruck besser finden. Als wir uns nach drei Tagen erneut trafen, konnte und wollte Rodney seine Liebe zu mir nicht länger verbergen.

Meine Schwägerin und ihre Kinder konnte ich von Anfang an nicht leiden. Das tägliche enge Zusammensein wurde mir zur Qual. Ich hätte gern ein Auto besessen und Fahrstunden genommen, aber nicht mal an den Familienwagen ließ man mich heran.

Rodney dachte einen Plan aus, der uns so viel Geld verschaffen sollte, daß wir nach unserer Heirat ein standesgemäßes Leben führen und große Reisen unternehmen konnten. Meine Aufgabe dabei war, auf einem Bild der Familie Wickford das Gesicht des Vaters mit dem eines anderen Mannes zu vertauschen. Dazu brauchte ich die Negative der beiden Bilder. Das eine bekam ich leicht, aber das andere lag fest verschlossen in Hocksleys Safe. Wenston hatte herausgebracht, daß dieser Hocksley in Wirklichkeit nicht existierte, zumindest nicht als Mieter der unteren Wohnung. Obgleich man ihn nicht ins Vertrauen zog, fand Wenston bald heraus, was los war. Johns Blaine, der Leibwächter seines Stiefvaters, und der chinesische Diener Gow Loong gaben vor, in geschäftlicher Verbindung mit diesem Hocksley zu stehen. Unten wohnte außerdem eine Haushälterin. Eine Stenotypistin kam täglich einige Stunden, um Briefe abzuschreiben. Nun war dieser Hocksley früher mal der Teilhaber Karrs gewesen, den der jedoch schon vor mehr als zwanzig Jahren ausgezahlt hatte. Hocksley machte sich selbständig und schmuggelte nun auf eigene Faust Waffen nach China. Die Transporte seiner früheren Partner verriet er an die Japaner, die

als Gegenleistung Hocksleys Lieferungen ungehindert passieren ließen. Das war übrigens auch der Grund, weshalb Karr später seine Geschäfte unter dem Namen Hocksleys abwickelte. Als Karr einmal auf einem Flug nach San Francisco einschlief, nützte Wenston die Gelegenheit, zog Karrs Notizbuch aus der Rocktasche und notierte eine Ziffernfolge, die offenbar den Kode seines Safes bedeutete. Er gab sie mir und meinte, ich solle versuchen, den Schrank mit Hilfe des Kode zu öffnen. Er legte mir außerdem nahe, zur Sicherheit einen Revolver mitzunehmen. Wenston wollte es so einrichten, daß an einem Abend niemand außer dem alten Krüppel im Hause war. Dazu mußte er allerdings auch selbst abwesend sein. Wir machten als Zeitpunkt die Stunde nach Mitternacht an jenem Tag aus, an dem Wenston eine leere Konservenbüchse auf das Regal in unserem Keller stellen würde. Falls etwas Unerwartetes passierte, wollte er es in einer Kode-Schrift auf die Innenseite des Deckels ritzen. Ohne Schrift bedeutete die Dose nur, daß um Mitternacht des gleichen Tages die Luft rein sei.
Wir mußten leider diese Art der Nachrichtenübermittlung wählen, da ich kaum jemals ohne Zeugen telefonieren kann und Rodneys Stimme zu leicht erkannt werden konnte, wenn zuerst ein anderer aus der Familie den Hörer abhob.
Der Hof zwischen unserem und dem Nachbarhaus wurde von beiden Parteien gleichermaßen benutzt. Rodney sah unseren Vorteil und ließ sich einen Nachschlüssel zu unserer Garage geben. Da ihn die Haushälterin nicht mochte und sehr argwöhnisch war, trafen wir uns nur selten. Wenn wir uns im Hof zufällig begegneten, verbeugte sich Rodney mit einem höflichen Lächeln, das ich ihm ebenso freundlich mit einem Kopfnicken zurückgab, während mir heimlich das Herz in der Kehle klopfte.
Es ging alles schief. Zuerst entdeckte meine Schwägerin die Büchse, die Rodney auf das Regal gestellt hatte, bevor ich in den Keller gehen konnte. Ich hatte Angst, sie könnte Verdacht geschöpft haben, aber als ich sie ausfragte, wurde mir klar, daß sie nicht mal im Traum an ein Signal dachte. Abends, als ich unauffällig nach der Dose suchte, hatte Arthur sie schon geöffnet und zum Farbenmischen benützt. Wahrscheinlich stand keine Nachricht auf dem Deckel. Ich schickte trotzdem zur Sicherheit Steele hinunter und bat ihn, möglichst den Deckel

heraufzubringen. Natürlich verriet ich ihm nicht den wahren Grund meines Interesses. Ich wußte zu dieser Zeit noch nicht, daß Steele Detektiv war und das Nachbarhaus beobachtete. Das fand ich erst später heraus.
Auf diese Weise verfehlte mich die Botschaft von der Alarmanlage und auf welche Weise ich sie ausschalten sollte. Kurz nach Mitternacht ging ich hinüber und öffnete den Safe. Ich zog gerade einen Packen Papier heraus, als ich auf der Treppe langsame, hinkende Schritte vernahm, die bedrohlich näher kamen. Ich versteckte mich hinter dem Schrank. Karr betrat das Zimmer und kam geradewegs auf mich zu. Zuerst hoffte ich, er würde mich nicht bemerken, aber er forderte mich auf, hervorzukommen. Da schoß ich. Karr fiel vornüber auf das Gesicht. Erkannt haben konnte er mich nicht. Ich erstarrte vor Schrecken. Als ich mich einigermaßen gefaßt hatte, kam Junior herein und brannte einige Streichhölzer an. Es fehlte nicht viel, und ich hätte auch ihn niedergeschossen. Zum Glück behielt ich die Beherrschung und verhielt mich lautlos. Junior blieb draußen und rief sein Schätzchen mit den lackierten Fingernägeln an. Er wollte wissen, ob sie wohlbehalten angekommen sei, was offenbar der Fall war, denn er ging bald wieder fort. Ich traute mich nicht gleich hinterher. Ich wartete, bis sich drüben alles beruhigt hatte. Ich suchte die Negative heraus, legte die anderen Papiere wieder zurück und verschloß den Safe.
Meine Vorsicht wurde mir zum Verhängnis. Ich stand schon bei der Tür, als sich ein Schlüssel im Schloß drehte: Die Haushälterin kam zurück. Ich hätte sie schon damals niederknallen können, aber ich vertraute auf den Überraschungseffekt im Dunkeln und fuhr im gleichen Augenblick zur Tür hinaus, als sie öffnete. Sie griff nach mir und wollte mich festhalten, aber ich schlug mit der Waffe zu und entkam. Ich kam ungesehen in mein Zimmer und legte mich schlafen.
Erst am nächsten Morgen bemerkte ich, daß mir die Perlin im Handgemenge ein Stück Stoff aus dem Kleid gerissen hatte. Sie hatte mich mehrmals in dem Kleid gesehen und wäre über kurz oder lang darauf gekommen, wem es gehörte.
Später in der Nacht hörte ich, wie nebenan der Wagen aus der Garage fuhr. Ich wußte, daß sie nun den Alten zum Arzt brachten.
Rodney hatte mir erzählt, daß die Perlin eine eigene Wohnung

in der East Hillgrade Avenue besaß. Am nächsten Abend fuhr ich zu ihr. Es stellte sich heraus, daß sie sich zwar an das Stoffmuster erinnert hatte, nicht aber, wem sie in dem Kleid begegnet war. Das hatte mich zwar im Augenblick vor der Entdeckung bewahrt, früher oder später wäre es ihr jedoch sicher eingefallen. Sie wollte mich anzeigen und drohte mir mit ihrem Revolver. Ich stürzte mich auf sie. Während unseres Kämpfens ging die Waffe los und traf sie tödlich. Ich wollte sie nicht töten.
Seltsamerweise behielt ich meinen kühlen Kopf. Ich beschloß, Mr. Mason und Opal Sunley in ihrem Namen anzurufen und durch ein vorgetäuschtes Geständnis den Anschein des Selbstmordes zu erwecken, was mir ja auch beinahe gelang. Aber Steele, dieser Spitzel, sollte sterben. Er schnüffelte dauernd herum und wußte viel zuviel. In seiner Tasche fand ich ein Telegramm, das ihn nach San Francisco rief. Wenn ich Rodney schützen wollte, mußte Steele von der Bildfläche verschwinden. Um mich kümmerte ich mich kaum; nur Rodney sollte ungeschoren davonkommen. Ich liebe ihn, wie ich noch nie im Leben einen Menschen geliebt habe.
Als die Nachricht der zweiten Konservenbüchse besagte, daß Perry Mason Fingerabdrücke bei sich herumtrug, dachte ich mir einen genialen Plan aus, um mit einem Schlag reinen Tisch zu machen. Ich mochte meine Schwägerin von Anfang an nicht leiden. Ich habe oft mit dem Gedanken gespielt, sie umzubringen. Jetzt war die Stunde gekommen. Ich rief Mason an, gestand mit Florences Stimme die Morde ein und kündigte an, ich wolle Selbstmord begehen. Dann brauchte ich mich nur leise ins Schlafzimmer zu schleichen und Florence mit dem Vorwand zu wecken, Mason sei am Apparat und wolle sie wegen Junior sprechen. Arthur schläft so fest, daß er mit Sicherheit nichts bemerkt hätte. Ich wollte sie am Telefon aus unmittelbarer Nähe erschießen und ihr dann den Revolver in die Hand drücken.
Es wäre gelungen und niemals herausgekommen, wenn Mason mich nicht mit der Lüge von Rodneys Heirat aufgebracht hätte. Meinen Vorsatz, Florence auf diese Weise aus dem Weg zu schaffen, konnte ich nicht ausführen, da er zu betrunken schien, um sich am nächsten Tag noch an meine Worte erinnern zu können. – Ich bereue nichts. Ich habe alles für den Mann getan, den ich liebe...«

»Das genügt«, sagte Mason. »Tragg kann alles daraus ersehen.«
»Wie war das eigentlich mit der Person, die in ihrem Dunkelraum ein Streichholz anzündete?« fragte Della Street.
Mason lachte. »Das sollte nur als zusätzliches Alibi dienen. Die Filme waren gar nicht verdorben. Sie spielte sich damit nur in den Vordergrund, um ihre Hilfsbereitschaft darzutun. Im übrigen tat sie, was sie nur konnte, um uns möglichst viel einander widersprechende Hinweise zu liefern.«
»Und sie war auch in San Francisco?«
»Klar. Das Treffen der Rätselfreunde und der anschließende Opernbesuch gaben ihr einen glaubwürdigen Vorwand, den ganzen Abend außer Haus zu verbringen, was sie sonst nur selten tat.«
»Mir ist sie nie verdächtig vorgekommen«, gestand Della.
»Und ich hätte sie schon viel früher verdächtigen müssen«, meinte Mason nachdenklich. »Wer sich jemals mit Kriminologie befaßt hat, weiß, daß die gefährlichsten Mörder gerade diesem Menschentypus entstammen, der nach Liebe und Anerkennung giert und doch immer abseits im Schatten der anderen steht. Als Wenston vorgab, sie zu lieben, hatte er gewonnenes Spiel. Sie wurde seine Komplizin, die alles für ihn tat. In jedem einschlägigen Fachbuch findet man Dutzende Beispiele für diese Art von Mörder.«
»Ahnten Sie, daß das Foto gefälscht war?«
»Ich vermutete es«, sagte Mason. »Gow Loongs Betragen wies mich darauf hin. Chinesen haben im allgemeinen ein erstaunliches Erinnerungsvermögen, mit dem sie die unwesentlichsten Einzelheiten festhalten können. Gow Loong bemerkte, daß Tuckers Gesicht auf dem Familienbild nicht nur dem Gesicht auf dem Foto aus Schanghai glich, sondern absolut identisch mit ihm war. Er kannte sich zwar in den fotografischen Verfahren nicht aus und wußte nicht, was das bedeutete, wurde aber stutzig, da er sich die Zusammenhänge nicht erklären konnte.«
»Und Opal Sunley?«
»An sich ein nettes Mädchen«, sagte Mason. »Sie hatte natürlich längst begriffen, daß irgend etwas im Gange war. Sie wurde dafür bezahlt, daß sie den Mund hielt, und so schwieg sie eben. Sie hatte die Aufgabe, Bänder abzutippen. Sie tat es, ohne viel nach dem Woher und dem Warum zu fragen. Natürlich war Junior in sie verliebt. Als er nebenan einen Schuß hörte, lief er

kurz entschlossen hinüber und sah nach, was geschehen war. Er glaubte, Opal sei vielleicht in die Wohnung ihres Arbeitgebers zurückgekehrt. Er liebte sie mit jugendlichem Überschwang und dachte, der Grund für Opals Zurückhaltung liege in einem Techtelmechtel mit ihrem Chef. Eifersüchtig und argwöhnisch, wie er nun einmal war, rief er sie an, als er niemand in der Wohnung antraf. Als sie sich meldete, beruhigte er sich wieder und sagte, er rufe von zu Hause an. Er schämte sich und hätte ihr nie gesagt, daß er sie verdächtigt und zu dieser späten Stunde im Nachbarhaus gesucht hatte. Er ist jung und romantisch und ließ sich lieber einsperren, als daß er die Wahrheit gesagt hätte. Übrigens, Della, wollten wir nicht an den Strand?«

»Nur noch das eine, Chef. Was waren das für verkohlte Kleiderreste, die Tragg in Mrs. Perlins Haus gefunden hat?«

»Ach die«, erklärte Mason. »Ganz einfach. Karr flog nach San Francisco, um seine Verletzung behandeln zu lassen. Dort erzählte er dem Arzt, er habe sich nach seiner Ankunft verletzt. Aus diesem Grund mußte er einen Teil seiner blutbefleckten Kleidung loswerden: Hose, Unterwäsche, wahrscheinlich auch einen Mantel und ein Paar Schuhe. Nach seiner Rückkehr nach Los Angeles gab er sie Mrs. Perlin und bedeutete ihr, sie solle die Sachen so unauffällig wie möglich verschwinden lassen. Deshalb verbrannte sie die Kleider in ihrer Wohnung.«

»Und warum ließen sie die Perlin danach verschwinden?«

»Wahrscheinlich, weil sie das schwächste Glied der Kette war. Sie hätte dem Verhör der Polizei nicht standgehalten.« Mason ließ den Motor wieder an. »Della, jetzt fahren wir aber endlich an den Strand.«

»Aber...«

»Ich weiß schon. Zuerst sagen wir Gertie Bescheid. Und dann denken Sie mal, wie schön es sein wird, hier im warmen Sand zu dösen und hinterher ins salzige Wasser zu springen.«

»Hm. Spiegeleier auf Schinken und ein hübsches Kännchen Kaffee wären auch nicht zu verachten.«

»Mit knusprig gebratenem Speck als Beilage?«

»Himmel nein, das wäre zuviel des Guten. Ich muß auf meine Figur achten.«

Mason feixte gutmütig. »Nicht hier am Strand, wenn Sie einen Badeanzug tragen, meine Liebe. Da achten noch ganz andere Leute auf Ihre Figur.«

Della strahlte ihn an. »Das haben Sie wieder einmal sehr nett gesagt. Es wäre gar nicht einmal so übel, dauernd in Mordfälle verwickelt zu werden, wenn bloß die Abstände nicht so kurz wären. Fahren wir auch mal mit dem Schnellboot hinaus?«
»Fahren wir auch mal mit dem Schnellboot!« sagte Mason. »Ich habe es Ihnen doch versprochen. Wenn wir uns ausgeruht haben, mieten wir ein Motorboot und fahren in die offene See hinaus. Geschwindigkeit scheint überhaupt unsere Stärke zu sein.«
Um seinen Worten Nachdruck zu verleihen, drückte Mason das Gaspedal durch, bis die Nadel des Tachometers am anderen Ende anschlug.
»Ich merke es«, sagte Della lächelnd und schaute in ihren Spiegel, um etwas Puder aufzulegen. Plötzlich setzte sie hinzu: »Und falls es Sie interessieren sollte, die Herren hinter uns auf dem Motorrad scheinen auch Ihre Stärke zu bewundern.«
Mason nahm das Gas weg und suchte in der Innentasche nach seinem Führerschein. Die Sirene heulte auf. Das Motorrad überholte den Wagen.
»Was fällt Ihnen ein, so zu rasen?« schrie der Polizist, als Mason den Wagen zum Stehen brachte.
Della Street beugte sich über das Steuerrad zum anderen Seitenfenster und fragte empört: »Was fällt Ihnen ein, uns anzuhalten? Wir müssen ein paar Zeugen im Hocksley-Mordfall verhören.«
»Gehören Sie zu der Kommission?« fragte der Polizist sichtlich beeindruckt.
»Was denn sonst?! Hier, das ist Lieutenant Traggs Bruder.«
Mason setzte ein bescheidenes Lächeln auf.
Der Polizist verzog sein Gesicht zu einem höflichen Grinsen und forderte sie mit einer Handbewegung zum Weiterfahren auf. »Also dann los«, sagte er. »Wir haben gerade im Funk gehört, daß Tragg den Fall gelöst hat.«
Während Mason wieder einen höheren Gang einlegte, bemerkte Della Street amüsiert: »Hin und wieder ist es doch ganz nützlich, wenn man prominente Verwandte bei der Polizei hat.«